淺活智在20

直覺

創意修練

賈伯斯禪修之旅

王紫蘆 著

目錄

低谷

回歸

賈伯斯與禪

在蘋果公司一個二百多平方米大的辦公室裏，沒有氣派的桌椅，甚至可以用空蕩來形容。地板的正中央一個圓墊子，有一個人靜靜地坐在上面。從他純熟盤起的雙腿的坐姿，和安定的神態，可以看出坐禪冥想對他而言非常熟悉。

他安靜地坐著，眼皮放鬆地垂下，似乎看著眼前的地面，又彷彿視而不見。呼吸的氣息，靜靜地在室內和他的體內，寂靜和諧地交互流動著。

觸目可及的地板上，圓弧型地擺放著最有可能成為即將推出的新品，最後階段的幾個樣品，這些都是蘋果的菁英團隊，投注無數心血的結晶所完成。它們靜靜等待著。

賈伯斯從坐禪中起定，睜開雙眼，輕輕地伸出手，第一個拿起來的，就決定了蘋果公司最新推出的產品。從這裏，牽動了全球數億果粉的瘋狂期待。

這讓我想起，有一次在佛羅倫斯看文藝復興的傑作時，我看著米開朗基羅的大衛雕像看了很久，我的朋友問我：「看那麼久，你看到什麼嗎？」

我說我在看雕像線條的比例，怎麼那麼美！

朋友說，你是我看到看那麼久的第二個人，第一個人是賈伯斯，他每一年都來，一來就看大衛像看幾個小時，我不知道他在看什麼，怎麼他看那麼久？

我知道大衛像很多地方是符合黃金比例的，但 iPhone 手機並沒有黃金比例，所以賈伯斯從大衛像看到的，一定是從黃金比例延伸出來的另一個美麗的比例吧！iPhone 確實很美，這件事也讓我沉思良久，或許這與他一生學禪，從寧靜中產生的美感有關吧！

年少的賈伯斯，大學輟學後時到印度超過半年的靈修之旅，影響了他的一生，他從坐禪中運用了「比知覺及意識更高的層次－直覺和頓悟」，找到一條終極的產品之道，風起雲湧，改變了世界。

從此，電腦不再不只是電腦，手機不再只是手機，而成了無孔不入的時尚與奢華。即使專家一再警告手機的輻射不利於健康，它還是成了大多數人生活中無法須臾離手的必備品。

根據媒體報導，在諸多受測的手機機型當中，iPhone 的幅射值偏高。基於賈伯斯服務消費者的初心，我很期待蘋果團隊後繼的菁英，也能朝向守護大眾健康、提昇品質而努力。

賈伯斯是一位我敬仰的企業人，他把科學與美學生活做了個很漂亮的結合。可惜，他走的太早了，因為我有點擔心，科技的發展常常在達到使用目的後，才會讓人發現科技所帶來的副作用。例如石棉，有一段時候石棉到處使用，現在才發現石棉有很嚴重影響健康的副作用。

現在手機已是全世界的日用品了，如果手機的電磁波被証實確實有其危害健康的副作用，那麼這問題將會比石棉更嚴重。相信如果賈伯斯還在，基於他對生命的了解，對禪的深入，他一定會對電磁波的問題早作預防的。

謹希望在本書出版之後，除了紀念賈伯斯對人類的貢獻，也希望他的接班人能為賈伯斯好好注意這科技與生命的問題。

禪是由有入無的橋樑，賈伯斯是科技與美學之間的橋樑，賈伯斯因禪而有科技的突破，在他走之前，iPhone 已非常成功，相信身為一個禪者，對生命是非常關懷的，當他看到手機這麼普遍，已成為人手一支的日常用品，他一定會開始思考，如何將情感引入手機，使人與人的界面保存著情感的溫暖，或許這是賈伯斯臨走之前未盡之業也說不定。

我們敬愛賈伯斯，也期待我們大家一起來思考這未竟之業，這才是對賈伯斯真正的敬意。

前統一集團總裁　林蒼生

不忘初心

初心清淨，無有嫉妬，亦無動搖，智慧明照，於一切法而得自在。～《大寶積經》

二〇〇五年，我到舊金山講學主禪時，當地學人帶我到當地頗負盛名的「舊金山禪修中心」（San Francisco Zen Center）參觀。嚮導說，此地是美國著名的禪修中心，每天都有很多美國當地人來這裡學習，包括蘋果的創辦人賈伯斯。

影響賈伯斯一生最重要的人之一，他的心靈導師乙川弘文禪師，最初到美國弘法，即駐錫於此。日本鈴木大拙禪師將曹洞宗禪法傳到美國，而真正將禪宗在西方落地生根的，則是鈴木俊隆禪師。鈴木俊隆於一九五九年到美國弘法，並在三藩市建立了舊金山禪修中心，他所著的《禪者的初心》，更使賈伯斯受到「不忘初心」的深刻啟發。乙川弘文禪師，亦是應鈴木俊隆之請，從日本到美國弘法。

賈伯斯在大學時就隻身遠赴印度，進行長達七個月的靈修之旅，這段旅程，深刻影響著他的一生。多年後，賈柏斯談起這段經歷時說道：「印度人不像西方人那樣重視理性，他們的直覺比世界其他地方的人來得發達。」而賈伯斯認為，直覺是比理性要來得強大的力量，對他的工作具有非常大的影響。

賈伯斯年輕時，也曾經透過吸食大麻來放鬆冥想。

這讓我想起一九八六年，我舉辦了台灣首次大規模印度朝聖，在尼泊爾黃金廟（Golden Temple）的河畔，遇見一位印度瑜伽士，身旁有數位西方弟子侍立著。他坐在河邊的棚子中，炯炯發亮的雙眼，似乎能看穿人心。他招手示意，請我進入。當時我站在他的面前，如此靜默了片刻。

此時，他注視著我，用英語問道：「Are you a Yogi?」（你是一位「瑜伽士」嗎？意即：修行者，禪修者。）

我回答：「Yes.」（是的。）

他十分歡喜，拿起大麻遞給我。

在印度，以大麻、迷幻藥來鬆弛身心，進入靈修冥想的狀態，是常有的事。他的舉動是一種友好的表示。

我搖搖頭，回答他：「I am a Buddhist Yogi.」

我告訴他，我是佛教瑜伽士，不使用迷幻藥來禪修。

賈伯斯在信奉佛教之後，也逐漸告別了大麻。佛法的禪定修行，是以調和自己的身、息、心三者，讓身心的煩惱止息，處於安止同時明析的狀態。用現代話來講，就是「既專注又放鬆」的身心狀態，而非透過外在的藥物來放鬆身心。禪的安定和直觀，讓賈伯斯創造了時代的高峰。但如果他能更深入體證禪，就會發現人類身心本具的力量，所產生的創意，絕非外在事物所能比擬。而身心寂定安止的狀態下，所生起的智慧創意，更能帶領人間走向覺悟的幸福。

賈伯斯精彩動人的一生，與禪修有著緊密的聯結。他了悟到：「透過禪的直觀與頓悟，是比知覺及意識更高的層次。」因此，除了日常保持禪修冥想的習慣，在重要的關鍵時刻，他也會透過禪修，摒除萬念，如鏡映物，讓答案自己浮現。

在他二百多平方米大的個人辦公室裏，幾乎什麼都沒有，裏頭最重要的東西，就是一只坐禪的圓蒲團。在投注了無數心血開發的新產品，在最後階段重要決策之前，他總會一個人獨自在偌大的辦公室裡，將圓蒲團放在空蕩蕩的地板上，安心靜坐。

幾款最後階段評選出的不同的樣品，呈半圓形擺放在他面前。當靜坐結束，他睜開眼睛，憑直覺順手拈起的，就決定了蘋果即將推出的新品。

賈伯斯相信：「通過內心的明悟，能夠找到一條終極的產品之道。」

賈伯斯人生的另一個重大轉折，是在二〇〇三年，發現自己罹患胰臟癌，開始了長達八年的奮戰。二〇〇九年他進行肝臟移植時，美國矽谷的傑出企業家學人，特別請我將我所創發的「肝臟光明導引」，錄製成英文版，希望送給賈伯斯。

如果賈伯斯能體悟到：「禪是放鬆與專注並存的狀態，或許他的身心就不會如此疾速耗用殆盡，而能以禪養生，持盈保泰。」

賈伯斯充滿著改變世界的熱情與願景，這是他一生不曾改變的初心。這股熱情，也激勵了他所領導的工作團隊，打破既有的窠臼，不斷超越極限，開創出被視為不可能的產品，引領風潮。賈伯斯挖角當時任百事可樂總裁史卡利（John Sculley）時，最關鍵性的一句經典名言：「你想下半輩子繼續賣糖水，還是抓住一個改變世界的機會？」

一九九七年，賈伯斯被解職後的十二年，回歸蘋果重掌大權，逐步帶領蘋果創造另一個輝煌盛世，迎向 iPod、iPhone、iPad、iCloud 的到來，也實現了他改變世界的夢想。

賈伯斯確實改變了世界，他的創意，加速了人類數位化的進程。二〇一二年，應邀至台灣盛和塾演講時，我將 iPhone 推出新機型時，瘋狂排隊等待的人龍，稱之為「愛瘋」，後來在英文郵報上看到他們依著這個詞譯成「I Crazy」。iPhone 帶來了生活中的許多便利，但也帶來了許多無法回歸的變化。是生活更有效能？或是更有效能的被操控呢？

老子說：「五色令人目盲，五音令人耳聾」，如何在炫目惑人科技中，擁有生命的自主權，覺性不昧？或許是後賈伯斯時代的新思惟。

地球禪者　洪啟嵩

作者序

史帝夫・保羅・賈伯斯是位偉大的哲人。二十一歲時白手創立蘋果電腦，如今幾乎已是全球最值錢的公司，資產逼近一兆美元。尤其是二〇〇七年橫空而出的 iphone 更是翻轉改寫了人類發展進程，更令人驚訝的——賈伯斯是虔誠的佛教徒，自十八歲開始茹素並潛心禪修。

到底是什麼樣的力量讓他不斷的超越自己，領導世界的個人電腦、音樂、動畫、手機、數位出版、平板電腦、零售……等，七大產業的革命。

秘密就在於「一心」。

早在二〇一三年撰寫第一本書《稻盛和夫的商聖之路》時，出版社的社長就已跟我討論，何不也開始著手研究『賈伯斯與禪學』間的秘密呢？當時賈伯斯剛離開世人不到兩年，追懷感念的思潮一波接著一波，但是為了專注完美的寫好第一本著作，此計畫就先暫時擱置直到二〇一五年底《稻盛》這本書正式完稿出版。

時間過得很快，轉眼間又是兩年……卻也是一延再延，漫漫的七百多天寫作期。本預計今年二月就要完稿，硬生生的又拖延了十個月，因為賈伯斯的確是世界上最有份量的大人物，要完全進入他的世界領略靈魂深處，並非容易的事；再者賈伯斯的資料龐雜浩繁，然而卻異常複雜，一件事情常有兩種以上版本出現，於對比分析著實耗費功夫。

在國家圖書館、北部兩間大型圖書館、網路影音、紀錄片及電影，搜羅近百本的相關資料以及數不清的網路連結；有時利用零碎時間觀賞的賈伯斯紀錄影音，平時也必須反覆觀賞片段，推敲當時他的感受及思維邏輯順序；為了更詳實貼近美國人的他，也購買了幾本重量級原文書閱讀，只因擔心譯者與原作者間的細微誤差會失去賈伯斯所呈現的原始風貌。

非常感謝出版社願意耐心等待又是漫漫兩年的創作日子，也非常感謝周遭長輩、家人、朋友在這段創作期間對我的包容與照顧，成就一本忠實感動的作品必須有很多人的體諒與陪伴，再次感謝親愛的家人、長輩、朋友及出版社。也感謝父母從小的栽培與教導。自幼生長在佛道家庭的我，早在七歲時就跟隨父母親到道場共修聽經聞法，所以「禪修」的境界及術語便有相當程度的體悟，至少能略知一二。

如果問我，這本書最難撰寫的部分在哪？答案是—印度的靈修之旅，這部分耗去絕大多數的精力，當完成賈伯斯年少時的印度靈修時，已經花了近半年多的時間。為了還原四十多年前印度的場景、風俗民情，必得慎重研究印度古老的瑜伽文化、查閱當時西方人在印度的遊歷著作，畢竟除了十七歲開始與日本禪師學禪之外，那段是年輕賈伯斯重要的歷程，當然也搜羅所有關於賈伯斯在印度靈修的蛛絲馬跡。

整部作品軸心綜合所有關於賈伯斯的真實資料，從他二十一歲至五十六歲媒體公開的訪談報導、電影紀錄片內容……等，只要是「公開」資料幾乎是分毫未動的結合在這部傳記式著作中。打開這本書，相信讀者很快就會進入賈伯斯的神奇旅程，尤其是他禪修的歷程。

「禪」其實很簡單並不神秘，它是直觀的、澄淨的、照見萬物的、洞悉一切的。日本曹洞宗「默照禪」，從中國傳承飄揚到日本輾轉經鈴木禪師、乙川弘文禪師傳遞到美國，進而影響了許許多多的人，包含推動七大產業革命的賈伯斯；「知道有諸相，知道有萬物，那就是『照』」──默照禪是無法之法、很精細不易捉摸的禪法，禪定當中莫過於體察萬物本體真如自性，誠如現代科學逐漸印證兩千多年前佛陀所闡述的──微觀之中，沒有確實存在的實體，創造與智慧無所不在。

曾經請教自幼指導父母及我的禪學師父，現已八十多歲的師父告訴我，禪修所悟得的智慧是源源不絕不斷提升的，當然禪學師父也跟我提到在修禪的境界是簡單但又有其要法，若其中有絲毫偏差則不可行；賈伯斯禪修的歷程中應該有某個環節失落，否則應可更長壽、嘉惠更多世人才是。

然而賈伯斯還是離世人遠去，在本書講述禪修的歷程中，除了儘量還原當時場景並帶入「禪」直指人心不立文字外，也謹慎的查證解釋賈伯斯禪修可能的失落之處。

希望這本書能帶給大家更多不同的體悟及感動。

王紫蘆　二〇一七年　於冬月凌晨的台北

APPLE ZEN

序曲

在我死之前

二〇〇三年，美國加州 庫柏帝諾 蘋果電腦總部。

「創新就像躍向空中一樣，你一定要相當確定落下時，腳下會有土地。」賈伯斯在中型會堂的舞台來回走動雙手環胸說道。

「產品是如此，我們的業務行銷也是如此。」賈伯斯停下腳步盯著底下一百八十多名業務人員「如果無法達到目標成績，你們……所有人，我全都開除一個不留。」他大吼道。

「兩百萬與惠普談判的訂單，沒有簽下來卻讓別家公司拿走……」賈伯斯繼續憤怒的對著業務們訓話。

「不，史帝夫你錯了！」台下一位短髮齊耳的三十歲女業務站起來為自己辯護，她是負責惠普業務談判的代表「樣品展示、簡報及惠普要求的規格我們都有達到，只是當初答應購買的惠普部門主管臨時遭到撤換，突然改變了所有的要求內容……所以這不是我們業務的錯！」她對著前面的賈伯斯毫無畏懼的吼了回去。

賈伯斯站在舞台正中央，眼睛直直看著這位勇於為自己業務工作大聲辯駁的女士。

「妳。」賈伯斯指著這位女業務「到前面來。」

整個會堂變得靜悄悄的……

從日本巡視合作廠商的硬體部門主管—魯賓斯坦打開會堂後門時剛好看到這驚心動魄的一幕。

「你猜史帝夫會不會開除她，還有整個業務團隊。」魯賓斯坦輕聲的問一旁緊盯會議過程的行銷副總裁席勒。

「不會，因為她在捍衛自己認為正確的理念，史帝夫只不過在激發他們的潛能罷了。」席勒笑著說。對於史帝夫式的「英雄與狗熊」雲霄飛車，他們早就搭乘慣了。

「當下一季的業績超越他的標準時，就會瞬間變成和藹的史帝夫。」魯賓斯坦也笑了，不過若正當面對「史帝夫」式的淬煉時，是誰也笑不出來的。

兩小時後，賈伯斯結束會堂的百人會議走出大門，略為粗壯的身材、平整的灰白鬢髮流露中年企業家的從容自信。

「席勒、魯賓斯坦。」賈伯斯走向兩人，他們待會還要繼續討論新款的 ipod 生產及配銷細節。

「史帝夫，這一次日本的……」魯賓斯坦話還沒說完，眼尾就撇見賈伯斯突然蒼白的臉色。

賈伯斯不自覺彎下腰整張臉皺了起來，額頭開始冒出冷汗……他的背部劇烈抽痛到無法直立……

◇◇◇

孤星高掛天際，綻放耀眼光芒。

賈伯斯坐在地板上抬頭望著難得燦爛的星空，連日大雨將空氣中的灰塵滌淨繁星盡顯，然而蒼穹頂端的北極星今日卻特別地閃亮。

三週前在公司業務大會後那莫名的劇痛，原來是身體的警訊……

賈伯斯深深吸口氣閉上眼，思緒不斷縈繞。

優勝美地林區內的鳥群突然驚飛，啪拉啪拉的拍打著翅膀，賈伯斯睜開眼瞬間被夜裡大自然中澄澈純然的氛圍深深感動。

他盤腿跏趺在軟硬適中的蒲團，靜靜沉緩的調息呼吸著，眼角默默的淌出淚水……

「乙川禪師……已經仙逝，將安葬在卡梅爾山谷的墓園。」

「禪師，你看看這就是蘋果電腦公司最新最強大的主機板，我將它命名為麗莎。」

「你，還無法擔任經營公司的大任……」

「既然喜歡山城的悠閒，不如我們就搬到法國的鄉間居住，別管那些惱人的事情……趁我們年輕到處遊山玩水還有環遊世界，何必苦苦改變世界呢？」

腦海中層層疊疊浮現的畫面，正拉扯他平靜的心念，他快要無法專注在當下、專注在每一個呼吸。

十八歲引領他禪修的乙川弘文禪師、第一次突破極限研發的圖像電腦、還有初入商場叢林所信任的人生導師—麥肯納，殘忍的背叛拋棄他。

明星般美麗動人充滿靈氣的瑞絲、他曾經愛侶，在義大利陪他散心時吐露的話語……

一陣劇烈的刺痛，讓他忍不住彎下腰。

賈伯斯的額頭冒出冷汗，他鬆開腿慢慢起身扶著桌沿，手臂努力撐住全身的重量。

淚水大滴大滴的滑落臉頰，眼前燦爛的星空模糊成一片。

他抖著身體緩緩地坐在椅子上，喘了幾口氣拿起水杯吞了桌上的藥丸。

急促地拍水聲伴隨著水鴨的鳴叫，讓賈伯斯憶起年輕時在印度恆河畔所目睹的生死交接情景。

拭乾淚水，打開電腦等待連結網路後，讀著一封封的郵件……

他第一次沒有在半小時內回覆皮克斯工作室的來信，艾德想必開始在胡思亂想了……

這位二十多年的摯友。

「哎～」賈伯斯輕嘆了一口氣，還能有多少時間呢？

◇◇◇

加州 庫柏帝諾。

「在優勝美地度假時，有再次回到那個地方嗎？還有到底怎麼回事，竟然快一個月音訊全無，電子郵件也沒回？」艾德眼裡滿是擔憂滔滔不絕的問道。

「當然有，那裡美極了，讓我的身心重獲平靜。」賈伯斯說道。他走在艾德面前沒讓人看出表情。

賈伯斯低頭側身讓門口裝設的虹膜辨識機掃描，不一會兒厚重的塑鋼門輕啟。

「這裡是蘋果電腦的機密室。」賈伯斯轉頭對著艾德說道「你看……」他按下圓鈕，銀白色的艙門退去，一個閃亮全玻璃製品靜躺在中央。

「這就是擁有觸控螢幕的行動電話……」賈伯斯興奮地解釋這研發中的原型機「然而我的目標不是製造電話，是設計無論功能或外觀都能讓人們的生活更加美好的產品。」

艾德著迷似的盯著艙門內擁有全螢幕的電子產品，突然覺得口袋裡的手機即將變成過去式。

「其實我背痛了一陣子。」賈伯斯斂著眉眼意圖避開艾德關心的目光「醫生幫我做了斷層掃描，發現有胰臟癌，而且患有這種癌症的人，百分之九十五都活不過五年……」

轉頭看著賈伯斯略顯消瘦的側臉，艾德的眼框莫名刺痛起來，他壓抑著淚水木然的跟著賈伯斯的步伐離開機密室。

「在我『啟程』之前，我希望完成三件事……」賈伯斯的手臂撐在走廊的欄杆，眼睛遙望著遠方……

APPLE ZEN

前奏

我是誰？

瀕死的印度之旅

印度新德里亞穆納河[1]的河畔，面容憔悴的年輕人喘氣、吃力地拖著沉重的身軀行走，他乾枯的黑髮、凹陷眼窩、高大卻瘦削見骨的形貌，靈魂彷彿游離軀殼。

卡克—卡克—卡克——

尖嘴的冠斑犀鳥發出陣陣單調刺耳的叫聲。

年輕人被聲音吸引，抬頭望向灰濛濛的天空，深褐色的瞳孔流露出一絲光彩，站在恆河旁沐浴階梯的他，不禁深深吸了口氣。

空氣中飄散著泥土及屬於熱帶國家獨有的春天清晨氣息—新鮮樹葉、腐敗植物、恆亙數千年的古老河流和初昇朝陽混合的味道。

喔，神聖的恆河母親！喔，閻牟納！

喔，高達瓦里！薩拉斯瓦提！

喔，納爾默達！辛德胡！卡弗里！

願你們都高興地現身在我將淨身的河水中[2]！

半身緩緩浸入水中的朝聖者們，一個個低聲吟唱著。

晨浴的時分[3]，當地人紛紛前來聖河[4]沐浴、用樹枝洗漱、祈福。

貌美少婦穿著色彩斑斕的紗麗，將懷裡的初生嬰孩緩緩浸入河水禱告；相隔數公尺，一群哀傷的親族正將死去的家人屍體焚化……。

年輕人往前走了幾步，又忍不住跌坐在地，嘔吐起來……但，胃早已吐不出任何東西。

他跪坐在河畔旁顫抖地抵著微涼的階梯，目睹這幕生死交接的景象，身體殘存的氣力彷彿瞬間被抽光。

「孩子，你怎麼走了出來……還不趕快回去房間躺著。」正要準備到河邊汲水的旅館女主人，看到奄奄一息的年輕人連忙放下頭頂的水缸，蹲坐在他身旁伸出手摸他的額頭著急道。

啪！

削瘦的年輕人無力地垂著頭，拍掉她的手。

「賈伯斯～」遠方粗重低沉的奇特音調，大聲喚著他的名字，他還來不及撐起沉重的身軀，一陣突來昏眩讓他倒臥在粗糙冰涼的石階。

◇◇◇

夕陽散落，映照整齊的庭院房舍。

「麗莎，我跟妳說一件秘密。」黑短褲的小男孩，皺著細長的濃眉坐在自家的草坪上，對著前方的小女孩說道。

「什麼事？」麗莎拿著梳子，手不停地幫她心愛的娃娃梳著金色長髮，頭也不抬的問道。

「賈伯斯……可能不是我的姓，保羅也不是真正的中間名。」

「你在說什麼？當你還是嬰兒的時候，爸媽不是就幫你取好姓名嗎？」麗莎抬起水藍色的眼睛，狐疑地望著他。

「我……是被領養的。」

「所以說，你真正的爸媽不要你了？」

「我真正的爸媽不要我……」小男孩表情一滯，重複著這句話。

「史帝夫……」麗莎抱緊娃娃，探向他關心問道：「你怎麼了？」

「哇～」小男孩突然放聲大哭，眼淚大顆大顆的掉下。

「史帝夫……你不要哭啦……我……娃娃送你……」麗莎慌了手腳，從沒看過瞇眼愛笑的史帝夫哭的她，似乎也被嚇到。

「不……」史帝夫從草坪跳了起來，拋下麗莎一人，跌跌撞撞的跑回家裡，嘴裡不斷地哭喊著「爸媽不要我了、爸媽不要我了……」。

直奔進家門的史帝夫，還沒扭開自己房間的門，就被原本在後院整理木材的母親抱個滿懷。

「發生什麼事情啦？誰欺負我的小寶貝？」聽到小史帝夫急促的腳步聲，克蕾拉．賈伯斯[5]很快地放下手邊的家務，衝過來關心自己的兒子。

「不……不要……真正的爸媽不要……」小史帝夫斷斷續續抽噎著。

克蕾拉跪坐在六歲大的兒子前，將他緊緊摟住。

小史帝夫哭的涕淚縱橫、滿臉淚水，他用力推開母親，繼續哭叫道：「生我的爸媽不要我……啊……他們不要我……」兩隻腳不斷地蹬踏地板，他的世界崩毀了……沒有人愛他，甚至連真正的爸媽都不要他……

「我的兒子，我的寶貝。」小史帝夫頭上傳來父親低沉而激動的聲音。

保羅．賈伯斯[6]微喘著氣，臉上布滿剛在車庫整修汽車底盤的汗水污漬，他從口袋掏出手帕，輕柔的擦乾兒子的淚水、鼻涕。

保羅深邃湛藍的眼睛牢牢地盯著小史帝夫說道：「我的兒子，注意聽好了……」他用前所未有的嚴肅語氣，清晰的一字一句吐露出他對兒子的愛。

「你是我們特別精挑細選的寶貝。」保羅停頓一下，又重複再說了一次。

「你……是我跟媽媽精挑細選的寶貝、全世界最與眾不同、最珍貴的寶貝。」

「精挑……細……選……」小史帝夫抽抽噎噎地重複著，指節泛白的緊捏著母親的衣服。

「是的，你是我跟爹地特別挑選的寶貝。」克蕾拉撥開小史帝夫額頭上濕黏的黑髮，輕柔的跟他說。

小史帝夫漸漸停止了哭泣，原本僵硬的身體慢慢放鬆下來，嘴裡喃喃念著「精挑細選、精挑細選……」。

保羅從克蕾拉的懷中接過兒子，粗糙的大手撫拍著小史帝夫的背，側過臉愛憐的親吻著小史帝夫柔嫩的臉頰，邊說道：「是的，因為史帝夫是最與眾不同的，是爸媽最疼愛的寶貝……」

秋日週末的午後，白色的窗戶外吹進陣陣涼風，六歲的史帝夫被抱在父親溫暖的懷中，原本急促慌亂的心跳漸漸平穩。眼皮開始沉重的他，手仍緊緊環住父親粗厚的脖子。

◊◊◊

賈伯斯的手臂抽動了一下，渾身痠痛的從硬梆梆的床上清醒過來，鼻子裡充斥著腐泥及辛香料味，四周依舊是簡陋未經粉刷的牆壁，外頭偶爾傳來吱吱的猴子叫聲。

「水……」他吃力地翻身坐起，立刻看到裝滿水的黃銅水壺及一瓶未開封的礦泉水擺在床頭，他毫不猶豫的拿起礦泉水咕嚕咕嚕的灌下。

透涼的水讓他精神為之一振，才模糊憶起在河畔旁暈倒的時候，應該是被旅館主人帶回來的；他喘了口氣，窗外炙熱的空氣隨即脹滿肺部，他將瓶底剩下的水一股腦澆灌在臉上。

來到印度新德里已有半個月了，在德國穆尼黑處理好雅達利公司[7]交辦的零件安裝及電玩畫面更新率問題，便一路從杜林、瑞士盧加諾，飛往期盼已久的印度。

沒想到四月的北半球竟可以如此酷熱，一下飛機熱氣蒸騰的柏油路就快將他烤乾，又遇到只在乎是否能賺酬庸的計程車司機，將他載到這間簡陋、衛生不佳的旅館，又喝了不純淨的水、得了會上吐下瀉不止的痢疾……。

驀然一道刺眼的金光中斷他的思緒，遠方印入眼簾的景象讓賈伯斯腦袋一陣空白。艷陽將遠方清真寺金色渾圓的屋頂，洗潤出神聖莊嚴的光輝，地平線一端深綠色的亞穆納河如魚鱗般閃耀，映襯一旁寧靜的低矮平房。

他睜大眼看著這幕絕美的景致，身體的虛弱及腸胃扭曲的不適，瞬間消散。

剛剛似乎在夢裡回到了六歲……認為被遺棄……但也是被呵護疼愛……被呵護疼愛的時候啊……

「叩叩、叩、叩叩叩～」急促的敲門聲打斷他的思緒，未鎖的房門很快被推開。

「看來隔壁中國老先生的方法非常有效，你恢復的非常好。」一張黝黑的臉探了進來，暗啞嗓音在這時讓賈伯斯覺得錯愕。

旅館男主人——沙魯克，咧嘴露出潔白牙齒，他笑容滿面地對著賈伯斯點點頭後，指使後面端著餐盤的侍者，將新鮮豐盛的食物擺在房間唯一的木桌上。

他走向賈伯斯繼續說道：「你昏倒後我跟塔拉將你抬回來……這盤包裹蔬菜、馬鈴薯的帕拉塔[8]會讓你更快恢復的……」

「請解釋什麼是隔壁老先生的方法？」賈伯斯沉著臉，低聲打斷他的話問道。

「那對中國老夫婦熱心地將隨身行李中的特殊草藥混著米煮爛，然後一點一點的慢慢滴入你嘴裡。」沙魯克歪頭思索了一下「他們說是……森[9]……」他努力重複記憶裡的發音

賈伯斯倒吸了口氣，壓抑住怒火說道：「不要隨意在我無意識時，給我飲食；沒我的允許也不要任意進出我的房間。」

他大步走向門口並粗魯地打開房門「我大概會再停留五天，餐飲費、住房費會最後一起計算給你，謝謝……」

賈伯斯將「送我到醫院醫治」的話吞回肚子，因為他不太相信這裡的醫療——他憶起街道旁坐在矮木凳、手拿鐵鉗，露天在幫患者拔牙的牙醫。

沙魯克帶著侍者，很快地離開賈伯斯的視線，沙魯克臉上有種奇怪的表情，闔上門前

嘴裡還咕噥了幾句話。

直到確定旅館主人的腳步聲遠離，賈伯斯才拿起餐盤，盤腿坐在地上，一口、一口地慢慢吃著。

中午艷陽高掛後的兩小時，晴朗的天空忽然烏雲密佈，整片大地黑壓壓的看不見一絲陽光，街道旁擁擠穿梭的人們、街邊正忙著做生意的小販幾乎都停止了動作。無聲的雷電瞬間點亮城市、暴起狂風吹飛了兩旁搭建的布棚、來不及收進屋內的布疋、貨物……潔淨透綠的亞穆納河被暴雨攪弄得如黃土泥漿般混濁不堪。

站在屋內的賈伯斯睜著深邃的眼，看著這天地間令人猝不及防的變化，外面的雨水噴濕了他長滿半臉的鬍鬚、及肩茂盛的黑髮。

轟隆、轟隆、轟隆……

雷鳴伴隨一陣又一陣的閃電，將昏暗的街道一次次的照亮，他情不自禁的閉上雙眼。他彷彿回到十三歲時搬離混亂複雜的學區，在細雨中滿懷興奮看著即將就讀的新學校—家園中學[10]。那時跳級讀書的他終於可以脫離被霸凌、勒索威脅的恐懼，一個嶄新的開始。

抽痛的腸胃將他從過去中喚回，他抱著肚子衝到廁所又一次狂吐。

外面的暴風雨沉寂了下來，烏雲早已褪去，混濁的亞穆納河變得澄淨碧綠，空氣中的煙塵消散無蹤，天際間顯得更開闊明亮。

◇◇◇

經過整整兩天的靜養，賈伯斯體力逐漸恢復，他背起隨身行囊鎖好房門又反覆查看幾次，準備動身前往新舊德里間的觀光區。

赤腳踩在溼熱泥地，賈伯斯走進旅館主人所介紹的熱鬧市集—強德尼丘克大街[11]。放眼皆是低矮的平房及成堆垃圾，幾台露天擺放的裁縫機正做著現場縫紉的生意，街道兩側的店面前，棋盤式交錯著一個個的鋪子；電器行前有賣衣服、賣皮包……再往前又有賣鍋具小販，討價還價的聲音此起彼落。

牆邊還不時出現衣衫襤褸的小孩伸出手對著陌生人喊著：「一盧比、一盧比」。大概是褐色的長袍及滿臉鬍鬚憔悴消瘦的模樣，乞討的小孩並沒有靠近他。

商鋪旁擠滿人的公車站牌，突然興起了一陣騷動。

「喂、喂……要準備上車……」頭上纏著布巾的年輕印度人對馬路對面的朋友大聲吆喝，聚集在公車站牌的二、三十人莫名地狂奔起來。

賈伯斯這才注意到，後方一百多公尺處來了輛滿載的巴士，不僅車頂上坐了人，連車門也有兩三個人攀附著。

時速三十公里的巴士並沒有停下，它稍微減慢滑行了六、七公尺，又繼續加速，只見路旁奔跑的人拚命抓住巴士的車把、扶桿、車窗上任一塊金屬，只為了能順利攀上車；站在車門邊的乘客，更是騰出一隻手協助要跳上車的人，就這樣原本在街上追著巴士狂奔的人，一個接著一個全都上了車。

賈伯斯瞠目結舌的看著這幕，宛若戰爭電影的場景。

「嘿，兄弟，剛來印度喔！」絕塵而去的巴士跳下一名光頭男人，他走向賈伯斯燦爛的笑著說。

「亨克，二十二歲，來自荷蘭。」自稱亨克的男人友善的伸出手。

賈伯斯適應了一下對他搭訕的陌生男人說話腔調後，皺眉問道：「你怎麼知道我聽得懂英語？」雖然英文是印度十五個官方語言之一[12]，印度人日常生活用語也是英語；且自從風靡世界的披頭四樂團成員來過印度靈修後，歐美不少年輕人也紛紛興起前往印度的風潮，但身處陌生國度的賈伯斯，對這位突如其來、看似跟他同年的荷蘭人仍有幾分戒心。

「哈哈哈～兄弟，我知道你。」亨克繞過賈伯斯身側，拍拍他的肩膀「你住在沙魯克經營的旅館。」

「你也是住那裡？」賈伯斯心底湧上幾分親切感「史帝夫．保羅．賈伯斯，十九歲，美國加州。」他自我介紹道。

「我住在正門最左側的房間已經一個多月了，前天還看到沙魯克和侍者塔拉帶回當時昏迷不醒的你。」亨克笑著繼續說「看你的氣色，你的『德里胃[13]』應該好的差不多了……」

「何止是腸胃不適，我還得了痢疾，否則怎麼可能體力不支昏迷在外。」賈伯斯懊惱回道。

兩隻橫街而過的猴子，忽地靠近正在說話的兩人，並一前一後緊抓著亨克的長褲管。

亨克順勢蹲下身，從袋子掏出幾片餅乾給兩隻乞討的猴子，其中一隻脖子上還戴著一付快枯萎的花圈。

「看來……這附近有人家正舉行著婚禮。既然好不容易來到新德里，我們就去湊個熱鬧吧！」亨克起身對著驚詫又有點狐疑的賈伯斯開心說道。

◊◊◊

「亨克、亨克。」賈伯斯用腳踢了踢趴睡在房間地板上的亨克，他滿是鬍渣的臉抽搐了下，還是一動也不動。看來是參加婚禮一連幾天的狂歡派對，痛快豪飲後的結果……「德里胃」尚未痊癒，或許也是好處之一，祝福完新人便急忙回旅館的賈伯斯，這幾天都在市區閒晃。

賈伯斯及肩的長髮隨意紮在腦後，他回過頭來繼續趴在斑駁的木製窗框上，仰望著西邊橘紅淺藍層層疊疊的天際。

連續數十天的暴雨後，天氣變的乾燥異常，一天比一天的酷熱難熬，頭頂上的天空晴朗到連一片白雲也無，棕色地面甚至出現一道道縱橫交錯的土痕。

外頭除了偶爾經過的車聲、鳥兒拍打振翅及人們細碎的交談聲外，幾乎是寂靜悄然；家家戶戶門窗緊閉，連乞丐都不見蹤影。

五天前紛亂華麗、充滿笑鬧的印度婚禮的場景，在他的腦海裡翻滾。

賈伯斯輕輕闔上了眼。

為何婚禮上近百名賓客，還有新人們，對於陌生的西方客人，可以毫無心防的拉著他們的手、玩起藏鞋子捉弄新郎的遊戲，並熱情在他和亨克的脖子套上一圈又一圈清香鮮嫩的花環。

婚禮—對自幼在美國舊金山生長的他而言，是神聖莊嚴的。雙方親屬按照名單邀約的客人、依照既定行程進行的儀式、接受牧師的祝福、交換戒指……。相較於印度婚禮的隨性自在，及輕鬆中一股說不出的歡樂情緒。

近百名賓客在大街上隨著音樂搖擺起舞，累了就向旁邊的攤販買冰飲解渴，街道上雖然滿是不知名的果皮垃圾、衣衫襤褸的孩童……而參加婚禮賓客仍是歡欣鼓舞的又唱又跳，甚至連路人也加入舞蹈的行列。

他的腳，不知不覺打起了節拍。

印度—讓他一心嚮往的神聖且充滿未知的地方，里德學院裡所閱讀的《就在當下》[14]

故事場景、大學好友—傳萊蘭德親身到印度瑪拉里[15]旅行，所描述那如畫般的景致、心靈導師—尼姆．卡洛里巴巴[16]領著數以百計的美國歐洲人一起冥想突破現實的疆界……莫不讓他心馳神迷。

他極度渴望知道生命的起源，從何而來、為何而去……超脫現實感官的觸發，那種難以言喻的體悟。舊金山的禪修中心，似乎還滿足不了他對內在靈性探求的慾望。

「史帝夫，你說……你的朋友何時會來……跟你在新德里會合？」躺在地板上昏睡的亨克不知何時醒來，逕自拿起櫃子上的礦泉水咕嚕咕嚕地喝著，邊問道。

「六月。」賈伯斯回道。

「要不要一起去里希克虛[17]？」他將水喝的一滴不剩「參加十二年一度的大壺節[18]」

「明天？」

亨克點點頭。

◇◇◇

他們才剛下車，就看到龐然的巨象，一隻捱著一隻順著長長人龍的遊行隊伍前進。乾癟羸弱滿身塗灰、脖子上掛滿祈福花圈的苦行僧，騎著佈滿摺皺厚皮、散發泥巴苦澀腥味，約莫兩人高的巨象。其他一旁步行的苦行僧，腰間圍條素色的長布、手拄木仗，臉上掛著不知道是微笑還是淡漠的表情，緩緩跟隨。

賈伯斯搖搖晃晃，昏頭昏腦的走著；亨克則是精神奕奕的左右張望。

兩百多公里的車程顛頗異常，只有待在印度已大半年的亨克相當適應這裡的交通狀況—換公車、搭便車、換貨車……還有與漫天開價的司機一來一往的唇槍舌劍的議價。

風沙陣陣，稍微張口喘氣不小心就會吃進沙子，他們胡亂跟著人群四處亂晃，才發現沿著灰藍的恆河兩側，除了一處處人工修造的河階外，乾黃的土地上也擠滿各種樣式為數驚人的帳篷。

有人突然從帳篷內探出頭來，剛好跟賈伯斯面對面的四眼相對。

「小夥子，是否需要為你祈福呢？」頭上纏繞白色頭巾老邁的印度修行人問道。

賈伯斯來不及張口拒絕，亨克便搶快回答說：「沒問題，需要多少盧比？」

「一百盧比……或是給我二十美分。」老邁的修行人啞著嗓子說。他又指了指掛在帳棚外的木板，繼續道：「睡不臥床站立而眠已經三十年了，今年七十歲的我不但是虔誠修行人也是專業的占卜者，祈福外也順道幫你們占卜未來……如何？占卜收費五十盧比。」

老邁的修行人掀開帳篷，一股煙燻味撲鼻而來，簡單的矮桌旁早已圍坐幾位身穿褐色長袍的外地遊客，聽他們的交談口音，應該也來自美國西岸。

「你要占卜就進去，我到附近繞繞。」賈伯斯對著亨克說道。一路飽受行車顛簸之苦的他只想呼吸新鮮空氣，再加上帳棚內散發的特殊氣味更讓他無法忍受。

老邁的瑜珈行者忽然抬頭盯著賈伯斯微帶憔悴的雙眼。

「你的內心充滿風暴……同時也深埋著寂靜。」

「無論是風暴或是寂靜，都是我的選擇。」賈伯斯淡漠的回道。

他漫無目地的跟著洶湧的人群行走，不一會兒後方毛茸茸的駱駝隊伍，又將人群推散成兩邊。

悶熱的空氣逐漸漫著清涼水氣，離恆河愈近似乎就愈有股說不出的莊嚴氣氛，喧鬧的聲音被吟唱讚美的詩歌及低喃梵語所取代。

賈伯斯注意到一群衣著輕便的人們，如雕像般或站或坐在一大片用木板搭建的平台上，靜謐的氛圍讓他不知覺地加緊腳步。

「唵……。」二十幾位年輕人，跟著滿面白鬚的長者恢復跏趺坐[19]的姿態，面容平靜雙手合十。

印度白鬚長者黝黑的臉上，滿是歲月的風霜，他緩緩睜眼對著呆立在前的賈伯斯。

「一起加入吧。」山谷般迴盪的嗓音，有股鎮定心神的魔魅。

賈伯斯不發一語地走到白鬚長者的跟前，矮下身子雙腿交盤安坐在木板上。

「吸氣……像是吸收所有的能量……吐氣，忘掉現在、過去、未來……忘掉所有一切。」印度白鬚長者特殊的英語腔調，伴隨著鐘鼓般深沉的聲音，賈伯斯的身體開始感覺有如羽毛一樣的輕盈，如在空中飄浮、又沉入大地。

◇◇◇

初春回暖之際，連綿山稜間的白雪還未融化，一千五百多公尺的卡梅爾[20]山谷瀰漫著濃濃的霧氣。

《塔薩哈拉禪修中心》[21]的禪堂，聚滿了從美國各地前來尋覓內心般若[22]，各形各色的人們。

禪堂前，花瓶裡綻放淡雅的香氣含苞的百合與爐內燃燒的檀木，交融成獨特讓人醒神又靜心的味道。

「心的寧靜超越了你呼吸的盡頭嗎？」坐在堂前清癯的日本禪師問道。

禪師微笑的環視禪堂裡年輕的面孔，有的人眉頭輕蹙臉色不耐、有的人半瞇著眼身體卻微微晃動。

「如果你的出息平順，不要試圖硬要呼氣出去……因為你就在進入心全然完美寧靜的狀態。」禪師停了會兒，繼續問道：「你們聽到禪堂前百合花開的聲音了嗎？」

禪堂坐在最後的留著金色齊肩短髮的女學生忽然舉手。

「乙川禪師，花開的聲音怎麼能聽到，人又不是昆蟲……」女學生的話語未完，全場閉眼禪坐的人，幾乎全忍不住大笑起來。

咚、咚、咚

乙川禪師噙著笑，邊拿起禪杖用力槌了地面。

◊◊◊

咚、咚、吱、咚

印度白鬚長者大力來回在木板上踱步，發出吱吱的聲響。

「剛來的年輕人」白鬚長者蹲坐在賈伯斯前「你的靈魂回來了嗎？」

賈伯斯身軀抽動了一下，忽地睜開眼。

「這不是你該問的事」賈伯斯輕扯嘴角似笑非笑地繼續說道：「請你教導我如何去除內心的不安及迷惘。」

「哈哈哈哈哈哈。」白鬚長者大笑起來，他向站在灰色帳篷前體格壯碩的青年揮了揮手。

「Blang Lassi[23]可以幫助你，哈哈哈哈哈……」白鬚長者裂開嘴露出門齒缺牙對著賈伯斯大笑道。

頭戴白色布巾的壯碩青年，端來灰色帳篷前販賣未完的綠色飲料走近，賈伯斯四周追隨白鬚長者修練瑜珈的人們，紛紛掏出紙鈔接過壯碩青年手中的 Blang Lassi。

正當賈伯斯準備跟著大家將綠色充滿椰子香氣的 Blang Lassi 一飲而盡時，遠遠看到亨克拼命揮動雙手，遠遠從百公尺處狂奔過來。

他握著瓶身喝不到一半，就開始感覺天旋地轉。

喜馬拉雅山腳下的啟示

沃茲尼克[24]放下手中的奶油蘇打汽水，打了一個嗝。

「沒想到我們還真的成功了！」沃茲尼克用手隨性的抹掉鬍子上的汽水漬，勺子般的長臉透著一股滿足。

「我的音頻震盪器不穩定、複製不出正確的頻率……也只有你能做出數位版的藍盒子……二極體、電阻、絕對音感的音樂系學生……哈哈哈哈……免費撥打出去的電話啊……我們真的成功騙倒政府用十多年心血及上億造價的電信設備……哈哈哈哈……」賈伯斯笑得合不攏嘴，爽朗高亢的聲音引來餐廳其他人的側目；有些年輕女孩看到他俊俏挺拔的模樣，不禁低頭私語一番。

沃茲尼克看到周遭女孩們投注過來的目光，連忙別過頭去假裝整理自己的隨身筆記；父親是加州理工學院的高材生、設計飛彈導航系統的工程師，從小與電子零件為伍生活的他除了研究電路板、電晶體外，就是自學程式。但過於內向害羞的個性到了二十一歲還沒參加過半次聯誼，對於異性交往更是一竅不通。

賈伯斯對於旁人的眼光似乎早已習慣，自顧自地眉飛色舞講述藍盒子[25]的販賣狀況。

「喂，老弟們。」沃茲尼克後面那桌一群牛仔打扮的嬉皮突然走了過來。

「有可以免費撥電話的神奇玩意？」帶頭穿著緊身背心、瘦如竹竿約莫二十歲的男人問道。

「當然有，我們甚至可以在外頭的公共電話示範給你看。」賈伯斯立刻站了起來，一邊示意好友沃茲尼克先趕快結帳。

一夥人隨著賈伯斯走到了電話亭，沃茲尼克熟練的拆掉電話線，拿出背包裡的藍盒子的線路接了上去，並隨意撥打到芝加哥的店家。

「也太神奇了，這價格多少？」瘦男人問道。

「一百五十美元。」賈伯斯很快地回道。

瘦男人聽了回頭跟嬉皮朋友們討論了一會兒。

「你手上的藍盒子可以直接賣我，算便宜些？」瘦男人問道。

賈伯斯看了沃茲尼克一眼，隨即點頭說道：「好，一百二十美元，不能再低了。」

「成交。」瘦男人彈了個響指，接著說道：「錢我放在車上，跟我過去拿吧！」

下午斜照的夕陽讓停車場裡的汽車蒙著一層奇特的光暈，賈伯斯瞇了瞇眼緊跟著四、五個嬉皮後頭。

瘦男人走近白色雪佛蘭汽車，拉開駕駛座的車門，對著賈伯斯招招手。

賈伯斯矮著身子低頭看瘦男人從椅子底下準備掏出現金，正要一手交錢、一手交貨時，一股奇異的冰涼感突然穿透全身。

「老弟，快把東西交出來。」一把漆黑的手槍向下抵住賈伯斯的肚子。

一瞬間，十六年的生活點滴全都在他腦海裡如幻燈片般快速閃過。

冷汗從賈伯斯的額頭冒出，他緊盯著敞開的白色車門。

若是用力把車門關上，就能夾住他的腿，我跟沃茲尼克應該可以趁機逃跑！

他眼角餘光飛快地往右後方臉色慘白的沃茲尼克掃過。

但跑走的同時，也可能被這群盜匪朝背部開槍！

賈伯斯的腳不聽使喚的倒退，周遭安靜的只剩下自己的呼吸聲，眼前這把泛著冰冷光芒的 M29 左輪手槍，變得巨大無比。

「我……這個……」過了彷彿一世紀，賈伯斯的喉嚨終於發出乾啞的聲音，他顫抖著將手中的藍盒子遞出。

緊身背心的持槍瘦男人漫不經心地將藍盒子接過，並快速念了一串號碼。

「這個是我的電話，東西我先拿走，若真沒有任何問題，還是會付錢的。」話一說完，很快地招手與其他同夥上車揚長而去。

直到汽車的引擎聲遠離，賈伯斯才跨出虛軟的步伐，坐上自己的雙色納許大都會轎車。

「剛才那是真槍吧！」賈伯斯兩眼直視著一百多公尺處的披薩店招牌，僵硬的扶著方向盤問道。

「是的……」沃茲尼克渾厚的嗓音也變得沙啞。

「用命換一百二十美金……不值得……對吧？」賈伯斯接著說道。

「嗯。」沃茲尼克爬滿黑色鬍鬚的臉依然慘白。

賈伯斯緊握方向盤的手瞬間佈滿青筋，長長吐了一口氣後，才拉開手剎車。

如果今天就是我生命的最後一天，這些事情值得我去冒險嗎？

世界原來充滿無可預料的變化，父母都可以如此輕易地拋棄親自賦予生命的嬰孩，何況是陌生人！

養父母寵溺又無可奈何的神情突然浮現腦海，為了他想逃離那充滿霸凌記憶的七年級，掏空積蓄舉家搬遷到洛斯阿圖斯。

賈伯斯麻木地抓著方向盤，筆直的道路、左右來往的車輛行人、稀疏的建築物好像離他很遠很遠。

他的油門踩的很輕，跟往常不太一樣……他也沒有聽《鮑布．狄倫》一九六六年的現場演唱錄音帶……只有風從車窗縫中灌入的呼嘯聲。

◊◊◊

當他甦醒的時候，臉上有股涼意。

「Vede Aham Erric Nubi Vona Nubi Pavitre Ganga Mataram……Aradhanam Kalpayami Tharpanam Kalpayami Ganga Mataram Maduyam……」（潔淨……自我……神聖的恆河啊……）

三位面生的印度青年繞著賈伯斯不斷地吟唱祈禱文，蹲坐在旁的亨克眼睛半瞇拿著大扇子手不停歇地往他的臉上扇風。

「我們走吧！」賈伯斯渾身酸痛地扶著沉重的頭坐了起來，長髮及濃密的鬍子濕濡成條狀，褐色的長袍前襟散佈著一塊塊還沒乾涸的青漬。

「你醒啦！真快。幸虧我發現的早，Blang Lassi一般剛到印度的遊客都不太敢嘗試的。你的德里胃又還沒好，還有光是坐車到這裡都快去掉你半條命了。」

「我已經醒了。」賈伯斯打斷他的話「你應該看到我已經醒了。」他啞著嗓子又重複了一次。

亨克張嘴愕然地看著這位認識不久的旅伴，覺得他突然變得陌生起來。

「請再支付五十美分。」三位原本繞著賈伯斯誦念祈禱詞的印度青年伸手向亨克討錢。

賈伯斯很快地從衣服的夾襯裡拿出一枚硬幣，塞進最靠近他的印度人手裡。

亨克緊跟在賈伯斯身後快速走著，身上左右各背一個包包，直到身後的灰色帳篷隱沒在地平線的另一頭，賈伯斯才停下腳步，全身虛乏的跪了下來，膝蓋深深陷在黃褐色的沙地。

河水涼爽的氣味撲打在他被曬紅的臉，凌亂的鬍髮夾雜著飄散在空氣中的沙塵。

「恐懼……」賈伯斯乾裂蒼白的嘴唇斷續的吐出幾句話「……生命的盡頭……寧靜……冥想……」他將臉深埋在掌心，瘦削的肩膀一顫一顫地抖著「嗚……」

淚水從指縫中滲出，賈伯斯的手肘抵著膝蓋，整個人彎曲成一團。

「沃茲尼克和我組裝出……免費撥打電話的藍盒子……操控……十億美金的電信設備……有人搶了它……拿槍……如果……死了呢？」賈伯斯低聲自言自語著。

「為什麼他們不要我……獨一無二……既然是獨一無二精挑細選……」他的鼻音變得更濃濁，說到這裡，賈伯斯突然抱著肚子乾嘔。

「史帝夫？」亨克彎身不安地看著賈伯斯蜷曲成一團又不斷喃喃自語，他的手停在半空中，不知道是否要安撫這位情緒忽高忽低，令人捉摸不定的友人。

寬闊的藍天飄來幾片羽毛般的薄雲，陽光烈焰般的閃耀著一簇簇遙望無際各種樣式的篷頂，雲湧而來數十萬計的印度人、苦行者、瑜珈師、各國的遊客……無論是虔誠的、好奇的、想一探究竟的或是趁機撈一筆的商人，都擠滿原本沉靜灰藍的神聖千年河岸。

◇◇◇

舊德里車站。

大白天的車站大廳因陽光角度而暗到幾乎看不見光線，微弱的風夾雜雨後的濕潤、草香、牛隻動物的味道在空氣中擺動。

火車進站時的汽笛、鐵軌與車身摩擦的轟隆聲，大廳內塞滿了為數壯觀躺臥在地的人們、提著皮箱背著行李的旅客更是用各種奇怪的跳躍腳步穿梭，吵嚷的雜音幾乎快衝破屋頂。

賈伯斯面色青冷地站在火車站的候車室盯著氣窗邊，牆上框起的餐廳的點心價目表。矮小黑不溜丟的侍應生，跨過幾個橫躺在地板上全身包的密不透風正在熟睡候車的旅客，雙手高舉盤子，對著賈伯斯喊道：「先生，您的餐點。」

「史帝夫，就此道別了，我還得趕往南印度找朋友。自己留心注意些。」拱門邊五公尺遠的亨克對著賈伯斯的方向搖晃車票。

「謝謝你這幾日的嚮導。」賈伯斯抓著侍應生遞過來用香蕉葉包裹的食物，一邊點頭說道：「一段難忘的行程。」

「接下來計畫去哪裡呢？」離開沒幾步亨克又不放心的轉頭大聲問道，他記得賈伯斯還有一位友人要從美國過來會合結伴同行。

車站入口又是一陣喧嘩，好像又是剛出站的旅客與三輪車司機起了爭執。

「再見了，保重啊！」賈伯斯好像沒有聽到亨克的問話，抬起頭對著亨克的方向用全身的力氣大聲道。

亨克的身影很快被湧進來的旅客沖遠了，他們彼此伸長脖子想聽到對方的回話……而聲音卻被一陣又一陣的音浪給湮沒。

◊◊◊

落日餘暉將船隻河岸染成橘紅，樸實的茅屋橫遍山谷田野間，圓潤的丘陵在天際雲彩邊勾勒出一道道墨綠色的弧。

寬闊的河流，被二十艘串聯在一起的船隻浮橋分成兩端；這裡是接近奈尼托爾[26]的小村落，傳說精通過去未來的卡洛里上師曾經住過的地方，就在浮橋的彼岸。

幾天的餐風露宿，讓賈伯斯的身形更加消瘦，白皙的膚色早已被曬成發亮的古銅。

「卡洛里上師住在哪裡？」滿臉黑鬍的賈伯斯走下船隻，轉身向守橋人問道。

「上師今年三月出現在浮橋邊替人治病，但他已經八十歲了。我們已經兩個月再沒見過他走出茅屋。」守橋人伸出乾黑的手，往夕陽的方向比了比「可能已經不在人世了。」

守橋人的僕人和船夫將賈伯斯的唯一的行李搬下船。遠方傳來樂團的笛子吹奏的顫音，夾雜著鼓聲和不知名的樂器……

那是印度婚禮的樂音……

賈伯斯直直地盯著守橋人，過了半晌才開口說道：「你說卡洛里上師過世了。」

「是的～沒有別的事我們要走了。」守橋人回答後，很快地離去。

除了一頭凌亂的鬚髮及美國西岸的口音，賈伯斯一身的樣貌衣著幾乎與當地人毫無二致—赤足行走、隨意用麻繩繫上的棕褐色寬鬆棉衫、長及腿肚的棉褲。

拖著行李走進樸實原始的村落，賈伯斯的身影隱入人群中。

接近赤道的太陽很快地西沉，緩步行走拖行重物的牛車、叫跳的猴兒及成群的鳥、在泥巴翻滾戲耍的當地孩童……彷彿一瞬間靜謐下來，散佈在棕色大地磚瓦屋房悄然覆上一層薄薄的月光。

賈伯斯緊緊曳住自己的行李，不知不覺地望向佈滿星辰的天空，成千上萬顆如鑽的星子閃耀在他深褐色的瞳仁裡……紫白橙紅的銀河極緩慢的流淌在巨大無垠的蒼穹中……他好像聽見自己胸膛內心臟的跳動，腦海繁雜的思緒消失，一股莫名安定的力量湧上。

「先生，請問需要住宿嗎？前方不到一公里處有提供租屋。」微胖的中年印度婦人頭頂著黃銅水壺，露出潔白的牙齒親切問道。

「好。」賈伯斯很快地回神答道，連他自己也覺得相當不可思議，為何自己會突然信任這位印度婦人。

跟著婦人彎了幾個彎，進入窄長的巷弄、跨過匍匐在泥地上酣睡的牛隻；磚屋茅房前，幾個蹲坐在石頭上留著灰白長鬚、額頭點畫上濕婆神[27]的藍色第三隻眼的瑜珈士吞吐著煙圈，巷弄中飄散特殊的薰香及植物精萃的芬芳。

在賈伯斯沉浸在奇異的寧靜氛圍時《斯文南達旅社》的白色木板，映入眼簾。連著覆滿月光的夜空，整棟磚塊堆疊的牆面，在昏黃的街燈照射下，磚面上的波斯藍透著神秘的色暈，一旁襯著鑲入壁內的乳白色招牌，整體散發樸實又溫馨的美。

賈伯斯毫不考慮地付足了七天的房租，他很快的住進布置簡單的房間內，躺在木板床上望著未經修飾的水泥天花板，思緒不斷的奔騰著。

◊◊◊

……執常見者終會對從未晤面的上帝和無法找到的靈魂或本質，感到幻滅。這又引起較複雜一些的下一種對實相的誤解—斷見。斷見主張一切事物皆出自於奧秘之「無」。這種看法有時好像是有神論和無神論共同的主張：上帝不可知。太陽照耀大地，助長生命，供給光熱。但我們卻找不到生命的源頭……

「丹尼爾，你要趕快出發，不然就趕不上飛機了。」丹尼爾．科特克[28]的母親站在樓下朝科特克的房門喊道。

「旅行支票已經幫你多準備五百美金，你那位朋友—史帝夫，有跟他約好在新德里的哪間旅舍會面嗎？」丹尼爾．科特克的雙親都是紐約白領的高階主管，住在紐約郊區的他們，生活相當富裕。

科特克放下手邊的書—《突破修道上的唯物》[29]，拉開房門回答了母親問話。書中的字句還在心中縈繞著，他微垂的大眼流露出溫和的光。不知道提前一個多月抵達印度的賈伯斯，見到卡洛里巴巴大師了嗎？

房間內的電話突然響鈴大作，科特克愣了一會兒才接起。

「聽說你今天要搭機飛往印度跟賈伯斯會面，他這陣子有打電話或是寄信給你嗎？」電話一接起來，對方劈頭就問。

「克莉絲安[30]，妳說太快了。」接到賈伯斯女友突如其來打來電話，他一點也不詫異，雖然時間緊迫，但科特克仍是耐心的用剩下的五分鐘安撫她。他脖子夾著話筒，座機的電話線拉的老長，他一手還趕忙的將幾本書塞進藍紅條紋的行李箱。

「對、對……所以妳說，他去印度禪修的事情沒跟妳說？」科特克皺眉點頭摸了摸木勺般前彎的下顎。

「我實在快受不了他那古怪的脾氣了，一下子熱情如火的寫詩、彈吉他，一下子無聲無息突然消失了一個月，等他回來，我一定要跟他攤牌……」

話筒另一端的聲調突然拔高了八度，變得尖銳。

房門外傳來穩重的腳步聲，科特克連忙用雙手包覆住聽筒。

「克莉絲安，妳放心，我一定會將賈伯斯平安帶回來的！」

「他是死是活都已經不關我的事了。」克莉絲安情緒激動地打斷科特克的話，隨即掛了電話。

◊
◊
◊

連續四十多天的舟車勞頓，讓原本水土不服的賈伯斯更加憔悴，身高一米八五的他，體重僅六十公斤不到。

躺在《斯文南達旅社》二樓簡樸乾淨的房間內半個多月來，接受好心的店主人夫婦烹調的素食餐點，賈伯斯凹陷的臉頰才慢慢豐潤起來。

五月了，距離和科特克在新德里會面的時間不到七天……

賈伯斯滑下木板床，隨意盤坐在地上，打開行李箱探了探底層，抽出幾本書。

枕頭旁藍色封面的《一個瑜珈行者的自傳》被攤開倒放在床鋪上，賈伯斯看了一會兒行李箱內的書，又伸長手將床上的藍色書籍拿來專注的閱讀著。

金色波浪長髮的身影，如閃電般躍入他的腦海。

「克莉絲安……」他輕喃道，微彎的脊樑稍稍挺直，滿臉的落腮鬍及披肩凌亂的長髮，在傍晚的斜陽微風中輕輕飄著。

街道依然是小孩的嬉鬧聲、牛車、鳥群、猴子……偶爾夾雜狗兒的吠叫聲，他們似乎生活的相當清貧……但也相當的知足；他忘不了河岸另一端住在簡陋茅草屋的一群人，只有穿著僅能勉強遮住軀幹的衣料，各個骨瘦如材眼神畏縮，他甚至看到背著飄散臭味竹簍的「拾糞人」，沿街撿拾清理泥地上的糞便……當地居民稱這些人叫做「賤民」[31]。

從新舊德里間古老的《強德尼丘克》市集、恆河河畔的大壺節連綿不斷的瑜珈行者、數不清的形形色色的帳篷及遊客、漫天黃沙的公路及擁擠髒亂的街道……到處伸手乞討滿身髒污的孩童、頂著牛糞叫賣的少年……但也有金碧輝煌的寺廟、令人心生崇敬雕刻精緻華麗的建築……。

一切是如此的矛盾、又如此的和諧、友善……也充斥著偽裝成好心人的騙徒。

在恆河接受洗禮的初生嬰孩、恭敬用河水浸潤全身衣飾華麗的男女老幼……還有一旁裹著白布燃燒的屍體……神聖與汙穢並存……或許這才是真正與天地交會的靈性。

如此的原始，卻又如此的協調。

兩行淚水莫名從眼眶中湧出，賈伯斯放縱自己哭出聲來……他的親生父母到底是誰……為何不要他……為何拋棄他……

賈伯斯整個人趴伏在床沿，放聲大哭。

◇◇◇

五月悶熱的初夏，坐在客廳的克蕾拉不自覺地打了一個寒顫。
她吐出最後一個煙圈後，隨手捻熄了冒著紅光的菸頭，又不自覺的朝白色窗戶外的郵筒望了過去，下午三點半郵差還沒送信，噢！對了，今天是週六，郵差只在早上送信。
「咳咳咳……咳咳…」她劇烈的嗆咳了幾聲。
「媽~妳又抽菸了，醫生不是要妳別抽這麼多嗎？」穿著牛仔短裙一身亮麗的佩帝·賈伯斯[32]走下樓梯時，就聽到母親的嗆咳聲，不禁關心道。
「佩帝，妳要去哪？」克蕾拉順了幾口氣後問。
「彩排高中畢業舞會的表演。」佩帝簡短回答道，手指一邊將剛上的紫紅色唇膏抹勻。
叭、叭叭。
門外響了幾聲汽車喇叭，佩帝匆匆道別母親，很快地套上綴滿鉚釘的短靴跳上停在門口的黑色敞篷車，駕駛座一頭油亮的男孩，立刻踩緊油門駛離，車後留下陣陣白煙。
「保羅、保羅。」克蕾拉突然探向窗戶朝車庫方向喊著。
「怎麼了？」正在車庫裡整修汽車配電盤的保羅，捲起的藍白格子長袖襯衫沾滿一塊塊的油漬，他皺著眉思考線路問題一邊回應妻子的叫喚。
「有接到史帝夫打回來的電話嗎？」克蕾拉聲調不穩地問道。
「他不是說跟大學同學科特克到印度旅行？」

「從四月份歐洲出差到現在，連一個消息都沒有，他會不會……」克蕾拉的語音顫抖。保羅嘆了口氣，拿起引擎蓋上的抹布擦了擦手，推開與屋內相連的隔門。

「孩子都十九歲了，都這麼大了，照顧自己一定沒問題的。」保羅坐到妻子身邊安撫道。

「他是如此敏感纖細的孩子，印度那麼貧窮落後，他能受的住嗎？」克蕾拉抓住丈夫的臂膀，史帝夫六歲時從院子外跌撞進客廳內滿臉淚水哭喊著：「爸媽不要我……」的小小身影浮現在腦海。

「別擔心了，他出發前有說和朋友去印度禪修五、六個月就會回來的，還要我們記得去機場接他，妳看那張照片。」保羅指著壁爐上留著長髮笑容燦爛的史帝夫照片，他雙手抱著自己第一次組裝的音響喇叭。

「還記得那時候嗎？才十五歲的孩子就懂得自己找尋資訊突破技術盲點，無論在哪裡遇到困難都會找到出路的。」保羅臉上漾著柔和表情，眉間眼角的皺紋瞬間淡了。

「哈哈，我記起來了，史帝夫十三歲就敢打電話給惠普的執行長，向他要機械的零件。」克蕾拉一掃臉上的陰霾，扯開嘴角輕笑。

「是啊，那是計算每秒的電子脈衝數目—計頻器的零組件！噢，對了！他還因而能在暑假到惠普工廠打工，那可是讓同年齡的孩子眼紅的工作啊！」保羅伸過手輕摟著克蕾拉接著說道。

「他是我們驕傲的孩子，感謝上帝的恩賜。」

「嗯……」克蕾拉依偎在丈夫懷裡，看著壁爐上一家四口坐在草坪上燦笑的合照。

◊◊◊

挺拔高聳的喜馬拉雅山的頂峰，終年不化的雪在朝陽的輝映下閃耀金色光芒，無雲寬闊的蒼穹只有澄淨漸層的藍暈染著整片天空。

數十位苦行者忽高忽低的在草木扶疏的丘陵行走，剛病癒的賈伯斯氣喘吁吁的遙遙地落在後方，他左手抓著腰間的水袋吃力地想跟上苦行者們的腳步。

一群人在人工堆砌的池塘邊停了下來，領頭的年輕導師示意跟隨者席地而坐，便步履輕快的往賈伯斯的方向奔去，他毫不費力的一把拉著賈伯斯的手臂，將他帶到池塘邊的水井旁。

年輕導師說著賈伯斯聽不懂的印度話，對他又是點頭又是搖頭的比劃著，只見年輕導師在腰布裡探了探，拿出了一把小剃刀。

「你真像個小娃娃啊……」年輕導師看著滿臉鬍鬚、長髮凌亂披肩的賈伯斯，用濃厚印度腔的英語低聲咕噥著，圍繞在旁的追隨者也不約而同的發出笑聲。

在賈伯斯還沒回過神來時，下巴的長鬚已經被割掉一半。

「我們必須拯救你的健康。」年輕導師說道，接過身旁跟隨者遞來的香皂，沾了沾剛從水井裡打上來的清水，將香皂抹上賈伯斯的頭髮……。

「……整個宇宙、所有的物質世界是創造者思想的投影，這些都是神在夢境中造出的萬事萬物，如同夢境中，意識讓物質產生出並實體化……然後用能量加速產生物質，組合土的原子形成固體……當他收回意念，所有的土原子就會轉變回能量，能量轉為意識，土的概念就消失……做夢的人在不知不覺中，把思想變成物質，這是夢的本質……同理，當人從宇宙意識醒來，一個宇宙大夢的幻境就消失於無形。」年輕的導師聲若洪鐘的講了快六個小時，也沒見他喝過一口水或露出一絲疲態。

太陽高掛，烈日直接照射在每個人裸露出來的手腳，理當會泛紅曬傷的肌膚，卻仍透著常態的色澤。

混雜在苦行者裡的賈伯斯，原本滿臉鬍髮的他，彷若換個人似的被剃了大光頭，面容乾淨看不見一點鬍渣。

他看著池塘邊身穿褐色單肩布袍、傳統棉褲的年輕導師傳道授課已經整整一個上午，不知為何腦袋卻異常的清醒，其實他不太明白導師在說什麼，只知道旅店男女主人對這位導師是恭敬有加，對待如神祉一般甚而匍匐在地親吻年輕導師的腳趾。

對喜馬拉雅山腳下的居民而言，苦行者或瑜珈師是神靈的代表，是通往無上靈性的管道。

賈伯斯突然憶起舊金山《塔薩哈拉禪修中心》裡的乙川弘文禪師，追隨他禪修的時間也有兩年多了，禪修中心的創辦人鈴木禪師的著作《禪者的初心》，更是他過去與科特克在里德學院宿舍每天必定翻閱討論的佛學書籍之一。

年輕導師的語調突然高亢起來，將賈伯斯漫飛的思緒拉回。

「心靈的力量是無窮，物質的生活是有盡，外界是恆常變動的，唯有內在探求知覺靈性起源，才是跨越永恆不變的真理。」他清了清喉嚨繼續用宏亮的聲音說道：「無論是東方還是物質文明昌盛的西方，世界的樣貌都是由人們認知的以為所創造……當我們還待在母親的身體裡尚未出生時，早已擁有宇宙的愛……」

西邊飄來大片雲朵，遮去喜馬拉雅山腰方圓百里的陽光，峰頂終年積雪的冷空氣緩緩落下，賈伯斯緊繃的筋骨忽然放鬆舒暢，他闔上眼簾將伸直的腳跟著身旁的瑜珈行者、苦行僧一樣兩腿交盤跏趺坐，慢慢地加深了自己的呼吸。

◊◊◊

暴雨過後漫著細雨的新德里車站，總算有些潔淨的氛圍，只是車站屋簷下避雨歇息的三輪車司機讓人滿為患的大廳更顯得擁擠了，地板躺臥的、椅子上坐的、人縫間勉強穿梭的小販、頭頂著手抱著行李一身狼狽的外國旅客……人與人之間幾乎找不到任何空隙，到處充斥著汗水、體味、各種香料交雜的氣味。

街角牆垣邊的垃圾堆杵著幾隻猴子，正翻找旅客們隨手丟棄的食物。

科特克呆站在車站大廳出口前的廣場有一段時間了，他左手拎著滴水的雨傘，眼睛還是不放棄的四處搜尋著熟悉再不過的身影。

抵達新德里與賈伯斯相約見面的飯店已有五天，炙熱難耐的空氣及變化倏忽的天氣、雜亂的街景，人與各種動物、刺鼻腥臭。有時卻又滿溢著沒藥乳香燃燒的溫潤氣息，還有擁擠又五顏六色的公共場合，從新奇驚訝到幾乎麻痺；他知道賈伯斯獨來獨往害羞內向的個性，以及積極探索內在覺知的狂熱，但為何早已過了約定會合的時間，卻遲遲未現身？

頭頂上大片烏雲很快的被吹散，原本擠在車站內避雨的車伕們，一個個載著剛招攬到的旅客往四面八方離去。

慢慢踱步回飯店的科特克緊蹙著眉，略窄的長臉顯得有些憂鬱，他停下腳步捲起濕濡的牛仔褲管。

「我買的是鮮奶，不是摻水過後的稀釋牛奶。」

左前方店鋪前的大吼聲吸引科特克的注意。

「妳這個騙子，還收了我三盧比，稀釋的牛奶連二十派沙都嫌貴！」店鋪前講著一口美式英語，頂著大光頭的瘦高僧侶不斷地咆哮。

賣牛奶的女販子並沒有被眼前大聲說話的僧侶嚇到，反而用更尖銳的語調堅持牛奶絕對是純的，一滴水也沒有。

「混蛋，我不是被妳欺騙好玩的白痴。」僧侶憤怒的握著拳頭大力比劃著。

猴群突然從街角衝出，僧侶閃避時不小心勾住女販子紅黃交織的紗麗。

「啊～」女販子尖叫著，她上半身的衣服幾乎被扯落。

「史帝夫！」科特克也叫了出來。

無法抵達的列城

美國舊金山　雅達利公司。

挑高三層樓的大廳布置滿滿的低矮灌木及高大的紅木，寬敞的區域極目所望一片翠綠。

滴滴答答……滴滴滴……答……

一樓大廳擺放的數台電玩遊戲機不斷地發出規律的音調，洽公的廠商業務好奇地測試最新型的打磚塊遊戲。

「歡迎來到叢林遊戲場。」諾蘭·布許聶爾[33]大笑地從九米高的紅色喬木後走了出來。

「布許聶爾大老闆，怎麼親自跑下來了。」從奧地利搭直飛班機到舊金山，還沒進飯店休息就直奔雅達利公司的廠商代表有點驚訝。

「哈哈，你不也是剛下飛機就急忙趕來。」筆挺地亞曼尼西裝，將布許聶爾厚實地身軀襯的更挺拔，暗紅色格紋領帶彰顯主人的獨特性格。

「上次我們派過去的工程師，問題處理得相當不錯吧。」布許聶爾帶著廠商業務進入電梯，如閒聊般的談起公事。

「噢！你說他啊。」廠商業務尖長的臉露出些許嫌惡「他的確很快就指出問題點是靜態畫面格數異常不相容的技術點。但他身上的味道……」廠商業務的臉皺了起來。

「我接到你們公司傳來的新訂單了，一百五十台電玩遊戲機。」布許聶爾不著痕跡的岔開話題。

等與在辦公室等候多時的律師確認好訂單數量、交換合約內容後，布許聶爾獨自走到隔壁的秘書室。

「史帝夫先前從歐洲寄回來的技術處理流程說明表，再拿一份副本過來。」布許聶爾交代正在與工讀助理整理檔案資料櫃的女秘書。

「您是說史帝夫．賈伯斯技術員。」女秘書從文件堆中抬起頭。

布許聶爾點點頭。

「好的，十五分鐘後會送進您的辦公室。」女秘書堆起笑容回答道，兩頰的雀斑顯得動人。

「史帝夫？大老闆說的是那位被派到德國慕尼黑，成天不穿鞋赤腳走路的怪人嗎？似乎沒有使用體香劑的習慣，身上總有一股味道……」助理等到布許聶爾離開後帶著疑惑的眼神小聲對著女秘書說道。

「噓～別在這裡，」女秘書向透明隔窗張望了一下繼續說道：「聽說他去印度靈修的旅費全由公司支付的。」

助理睜大了眼睛，手裡抱的一大疊檔案卷不小心滑了出去。

◇◇◇

科特克被滿布空氣中的黃沙嗆咳，滿嘴乾澀苦味的塵土，讓他一度作嘔。

「這個會讓你舒服點。」賈伯斯遞過水壺邊說道：「別喝下去，順過喉嚨就直接吐掉。」

「真的還要繼續到普納的禪修中心？」科特克覺得自己整個人都快被埋進風沙，一連坐了五個小時的顛簸公車，忍受四處飄散的不知名氣味，放眼望去除了荒漠還是荒漠。

隔壁沙丘傳來駝鈴響亮的聲音，全身裹著白布長袍的穆斯林商人，騎著駱駝後頭接著滿載貨品的駱駝群及一旁吆喝的人們，湛藍的天空彷彿看不到邊際。

「馬納里是不錯的地方。」賈伯斯突然沒頭沒尾的說道。

「咳咳……」正在喝水的科特克嗆咳了幾聲「你說接近西藏邊境的小鎮？」

「更接近喜馬拉雅山的地方應該會更接近開悟的上師。」賈伯斯眼光落在載滿貨物五顏六色的駱駝商隊。

馬納里小鎮，位在印度東北與西藏交接的喜馬偕爾邦[34]，若要從拉賈斯坦西部的塔爾沙漠出發，除了顛頗不堪的十數小時公路及等待不知何時發車的火車外，還得通過海拔五千多公尺的列城公路。

科特克反覆看著兩人夏季單薄的衣裳，還有幾袋半大不小的行李

「更接近開悟的上師……」科特克盯著好友的側臉─狹長微彎的鼻梁，竟讓他莫名的聯想到敘利亞的石油大亨，或許是荒蕪的沙漠、炙熱燒灼的天氣給他的幻覺吧！

「克莉絲安，她過得如何？」賈伯斯突然沒頭沒尾的問道。

「噢～很好。」科特克舌頭有點打結「史帝夫，你沒跟她說我們來印度禪修的事嗎？」

「追求心靈開悟的路程，說與不說又有什麼差別。」

公車行駛的速度漸緩，正在站牌等車的印度人湧了上來。

◊◊◊

寫滿藏文的五色旗幟，在荒山中飄揚。

海拔四千七百三十八公尺的公路上，冷冽的寒風不斷地從緊閉的車窗中竄入衣服的隙縫。

公車上的旅客早已穿上準備多時的厚重大衣、毛帽，只有坐在後排的兩位外國旅客身上層層疊疊的都是春夏季單薄的衣裳。

賈伯斯與科特克兩個人面色蒼白的靠在一起相互取暖，全身抖個不停。

「你們拿去用吧！」前排略胖的印度婦人突然轉頭，遞上深藍色邊緣有些磨損的毛毯。

「謝……謝謝……」科特克牙齒打顫的回道，隨著公車搖擺爬坡溫度漸漸降低，行李袋裡能穿的衣服都穿上了，他與賈伯斯忍著幾乎快要臨界的寒冷已有兩三個小時。

賈伯斯滿懷感激的將毛毯緊緊裹住快沒知覺的身軀。

連綿起伏的山峰盤繞著片片白雲，公路上散佈大大小小的石子，顛簸搖晃近六小時的車程、稀薄的空氣讓人反胃暈眩，周圍沒有半點綠意只有乾枯的灰與白。

他們無法抵達傳聞中，充滿神性的西藏喇嘛聚集地—列城；匆忙狼狽的下車後，就窩在木屋裡等待可以回程的便車。

六點，澄黃的夕陽餘暉如岩漿般包覆灰白寬闊的山谷，峰頂的積雪與山間的白雲交疊，聖潔的氛圍幾乎讓人屏息。

巴哈低音無伴奏大提琴的旋律，從耳畔響起，賈伯斯半瞇著眼輕晃腦袋……

忽高忽地對稱的弦樂聲、穩重而規律的來回震盪，眼前的絕美景象讓賈伯斯忘卻身體的飢寒，他神識開始飄忽，長睫毛上泛著薄薄的淚光。

不知何時，塗滿整隻白綠公牛飲料廣告的私人巴士緩慢停下，科特克拉著沉浸在自己世界裡的賈伯斯再度擠上狹小的車內。

八月、九月、十月，他們在印度大小城鎮走走停停。

一九七四年的秋天，經過七個月印度之旅的兩人，終於返抵美國。

◇◇◇

「布許聶爾老闆，您的電話。」

「是他嗎？」布許聶爾壯碩的上半身在會議桌前直了起來。

站在門口的實習助理扯開單邊的嘴角點點頭。

「你們先就新一季遊戲開發的構想。」布許聶爾指了指桌上成疊的卷夾「挑出最容易進入家庭的系列，我們除了大型的機台可供消費者玩樂外，新的計畫是進入每個家庭—連結電視的遊樂器材。」

圍坐在長型會議桌的十多名主管，臉上都掠過一絲詫異，但很快就恢復平靜，每個人蹙眉抿緊嘴唇，默默拿起最近的卷夾閱讀。

「印度之行很棒吧！」布許聶爾走進專用辦公室快速接起電話。

「三千多美元的旅費全都用完了，我跟朋友中途還掉了行李。」話筒傳來溫潤平實的聲音。

「身體健康很重要，你隨時回公司都可以。」布許聶爾的聽筒夾在脖子間，他專心聽著另一頭的滔滔不絕，一邊將條紋襯衫的袖口捲高。

「好，沒問題，就安排在月底。」布許聶爾揚起眉毛點頭，眼尾的笑紋又大又深。

賈伯斯掛下電話後，躺回床上望著乳白色的天花板。

天花板的顏色變淡且色澤飽滿，應該是父親三個月前又重新刷過。

他無意識的伸手，將天花板木條拼接處當成底線，快速在空中描繪簡潔扼要的巴塔德字體[35]。

禪修、般若智慧、開悟、大師、印度、雅達利、乒乓、打磚塊、藍盒子、禁慾、素食、活在當下、突破修道上的唯物、鮑布．狄倫、禪者的初心……。

修長的手指突然停在半空，他頓了一會兒後，不斷反覆寫著「zen（禪）」。

◊◊◊

沃茲尼克剛準備踏離惠普[36]的辦公室，桌上的專線就響起。

「是我。」

「史帝夫，你回來啦！」沃茲尼克眉開眼笑，長滿下顎的絡腮鬍都快飄起來。

「你怎麼知道我的辦公室電話，半年前我才剛升上實驗部的主任……」寡言的沃茲尼克一遇到熟人，話開始變多。

「要找到你不難，待會約個地方見。」賈伯斯笑道。

「還是我待會開車去接你，別走開……」還沒等到沃茲尼克回答，賈伯斯就結束通話。

雅達利公司前的停車格在傍晚六點時，瞬間停滿，一輛裝滿各式樂器的貨車正在門口停等。

「歡迎來到星期五啤酒狂歡節。」賈伯斯握著方向盤，很快將車子熄火打開車門，喧嘩的聲音灌了進來。

沃茲尼克垂頭猛拉著自己的袖子，跟隨賈伯斯的腳步進入辦公大樓後方的會場。

「史帝夫，你回來啦！」公司裡的韋恩第一個注意到他，快步跑近賈伯斯「兄弟，離開美國去尋找印度上師的旅途一定精彩吧！」

「精彩而充滿未知的冒險旅程，」賈伯斯抿著薄唇點頭笑道：「每天都有不同新鮮事等待著我，沒有預先規劃全憑著直覺判斷下一步，與我們西方世界截然不同。」賈伯斯理了理橘黃色的長袍上的皺褶，底下仍是光腳踩地。

後方廣場的貨物裝卸區，幾位先抵達的樂手，正開始調音、試樂聲的大小，小喇叭吹奏著一陣陣的旋律，兩旁的長桌擺滿披薩及好幾桶的啤酒。

「要回公司上班了嗎？跟大老闆通過電話？」年近四十卻精瘦結實、身穿最新款的藍灰色連帽休閒裝的韋伯，不禁打量眼前一身僧侶模樣的同事―頂著大光頭，皮膚曬得黝黑健康的外表，不難看出在印度扎實旅行的痕跡。

賈伯斯沒有立刻回答韋伯的問話，轉頭對著不斷低頭看著自己腳尖的沃茲尼克說道：

「沃茲，你隨意逛逛吃吃喝喝，我到樓上辦公室找人。」

他們尚未走進三樓，前方就有其他員工通風報信，大喊「史帝夫回來了！」的聲音不絕於耳。

「看來史帝夫，你真是深受大家喜愛！」韋伯側頭，眼睛盯著賈伯斯光潔的下巴瞇長著眼說道。

「若是真的深受大夥兒喜愛，過去我也不用刻意被安排上夜班。」賈伯斯看著昔日的同事繼續說：「聽哈洛德．李提過，你曾經經營過一間公司？」

「哈哈哈，是阿，我的確開過公司，經營吃角子老虎機，但是卻賠的很慘！」韋伯開朗的長臉垮下，他搖了搖頭似乎想甩開不愉快的回憶。

「我先跟艾爾康打聲招呼，你再進去。」

韋伯邁開長腿推開深棕色的門，連遠在十公尺後的賈伯斯都聽得到他大喊：「史帝夫回來了。」

賈伯斯靦腆的摸了摸自己帶點硬刺感的頭皮，扯開嘴角笑了，原本平直的眉毛微彎。

「你是從奎師那神廟回來的僧侶嗎？」坐在辦公桌後方，西裝畢挺的技術部經理艾爾康，睜大眼盯著賈伯斯一身古老的裝扮─皺褶滿布的褐色布袍、肩上隨意掛著黑色背袋。同樣靦腆羞澀的笑容，但澄澈的眼神裡卻流露出一股說不出的從容自信；雖然像是活脫脫從古代印度神廟跑出來的僧侶，而渾身所散發的沉靜、靈動氣韻卻讓人感到舒暢。

「這是拉姆．達斯巴巴寫的《活在當下》，請你一定要讀它。」賈伯斯從斜背袋裡掏出一本書，放在艾爾康的桌上。

「我可以回來上班嗎？」賈伯斯深褐色的眼睛牢牢看著艾爾康。

「當然沒問題！大老闆布許聶爾已經跟我下達人事命令了，只要你準備好，隨時都歡迎。」艾爾康斂下略為稀疏的眉，方闊的臉閃過一絲猶豫，他記得大老闆有提過賈伯斯在印度染上某種血液的疾病。

「請幫忙轉達布許聶爾，一個半月後，也就是十二月我再回公司報到。」賈伯斯緩緩地說道，似乎欲言又止。

辦公室內陷入一種奇異的沉默。

「韋恩。」艾爾康朝著他揮揮手，示意他暫時離開。

「這一次的長途旅行，曾經吃過不潔的食物，得了嚴重的痢疾。」賈伯斯拉開椅子坐下來「回國時做了身體檢查，發覺血液有某種微小的寄生物，醫生說必須密集治療一個月才能痊癒。」

「很好，記得要好好治療。」艾爾康將帶有滾輪的椅子往後滑。

「歡迎你歸隊！」艾爾康站了起來，伸出短而厚實的手掌，用力握住賈伯斯修長的手。

◇◇◇

十一月的卡梅爾河谷村，開始飄下細雪。

「應該是這裡沒錯！」伊莉莎白坐在駕駛座上，手拿著加州部分區域的大地圖，望向塔薩哈拉禪修中心的木牌。

她仔細的停好車，穿上厚重的大衣穿越專供停放車輛、布滿碎石的小廣場。光禿的枝椏覆著點點白雪，雙線道的馬路旁杳無人煙，伊莉莎白將棕色長直髮攏進紅色大衣裡並束高領子。

走進禪修中心關上厚重的大門，立即被溫暖的氣息包圍，寧靜的禪堂內有幾個熟悉的面孔。

「小姐請妳拿著座蒲，直接找地方坐下來吧，大衣跟包包可以放在櫃子裡。」旁邊的僧侶靠近伊莉莎白輕聲說道。

「好的。」伊莉莎白深深吸了口氣，禪堂裡特有的木頭薰香充滿著鼻腔「我那位朋友，金色波浪及肩長髮的克莉絲安？」她比劃描述克莉絲安的模樣。

「她已經半年多沒來這裡了！」僧侶一臉平靜的說，灰黑的袈裟散發潔淨的氣味。

伊莉莎白頷首向接待的僧侶致意後，將隨身物品放置在禪堂門口的櫃子，默默的坐在早已閉眼靜坐多時的科特克身邊的空位上。

寂靜中，空氣裡只剩下不同節奏平穩的呼吸聲。

「妳也來了？」科特克短髭下的嘴唇微微的動了下，輕聲問。

「專程來趕走內心的紛亂，還有找我的男朋友。」伊莉莎白深藍色的眼珠轉了轉，臉上似笑非笑。

科特克微睜著彎垂的長眼，望向伊莉莎白。

時間慢慢無聲流逝，三十分鐘過去了，幾個剛進禪修中心的年輕人，身體開始不安地扭動。

鏘、鏘、鏘……

坐在禪堂前方的乙川禪師拿起槌子輕敲磬鐘，低沉厚實的聲音漫開。

「忍。」乙川禪師開口說話了。

「要開發我們的精神力，尋找平靜，就是要忍。」

「之前我曾經對你們說過，禪是最簡單平凡的，它存在每一個角落，在空氣、在天空、在每一個專注的呼吸。」

「睜開眼抬頭看看外面的天空，潔淨。我們應該總是生活在空寂的天空中，天空總是天空，儘管有時會出現打雷或閃電，但天空本身是不受打擾的……」

「記得你們第一次踏進禪堂靜坐的那份心念嗎？記得那一份初學者的心。」乙川禪師加重最後幾個字的音調，濃黑長眉下炯亮的眼神，來回在每一位學員臉上停留，光潔飽滿額頭、剛毅的嘴角透漏著智慧圓融與堅持。

「初學者不會有『我已經達到什麼』的那種念頭，所有自我中心的思想都會對我們廣大的心形成限制。如果你的心是空的，它就會隨時準備好去接受，對一切抱持敞開的態度。」乙川禪師突然停了下來，闔眼靜默的端坐在前堂。

「好了，今天的禪修課就到此。」

所有的學員慢慢地舒展開痠麻已久的腳，五分鐘後十幾位學員紛紛離開了，只剩下科特克與他的女友伊莉莎白。

「禪師。」科特克發出乾啞的聲音。

「請說。」乙川禪師微笑道。

「我發覺只要坐下來，我的心思會更多，平常的煩惱還會一擁而上。」

乙川禪師突然彈一個響指，科特克與伊莉莎白愣了一下。

「你剛才有任何煩惱的思緒出現嗎？」乙川禪師拉平衣袖問道。

他們不約而同的搖頭。

「當你靜下來時，發現心思紛亂異常，可以將注意力放在周圍。比方說，剛才的彈指聲。」乙川禪師笑了起來，溫和的神情變得慈祥，讓人聯想到退休在家整天含飴弄孫的爺爺。

「謝謝禪師的指導，我似乎懂了。」科特克彎身向禪師道謝，從座蒲爬了起來，對伊莉莎白伸出手，但她只看了一眼便自顧自地向禪師彎腰道謝離開。

「你們吵架啦！」乙川禪師笑著對科特克說。

「禪師，我有一個問題特別想請教您？」科特克左右張望了一下，確定女友已經站在七公尺遠的大門邊等他，才怯怯地低聲問道：「您可以從禪坐所得到的般若智慧中，預視自己或他人的未來嗎？我跟著史帝夫到印度禪修的旅途中，遇到不少自稱大師的瑜珈士，他們都宣稱可以在修行中看到過去未來。」

「哈哈哈哈哈……」乙川禪師朗聲大笑「我不認為自己可以預視過去未來。不過，年輕人，禪修的確可以讓自己的般若湧現。你的問題跟清晨來打坐禪修的史帝夫問的一模一樣。」

古樸的木製窗框外，耀眼的夕陽斜斜的照進禪堂，空氣中的微塵在光柱中無聲飛舞。

◇◇◇

結束兩個月的靜養，轉眼間賈伯斯回到雅達利公司上班又過了半年。

一九七五年三月對所有科技迷來說都是別具意義的時刻，尤其是有電子天才之稱的沃茲尼克，他和賈伯斯四年前發生藍盒子「槍」奪事件後，「史帝夫」[37]二人組已不再販售曾帶給他們不錯收入的免費通訊設備，沃茲尼克白天在惠普擔任工程師、傍晚就會到雅達利公司玩最新型的葛雷賽車，順便陪賈伯斯工作，協助優化產品。

「這一期的《大眾電子》……」沃茲尼克興奮的拿著剛上架販賣的雜誌，拼命在賈伯斯耳邊搖晃。

「第三期的已經出來啦～」賈伯斯蹲在故障電玩機台旁，細心的檢查後方的配線，回到公司後他主要的工作除了優化產品提出調整的報告外，還有一項就是修理故障的機台。

「劃時代的進步發明啊！每個人終於可以擁有一部屬於自己的大眾型電腦……」沃茲尼克將背包甩在一旁，彎下身來蹲在賈伯斯身邊，雖然聞到許久沒洗澡所散發出的厚重體味，但他早已習慣。

「噢～」賈伯斯猛然回過頭來，一把拿走繪有牛郎星電腦[38]彩色封面的《大眾電子》。這部機器有如立體音響的音箱，面板上有兩排燈號閃爍紅光，下方則是一排搖柄開關。

十歲時曾經跟隨父親參觀美國航太總署的艾姆斯研究中心的賈伯斯，見過真正的超級電腦，那整整裝滿上百坪房間的終端機群、數十捲玻璃門後運轉的巨大磁帶、無數個操作用的搖桿及代表各種訊號的燈誌……三、四十位神色嚴肅的大人們拿著紙捲、紙卡不斷來回走動、輸入資料的畫面，至今仍深深地烙印在腦海。

「真的是劃時代啊！」賈伯斯不禁嘆道：「也就是說寫電腦程式時，不必使用打孔卡片或排隊等待主機處理。」他與沃茲尼克等待一台大眾皆可簡單使用的「個人」電腦已經很久了。

沃茲尼克不斷地點頭，笑到嘴巴都快裂到耳後。

「自組電腦俱樂部可能會在某個週三的聚會，法蘭奇說要在他的車庫展示牛郎星八零八八微電腦。」沃茲尼克忙不迭地說道，手指興奮地敲擊旁邊的機台，原本短促有力的語調變得更快。

位於新墨西哥州的微儀系統家用電子公司[39]推出的世界第一台微電腦，可說是電子迷殷殷切切期盼的產品，這樣他們就可以在家寫程式，連結他們想驅動的機械—電晶體收音機、打字機、電視、立體聲音響、示波器……。

「三年前我也組裝過一台……」沃茲尼克瞇眼說著。

「奶油蘇打汽水電腦。」賈伯斯結束手邊的工作打斷他的話。

「史帝夫……我那時組裝電腦，至少喝了五打的奶油蘇打汽水。退空瓶再換汽水，超商的經理後來每次見到我都翻白眼，差點就叫人把我趕出去！」沃茲尼克突然陷入回憶。

三年前是史帝夫二人組初次見面的一九七一年，十六歲的賈伯斯第一次遇到比他更懂電子的人，儘管沃茲尼克當年已經是大學三年級的學生，但有相同興趣且個性極端互補的他們，立刻一拍即合，經常形影不離。

唰～

打開抽屜的聲音，將沃茲尼克從沉思中拉回。

「沃茲，明天不用來找我。」賈伯斯翻找出一塊磨砂紙邊說道。

「又要去奧勒岡果園嗎？」

「塔薩哈拉禪修中心，禪修幾天。」一邊將機台背面粗糙的木緣小心翼翼磨平的賈伯斯，說完這句話就靜了下來。

差點出家的因緣

旁聽完這學期最後一堂基礎物理課，賈伯斯一如往常的獨自離開史丹佛大學校園，大雨過後的空氣特別的清新，他拉高褲管赤腳踩過水窪，貪婪的深深吸了口氣，混合草香與原始土壤的氣味，讓他想起去年的印度心靈之旅。

原始、生活條件殘酷、古老而又充滿直觀思維，與他所生長的西方邏輯世界完全大相逕庭。

他只想滌淨自己……他內心滿滿的痛苦與矛盾……茹素、單一蔬果飲食、循環的禁慾……。

鈴木禪師在書中寫到「坐立難安，是因為心中長滿野草……而你們也應該對野草感激，因為它將會滋養你的修行。」

他問過乙川禪師，這位創辦舊金山第一間禪修中心的禪學大師，是否也因開悟、證得般若智慧才寫下《禪者的初心》？乙川禪師每次都是笑而不答，要他繼續加深靜坐的功夫、專注自己的呼吸，「內心」就會告訴他答案。

難道內心停止了紛亂，答案就會自己湧上嗎？

「禪師，我想到日本京都的永平寺出家，請指引我方向。」賈伯斯長跪在座蒲上，字句清晰地對著乙川禪師說道，已留回原本及肩長髮的他，深褐色的肌膚也淡回白皙。

「外在的世界，就是內心深層的照映，禪修是內在而非對外界的冀求；你之所以努力追求信仰上的完美，只是為了自我救贖……若你陷入一種企求理想的思維修行，就無法有多餘的時間從容……況且我不是在你十九歲就說過，出家並非唯一一種真正的修練！」乙川禪師眉眼低垂的輕笑道。

「是。」

「那麼我們繼續禪修吧。」乙川禪師執起鐘槌，輕輕敲了幾下磬，渾厚的鐘聲嗡嗡地在禪堂來回震動。

賈伯斯雙腿交盤趺坐，隨著一次次的呼吸數息，鼻息越來越淺，他可以感受股肱動脈的跳動，慢慢地他「看」到了內心紛擾不停地念頭、那些煩惱，一個又一個浮現。

春日的晨曦，暖暖從東邊開展。

清晨七點，偌大的山坳舖滿橙黃色光芒、照亮卡梅爾山谷的枝繁葉茂；賈伯斯閉著眼，卻知覺到附近光線在大地緩慢地移動。因為在靜心直觀中的他，全身的感官似乎變得更加敏銳，感受到空氣流動及細微溫度的變化。

兒時的記憶、十幾歲愛使用電子設備惡作劇的畫面、四年級用巨大的棒棒糖誘惑他挑戰自己數學能力的希爾[40]老師……親生父母拋棄他的當時，那殘忍又模糊的臉孔……這些帶著各種情緒的影像，在腦海一波又一波的翻攪。

意識到自己心念又開始煩雜，賈伯斯挺直軀幹，將注意力放在鼻腔胸內氣息的起伏。

他忘了時間的流逝，一股純然的感動忽然竄流全身。

激盪湧現，淚水不由自主從眼角悄悄淌下。

◇◇◇

筆直的一二〇號公路上，一輛灰黑的福特汽車奔馳著。

「克莉絲安，待會車開到曼特卡[41]後，就由妳來駕駛。」

「可是我不會換檔！」克莉絲安有點驚慌地望向手握方向盤的賈伯斯。

「妳不用擔心，將會有三十公里的路程都不用換檔，因為你只要負責踩油門、掌控穩車子方向。」賈伯斯說話時，右手迅速切換到三檔，儀錶板的時速開始往上飆升。

「坐到駕駛座。」賈伯斯命令道。

克莉絲安覺得心臟快要從嘴巴跳出來，但還是不由自主的按照男友的指令……接過他手中的方向盤。

賈伯斯俐落的跨進副駕的位子，繼續指揮道：「鬆開油門、踩離合器。」他低頭看了克莉絲安的腳，左手順勢將排檔往後壓進四檔。

「踩油門維持車速在九十公里。」賈伯斯盯著前方的來車，確定克莉絲安已經掌控好方向盤後，打開置物箱翻找錄音帶。

克莉絲安右眼瞄著賈伯斯俊俏剛毅的側臉，覆在額前的長劉海不斷地隨風亂飄。一陣大風吹散了克莉絲安的長髮遮住她的視線。

「好好專心開車。」賈伯斯抬頭，伸手繞過克莉絲安柔嫩白皙的脖子，順著她略為方正的下顎，輕輕梳攏她凌亂的金髮。

「史帝夫……」克莉絲安的脹紅了臉，兩頰的雀斑變得更鮮明。

「我愛妳。」賈伯斯垂下眼眸在耳畔輕喃，低沉而平實的嗓音不禁讓克莉絲安為之顫抖。

喀啦。

車內音響發出倒帶停止的聲音，輕快跳耀的吉他和弦響起。

一天清早太陽高照我正躺在床上　好奇她是否變了樣

是否還一頭紅髮　她父母說我們在一起　日子一定不好過

他們從沒喜歡媽媽做的衣裳爸爸的口袋也不夠深

而我就站在路邊雨落在我的鞋上出發前往東岸

天知道我付出多少代價
憂鬱纏結
初遇時他還是有夫之婦即將要離婚
我猜我幫忙她拉了一把只是多用了一點力
我們盡力開向遠方……

賈伯斯頭靠在女友的腿上，閉眼哼唱，另一手打著節拍。開往優勝美地國家公園的路程還有一個多小時，克莉絲安第一次開著快車，臉上卻漾滿甜甜的笑容。

鮮艷的招牌，遠遠從空無一物只有碎石雜草的地平線出現。

「史帝夫，我們要在前面的餐廳停下來休息嗎？」

「親愛的？」克莉絲安騰出手搖了搖他。

賈伯斯氣息均勻的上下起伏，似乎已經熟睡。

巴布．狄倫《血淚交織》的專輯音樂持續輕快的撥放，克莉絲安深深的吸口氣放鬆自己，她感受到賈伯斯的信任，因為他將生命放在她手上。

如此聰慧而又充滿膽識……

她深深愛戀的男人……

◊◊◊

大霧迷濛的舊金山街道，曲折狹窄的馬路顯得難以辨認前方的車況。

開車前往灣區工藝美術博物館的賈伯斯，煩躁的拉了拉鬍子，沒想到三月舊金山市區也能出現濃霧。

在充滿原始野趣、廣闊的優勝美地國家公園，度過愉快的周末後，不知為何整個人無法沉靜下來。

叩叩叩！

停車熄火，準備拔下鑰匙的賈伯斯忽然轉頭，看到車窗外熟悉的面孔，笑容爬滿了臉。

「布許聶爾。」賈伯斯很快地走出車外，對著剛才敲窗的人叫道。

「今天也來看特展的嗎？」穩重魁梧的布許聶爾站在精瘦的賈伯斯身邊，更有一股大老闆的威嚴。

「我只是隨意逛逛，並不知道有什麼工藝特展。」賈伯斯的目光被塗鴉牆面上張貼的超現實達利[42]特展海報吸引住──墨黑細瘦修長象腿，駝著又高又重的金黃尖頂方碑。

「這是《太空象》，象背上的方碑代表背負著看不見、摸不著的慾望：美麗、權勢、性慾與財富，而這些也都是高高在上也岌岌可危的東西。」布許聶爾順著賈伯斯的眼光解釋。

「所以大部分的人都容易受到迷惑而被傷害啊！」賈伯斯指了指大象超乎尋常細瘦的腿。

「話說回來，上個月送回來校正檢驗的電玩機台，你處理得非常好，還有……恭喜你拿到七百美元的獎金。」布許聶爾指得是晶片硬體電路設計簡化，當時他對賈伯斯提到，只要能設計出少於五十片的晶片驅動單人乒乓遊戲，就能拿到獎金，而且晶片越少獎金越多。

「謝謝老闆的獎金，它的確頗有難度。」賈伯斯搔搔頭，笑了。

「有聽過波托拉協會[43]嗎？」布許聶爾問道。

「專門致力電腦教育的協會，高中時期我還讀過這個協會出資贊助的《全球目錄》。」

賈伯斯踢掉人行道旁掉落的可樂罐空瓶，發出噹啷啷的聲音。

「求知若渴，虛心若愚。」兩個人突然異口同聲的說。

「哈哈哈哈……」布許聶爾與賈伯斯不約而同的大笑起來。

「哎呀，可惜它停刊了，記得它的第一期封面，那壯闊燦藍的地球……」布許聶爾兩手插進褲袋裡，仰頭看向白雲低垂的天空。

「雖然只發行了三年，但它最後一期的封底真令人印象深刻啊！」賈伯斯嘆道。

早晨清新的鄉間小路蜿蜒向前，兩旁翠綠的原野彷彿無止境的綿延，照片底下印著一行小字：

「求知若渴，虛心若愚。」

密集跟隨乙川弘文大師修習禪坐已有四年多，於無聲的靜觀中，彷彿知覺到無止境的空間向兩旁不斷延伸。

當他看到那一行小字時，好像觸及到內心深處的某個角落，甚至停刊後一段時間都隨身攜帶著它。

仲春的舊金山，夜晚降臨的越來越慢，直到晚上六點多太陽西下，沿著灣區街廓散步聊天，這對相差十二歲的老闆員工兩人，才相互道別離去。

◊◊◊

啞、啞啞、嘰～

凌晨三點，賈伯斯被一陣長短交雜、粗啞的鳥鳴喚醒。

他閉眼躺在床鋪，甚至可以感覺到伯勞鳥在枝頭跳躍的震動。

從印度回到美國洛斯阿圖斯已過了半年，表面上他回歸平常的生活，如往常般的在雅達利上班、固定到史丹佛大學旁聽物理、假日在大學好友傅萊蘭德的舅舅所開設的蘋果果園工作、每日清晨五點前往塔薩哈拉禪修中心與乙川禪師學習靜坐，但內心深處總有一股虛乏、惶恐、時而寧靜時而不安的情緒。

乙川禪師說，他需要更深層的禪定。

三個月前奧勒岡感覺中心的簡諾夫心理治療師，帶領他用原始吶喊法嘶喊出童年時期的傷痛……

他極度渴求內在的平靜，若有可能他希望「開悟」獲得般若。

啪、噠噠噠、、、

急促的振翅聲掠過房間的乳白色窗框。

迷濛恍惚間……

天，亮了！

接下來的幾個月，賈伯斯變得更加執著閉關禪修，有時甚至長達十幾天都住在禪修中心，彷彿人間蒸發般，連公司的人也找不到他，但由於賈伯斯的工作績效不錯，所以艾爾康及布許聶爾就睜一隻眼閉一隻眼的放任他。

朋友覺得賈伯斯更穩重、自信、溫和，過去的自卑感減少了，火爆不安的脾氣收斂很多。

「沃茲。」賈伯斯推開門逕自走進沃茲尼克的房間兼工作室，正在低頭焊接電路板的沃茲尼克驚嚇得差點將銲槍搓進自己的大鬍子裡。

「史帝夫，你怎麼來了！」沃茲尼克連忙關掉電源、吹掉銲槍尖頭的火花「你是胡蘿蔔吃太多嗎？」他驚訝地指了指好友全身泛黃的皮膚。

「我現在只吃奧勒岡果園摘的蘋果還有超市的胡蘿蔔，這樣可以徹底的淨化身心，埃雷特[44]說過身體因不用再消化這件事情上耗能量，反而會更精神充沛……」

鈴～鈴～

沃茲尼克房內的電話響起。

「你說就是今天晚上有聚會展示活動？」沃茲尼克睜大了眼，厚實的聲音變得高亢，他激動地兩手緊握住話筒「自組電腦俱樂部的第一次聚會，好好好，我這就馬上過去。」他很快地掛下電話，動作俐落的將桌上幾個電路板放進背袋。

「牛郎星電腦將要在今晚的聚會展示嗎？」賈伯斯盯著沃茲尼克。

「不只如此，還有各路的電腦玩家們。」沃茲尼克的聲音興奮到有點顫抖。

「今天就開我的車子，昨天才剛保養好引擎，可以跑得更快。」賈伯斯不等沃茲解釋完，立刻逕自做了決定。

「地點在哪？」賈伯斯問。

「史丹佛大學物理實驗室。」

◇◇◇

布許聶爾抵達圓石灘高爾夫球場[45]時，已接近下午兩點，春末陰天的灣區吹起陣陣溫和的海風，二十五度的氣溫讓布許聶爾下車就決定將薄外套留在車上。

桿弟很快趨前將車廂後的球袋背起，泊車小弟小心翼翼地坐進最新型的白色賓士W123。

「倒車的時候要多注意啊！」布許聶爾忍不住叮嚀。

「先生，沒問題的。」

加州西岸蒙特瑞半島面海的寬闊球場，令人身心舒暢，但是能享受此等高級待遇的門檻頗高，每年一萬美金的會費，只有金字塔頂端的菁英人士才消費得起；三年前創立雅達利電玩公司的布許聶爾，早已是舊金山灣區成功的商界人士，年營業額十八億美金、全美第一大股票上市的電玩公司，身價數千萬的布許聶爾近幾個月還積極布局連鎖餐廳市場。

走進華麗的俱樂部接待大廳，布許聶爾熟捻地拿起櫃台的會員專用電話。

「是我，諾蘭。」布許聶爾壯碩的身材讓他容易冒汗，講沒幾句話便隨手抓起紙張扇起風來。

「怎麼～今天還是沒辦法賞光陪我打一場球啊！」

「昨天有人介紹了一位打算進軍科技產業的年輕小夥子，中午剛收到他們的營運企畫書……」電話的一頭不急不徐地解釋著。

「好吧！瓦倫泰，既然公務在身就不勉強，今晚到畫室找你，應該不會拒絕我吧！」布許聶爾拿起服務生遞來的冰果汁一飲而盡。

聊了幾句才準備掛電話，身後有人搭上他的肩膀。

「老闆，抱歉我來遲了。」肩上背著球袋，風塵僕僕的艾爾康一臉歉意。

「瓦倫泰那傢伙又拒絕我了，今天好好得跟我們幾個老頭子打一場。」

「您是說紅杉創投[46]的大頭目嗎？」

「他最近對新興的科技產業產生興趣，連高爾夫球也不打了，整天窩在畫室說要在細膩的藝術表現中，尋找創新的靈感。」布許聶爾對著休息室的球友打招呼後，隨即大步往球場走去。

「噢，對了。這個月賈伯斯在公司的狀況如何？」布許聶爾停下腳步轉頭問。

「跟往常一樣不眠不休的與沃茲尼克連續工作十幾天後，就消失一個多禮拜，這幾天還沒看到他進公司。」艾爾康答道。

「這樣啊，前幾天我還在灣區的博物館前遇到他。」

強勁的陣風將厚重的烏雲緩緩吹開，午後燦爛的陽光如火柱耀眼地從雲縫中灑落。

◇◇◇

寂靜的夜晚，沒有學生上課的史丹佛大學校園，一樓的中型講堂卻燈火通明。自組電腦俱樂部終於在玩家引頸企盼中，第一次舉辦聚會，這次參加的人數比預期多出太多，實驗室容不下五十幾位電腦玩家，主辦人只好臨時向大學部商借一樓講堂作為聚會場所。

整個晚上沃茲尼克眼睛都離不開臺前展示桌的微處理器規格表。

賈伯斯則是好奇地到處走來走去。

「這樣輸入程式碼後，微電腦就可以計算出答案……」說話的大男孩輕壓著紙捲，卻等不到他所說的指示燈亮起。

「讓我來試試。」一身書卷氣息、頂著滿頭捲髮的細瘦男孩抽出紙捲，在幾處程式碼中增加了幾行編碼並做了些刪改。

「哇～」圍在旁邊的電腦玩家發出了驚嘆。

被修改過的編碼語言很快的被輾轉傳開，每一個仔細看過編碼的人眼睛都睜地大大的。

「如此精簡流暢地編寫，實在是太厲害了。」原本被微處理器迷住心神的沃茲尼克也被吸引過來。

「你好，我是史帝夫。」賈伯斯走近捲髮男孩旁伸出手自我介紹。

「比爾．蓋茲。」剛被俱樂部成員奉為程式神人的男孩大方的握住賈伯斯的手，骨架偏瘦的他，厚重的眼鏡下藏不住濃濃的書卷氣息。

俱樂部的主持人也順勢擠了過來，賈伯斯來不及開口說話，就被一旁熱衷程式編碼的玩家打斷與比爾的交談。

今天在自組電腦俱樂部亮相的牛郎星電腦組件，成功吸引眾人的目光，也讓幾位程式神人小露身手，但是沃茲尼克卻顯得有些失望……他心中所期盼的電腦應該不是這個樣子……

沃茲尼克的目光又重回到展示桌上的微處理器，他曾經設計過一種終端機，加上鍵盤及螢幕，這套設備就可連結到遠處的迷你電腦，而眼前這個微處理器小小的半導體晶片上，竟包含了整部電腦的中央處理器……

若是有微處理器，他就可以將迷你電腦的某些功能置入終端機！

在悶熱吵雜的聚會裡，沃斯尼克整個人突然清醒了。

APPLE ZEN

首部曲

初昇

成立蘋果電腦公司

加州 塔薩哈拉禪修中心。

「我們說：『萬法源於空』一整條河流或是一整顆心就是空。獲得這種了悟，我們就會找到人生的真義。獲得了這種悟，我們就會看出人生的美。在悟得這個道理之前，我們看到的一切無非只是虛幻……有時我們高估、低估或忽視人生的美，這是因為我們的心與實相不一致的緣故。」

「既然我們看到的都是虛幻，為何又說我們忽視人生的美呢？」

「你要的解答，必須透過坐禪去感受那種意義，那是心的頓悟，而非能用言語來答辯解釋。」乙川禪師捲起袖子擊掌三聲。

「史帝夫，你覺得我擊掌的節奏如何？」乙川禪師笑問。

賈伯斯搖搖頭。

「當你傾注全副身心去打坐，做到身心合一。你就不會再執著於生命錯誤的、舊的解釋，日常生活就會煥然一新……那怕你的人生像一滴落下瀑布的水滴歷經萬丈的險阻，但你卻能享受它。」

乙川禪師走下座蒲點燃檀香，執起了鐘槌。

「好～我們繼續禪修吧！」

鈴～鈴鈴

門外的鈴聲響起。

保羅．賈伯斯用抹布匆匆將沾滿油漬的手擦了幾下，很快地從半開的車庫鑽了出來。

「沃茲，來找史帝夫嗎？」保羅拍了拍長褲上的灰塵，臉上堆滿了笑容「他一大早就跑去卡梅爾山谷，可能傍晚才會回來……你要不要先進去房間等他？」

「賈伯斯先生，我……還是先回去好了。」沃茲尼克勉強抬頭看了保羅一眼，很快地低頭離去；個性害羞的他縱使面對好友的家人，依然無法直視著對方的眼睛交談。

「麻煩賈伯斯先生，」沃茲尼克突然折了回來「請史帝夫儘快來找我，跟他說少了重要的零件。」

「好的，沒問題。」

回到自家工作室的沃茲尼克，三個小時後就看到賈伯斯出現在門口。

「少了什麼東西？」

「連接器、新的電路板、英特爾的晶片……」沃茲尼克唸了幾個電子學特殊專有名詞。

「你是說動態隨機存取記憶體嗎？」賈伯斯將格子襯衫的短袖捲高到肩上，抽出褲袋裡的隨身記事本「電話簿給我。」他扼要地說。

賈伯斯快速地查閱厚重電話簿裡所有關於電子零件商的資訊，電話一通接著一通撥出。

三十分鐘後，賈伯斯結束了第九通電話「半小時候，英特爾晚班的業務員會開車順路經過這裡。」他抬起頭時臉上掛著淺淺的微笑。

「太好了，今晚就可以進行測試啦！」沃茲尼克忍不住歡呼，褐色的眼睛熠熠生輝「需要多少錢呢？」他問。

「免費。」

半小時後，英特爾的業務員「順路」將記憶體送來，沃茲指揮著賈伯斯焊接繁複的電路板，他一邊校對著紙上的程式碼。

「電視再移近來……外殼也拆掉讓它更快散熱。」沃茲尼克手不停歇的將電路板連接鍵盤、反覆的檢視電源器、銅線的接觸點。

沃茲尼克快速的在鍵盤上敲了幾個字，原本烏黑一片的電視螢幕，突然跳出了字母……。

「成功了……」沃茲尼克低喃著。

賈伯斯目不轉睛的盯著電視螢幕上閃爍的字母，心臟撲通撲通地狂跳不止。

◇◇◇

接下來的一週，史帝夫二人組帶著新組裝的電腦到俱樂部展示時，受到各方玩家有如電影明星般的熱情追捧，沃茲大方的跟玩家們分享組裝的零件及所有突破性的方法……甚至他不眠不休所撰寫的程式語言。

這一個週五夜晚，賈伯斯如往常的窩在沃茲的工作室中，討論並測試各種連接電路板的可行性。

當沃茲尼克正要開口詢問如何取得免費DRAM[47]時，電話突然響起，賈伯斯很快的順手接聽。

「是沃茲嗎？」電話一頭的聲音有點吵雜，賈伯斯皺起眉頭。

「我是史帝夫……你找沃茲……」賈伯斯話還沒說完就被對方興奮急促的話與打斷。

「你們前幾天帶來可以直接連接電視顯示的主機板，我們另一個電腦玩家俱樂部的成員都想要！估計要十台，下次自組電腦聚會時可以順便帶過來嗎？我是法蘭克……」

「法蘭克，你說想要沃茲上次展示的主機板！」賈伯斯平實的音調不由自主地提高了。

賈伯斯緊握著聽筒呼息變得急促，沃茲尼克則是瞪大眼睛看著好友。

「價格只要合理都能接受，史帝夫，你看過比爾發給自組電腦俱樂部的公開信嗎？」

電話裡的法蘭克話鋒一轉「培基語言[48]，他撰寫專供牛郎星電腦的程式，他竟然要求所有複製程式的玩家都必須要付費……你跟沃茲也有用到他的程式嗎？」

「沒有，我們使用的是自己撰寫的程式。」賈伯斯慢條斯理地回答。

「比爾·蓋茲簡直是違反所有資訊應該是免費的駭客精神……」

賈伯斯耐下性子聽完法蘭克的抱怨後，再次與他確認訂單的數量後結束通話。

「沃茲，我們有生意上門了！」

◊◊◊

舊金山 洛斯阿斯圖。

克里斯大街二〇六六號的車庫前比往常熱鬧許多，三台不同款的汽車將門前的空地塞滿了。

佩蒂抱著剛滿月的兒子，繞過車旁狹窄的空間走進住家。

「媽……若史帝夫真的要將我的房間拿來做工作室，也沒關係啦！」一進門佩蒂就對著正在打掃的克雷拉叨叨絮絮個不停「我跟小約翰頂多回家過夜時住史帝夫的房間，他就睡客廳……」

「佩蒂，家裡的車庫也能暫作為他的工作室，不用動到妳的房間……更何況約翰還這麼小。」剛升格外婆的克蕾拉放下手邊的家事，愛憐的接過女兒手中的外孫。

「媽～佩蒂既然不反對我使用她的房間，就別再堅持了；我若用爸的車庫作工作室，器具的用電量都蠻大的，一樓容易跳電，所以借用妹妹的房間比較恰當。」賈伯斯解釋道。

叭、叭叭。

門外傳來陣陣喇叭聲。

「史帝夫，我將器具載來，可是你們家的車位都滿了！」韋伯粗曠的大嗓門劃破傍晚清幽寧靜的街道。

「待會韋伯會將電子零件及機具搬進二樓佩蒂的房間，小約翰要睡覺就先用媽的房間吧！我先出去了。」賈伯斯不等母親回答，拿走玄關櫃子上的露營車鑰匙，向外頭藍色轎車裡的韋恩大聲呼喚。

「你們先忙，我到惠普，很快回來。」這句話是同時對房子內外的人說。

惠普公司大樓門口，沃茲尼克抱著箱子瘦而精實的身影特別顯眼，尤其是被風吹亂的絡腮鬍。

「史帝夫，你終於來啦。」沃茲尼克放好箱子一坐進車內就開始敘說今天遇到的技術問題。

「我們先到地球素食餐廳。」賈伯斯握著方向盤說道。

「不會讓韋恩等太久嗎？」

「先填飽我們的肚子比較重要，他在我家會受到很好的招待。」前方大十字路口的號誌燈突然變號，賈伯斯輕踩煞車邊問道：「你的房租這個月應該不會跳票吧？」

「房租啊……」原本滔滔不絕的沃茲尼克靜了下來，他煩躁的抓了抓頭。

「電腦設計圖別再免費送人了。」賈伯斯突然說道「能連接電視螢幕顯示的電腦主機板，我們都看到俱樂部的人是多麼的著迷，光是這兩個禮拜就接到十多個人要求我們販賣組裝零件，這可是商機啊！」

「可是……」沃茲尼克還沒說完就被賈伯斯打斷。

「我有個提議！」老舊的福斯露營車引擎在這時發出科科的氣爆聲，賈伯斯慢下車速俐落的打回一檔，將車子往右側停靠。

賈伯斯拉起手剎車後，轉頭看向沃茲尼克：「不如我們開間公司吧！」他凝視著沃茲的眼睛「就算是賠錢，我們這輩子還是曾擁有過一間公司，不是嗎？這過程就像是冒險，好玩的很。」

「公司名稱你想怎麼取？」原本有些猶豫的沃茲尼克被賈伯斯說服了，畢竟是跟自己的好友創立公司啊！

「你覺得《個人電腦公司》如何？」

「還有呢？」

「Matrix……或是……」

「Executek」沃茲尼克接著說「也非常富有科技感。」

賈伯斯沒有回話，鬆開手剎車後繼續開往地球餐廳，他單手將方向盤轉了兩圈，車子滑進了停車的方格內。

「先進餐廳填飽肚子，我們再慢慢思考吧！」賈伯斯打開車門同時對沃茲尼克說道。

緊鄰在地球素食餐廳的果園種植滿滿的果樹，翠綠的枝葉、各種碩大飽滿的果實在斜陽照映下顯得鮮嫩欲滴。

傍晚清爽的微風裡帶著蘋果鮮甜的香氣，賈伯斯輕閉上眼，仰頭深深的吸了一口氣。

◇◇◇

一九七六年四月一日 加州州政府公司登記部。

辦事人員收下眼前年輕人的申辦文件後，打量了一下兩位同樣滿臉鬍子衣著隨意的大男孩。

「註冊商標圖案還沒決定嗎？」梳著整齊髮髻的女辦事員輕皺著眉問。

「我們很快會再補上的。」賈伯斯很快地回道。

「你們確定是這個名稱，一旦登記就無法更改了。」女辦事員好心的提醒。

「是的。」他點點頭，直視著女辦事員的雙眼。

「蘋果電腦公司。」賈伯斯字句清晰的重複了一次公司名稱。

沒有冷硬專業的科技感，卻充滿著親和力與創意。

決定冒險放手一搏，身邊毫無資源的兩人－沃茲尼克賣掉惠普六十五型計算機、賈伯斯將他唯一的代步工具福斯露營車轉賣出去，終於擁有一千三百美元的創業基金、產品設計圖以及銷售計劃。

他們首次推出的電子產品，命名為蘋果一號。

一個月後，史帝夫二人組又回到自組電腦俱樂部，推銷他們公司設計製造的電路板，大概是玩家們的有些熱情退去，下單購買的人並不多，但賈伯斯注意到一位新面孔玩家，位元商店[49]的老闆泰瑞。

翌日，賈伯斯前往門羅帕克國王大道。

空氣中布滿未散的新刷油漆味，賈伯斯忍住鼻腔的不適，簡單的對泰瑞自我介紹後，便開始滔滔不絕……

「這部電腦不像牛郎星的繁複麻煩，所有的零件都已經組裝好了，而且具有八KB的記憶體容量、並附上我們公司的技術主任所撰寫的培基語言，購買的人只要接他們想要驅動的器材即可，例如：鍵盤、電視機螢幕……」

泰瑞聽著這位衣著簡便、蓄著長髮滿臉鬍鬚的年輕人熱切的介紹，突然覺得蘋果一號似乎有股讓人衝動購買的魔力，他彷彿看到了可以使電腦玩家在門口排隊等待購買的銷售潛力。

毫不猶豫地，泰瑞向賈伯斯預定了五十部蘋果電腦。

◊◊◊

搭乘環球航空班機參加完大西洋城所舉辦的第一屆電腦展，回到飯店的沃茲尼克其實有點沮喪，雖然這樣的情緒並阻止不了他對下一部新機型的研發—蘋果二號……

擺在攤位上的蘋果一號沒有漂亮的金屬外殼，也沒有電源供應器及周邊線材，只有簡單的木盒裝著一大塊複雜的電路板。

沃茲尼克耳邊似乎響起當時在會場聽到的批評聲。

這樣的產品根本不起眼，真不知道前面這傢伙怎麼有勇氣來參展。

「嘿，沃茲。」賈伯斯從後面走來拍了拍好友的肩膀「今天我仔細繞了會場一圈，你猜我發現的什麼？」

沃茲尼克垂著肩膀搖搖頭。

「我發覺蘋果一號是整個展場裡最先進的電腦。」

「可是今天參展時沒有什麼人停留在我們的展區……」沃茲尼克低頭嘆了口氣「是個

不起眼的商品，你沒看到展場裡的SOL-20電腦筆挺精緻的金屬外型、一應俱全的配備，看起來就像大公司精心推出的產品。」

「我們所缺乏的只是周邊配備及外殼。」賈伯斯深褐色的眼睛燃起了光芒「電源連接線、外殼設計打模、顯示器，這些都是可以補足的。我們剛才借用展場會議室測試蘋果二號連接彩色電視螢幕，難道你忘啦！」

「竟然可以成功連結顯示出彩色字幕。」沃茲尼克抬起頭來看著好友，彷彿被重新點燃被澆熄的熱情。

那時經過會議室目睹這奇蹟一幕的電腦業務員還說，這是他看遍所有展示電腦中最想要的一部。

沃茲尼克記得業務員臉上那驚異的神情。

「可是我們沒有資金。」沃茲尼克的眼神又黯淡了下來。

「惠普、雅達利公司，應該可以找到想要的資源。」

◇◇◇

瑞吉・麥肯納[50]剛拒絕了一位不修邊幅年輕人的公關廣告邀約，他手裡握著英特爾半導體公司[51]的第二份文案計畫，在十坪大的辦公室裡來回踱步，方正寬闊的臉有點緊繃。

他開始有點後悔沒有聽助理的話，直接拒絕那位嬉皮就好，耽誤了開會的時間。

不過……

麥肯納走到窗邊看著剛才走出公司一身輕便襯衫牛仔褲的年輕人，匆匆坐上伙伴停等已久的車子離去的身影。

興致勃勃、全身熱力四射的介紹自己公司商品的模樣……

三萬美金獅子大開口的廣告費用也澆不熄那位年輕人的熱情……

麥肯納打開窗戶，帶著微雨的風灌了進來。

「他竟然跑去找了麥肯納！」艾爾康聽到消息吃驚不已，嗓門不由自主的大了起來。

美國首屈一指的廣告公關公司，不要說那驚人的費用，恃才狂傲的麥肯納更是業界少見的硬脾氣，有多少間大公司捧著重金等他欽點……

「我也不懂他怎麼能跑去那。」韋恩搖搖頭，繼續說道：「賈伯斯邀約我加入他們的公司……」

「你答應了？」

「是的，但我還是待在這裡不會離職的。」四十七歲的韋恩還是認為創業冒險不宜投入全部的心力，免得兩頭落空。

「這是你幫史帝夫的新公司設計的商標嗎？」艾爾康好奇的拿起韋恩辦公桌上的圖紙。

黑白為基調，以水彩表現出年輕時的牛頓—捧書、低頭專注在蘋果樹下閱讀的剪影。

艾爾康看著這幅典雅、富含英國維多利亞繪畫風格的商標，點頭道：「的確符合蘋果電腦公司的意謂。」古典與科技的交會，確實讓人耳目一新。

外頭傳來一陣敲門聲，布許聶爾穿著灰黑色最新款亞曼尼西裝走進。

「史帝夫創立新公司，他已經跟我談好重要零件供貨的事情。」布許聶爾向韋伯點頭示意後，轉向艾爾康繼續吩咐道：「微處理器、電源供應器目前由我們直接供貨給他，艾爾康你聯繫底下的採購業務，交辦一下。」他停下腳步頓了一會兒。

「老闆，之前德國有間廠商想直接跟我們收購電源供應器，若也要供應史帝夫的公司，那麼？」艾爾康問道。

「以供貨給史帝夫的蘋果電腦公司為優先。」布許聶爾直接下達了指令。

◊◊◊

艷陽高照的六月。

瓦倫泰汗流浹背的走進紅杉創投公司的專屬辦公室，就直接進淋浴間沖洗。

鈴鈴鈴～

瓦倫泰拿起浴室門外的掛式電話。

「老闆，門口現在有一位自稱是雅達利公司前員工的嬉皮……」秘書掩住話筒調整了一下語氣「蘋果電腦公司的老闆—賈伯斯先生找您。」

「請他先進二樓會議室。」

十分鐘後瓦倫泰匆匆的走進會議室，就看到一位白襯衫、破牛仔褲眉目清秀滿臉鬍鬚、蓄著中長髮精瘦的年輕人，大剌剌坐在會議桌的正中間。

「賈伯斯先生。」瓦倫泰短眉皺的老高，但很快恢復平穩的表情。

「叫我史帝夫就好。」

「我有收到布許聶爾的推薦電話及信函了，關於投資貴公司的事情，」瓦倫泰在賈伯斯對面的位子坐下「史帝夫，將來公司的營運有什麼規劃嗎？」他切入了正題。

「做出世界最棒最好的電腦，改變世人對於電子產品的想法。我們公司的蘋果一號已經……」賈伯斯的深褐色的瞳孔瞬間亮了。

「好~你希望紅杉創投投注多少資金？」

「十五萬美金。」

「好的，真的很有勇氣，想必貴公司也準備好一份營運計劃書或是商業規劃。」瓦倫泰笑著說。

「商業規劃？」賈伯斯舒服的伸直雙腿放在會議桌上「我剛才已經說完了！」

瓦倫泰豐潤的長臉沉了下來。

「把你的髒腳拿開。」瓦倫泰冷聲說道。

「請先準備營運計劃書，再到這裡討論投資的事！」瓦倫泰站起來「我還有重要會議，今天就到這裡。」他毫不客氣地下逐客令。

賈伯斯很快將腳放了下來，臉色漲紅似乎欲言又止。

「你必須找到一個懂行銷、配銷，同時也會寫營運計畫書的人。」看在老朋友布許聶爾的份上，瓦倫泰好心的在最後提醒他。多年來的藝術薰陶，讓瓦倫泰脾氣變得溫和，否則過去的他是絕對不可能如此善心。

賈伯斯起身走近瓦倫泰，眼神滿滿的歉意。

「可以請你告訴我三個人選嗎？對於商業營運的實際操作，我並不是非常瞭解。」他背微彎，低聲下氣的懇求道。

瓦倫泰看著眼前態度突然轉變的年輕人，他踱步到前方的主席桌，拿起了便籤，寫下三個名字。

◊◊◊

清晨，山谷間鳥群成陣列飛起，朝陽澄黃的光芒在山稜間靜靜漫出。

禪堂的窗戶被風吹開，濃濃的霧氣飄進來。

乙川禪師仍端坐在前堂。

整晚禪師都保持這樣的姿態，動也不動。

今天的禪堂暫停開放，賈伯斯從昨晚就跟著乙川禪師待在塔撒哈拉禪修中心。

山谷的氣溫偏低，賈伯斯在內觀禪定中能覺知到溫度的變化，卻感受不到外界的冷。

師徒二人已經禪坐了八小時。

賈伯斯睜開了眼，幾個吐納後將痠麻失去知覺的腿伸直。

看來禪師還會繼續禪定，他眼光停留在乙川弘文禪師的身上，深深的吸了口氣，緩緩收拾後走出禪堂。

禪，不是字面上的意義，而是整體的追求。

開悟、頓悟、求得般若都是一種假象。

習禪裡，頓悟的力量來自於忍辱心及隨順心中的深切思維。

聆聽內心觀其自在，注意所有外界讓你在乎的事，在生死面前一無所值。

他內心反覆的咀嚼乙川禪師在他昨晚涕淚縱橫痛苦抱怨時，用莎士比亞短詩般的奇特英語斷句，慢慢開導他的深奧語言。

「所有外在的期許、引以為傲的事、難堪及恐懼，在死亡前全都失去了意義，只留下最重要的。」賈伯斯坐在車內輕握住方向盤，望向前方明亮清澈的天際低聲自語著。

二十五歲的億萬富豪

「你好，我是蘋果電腦公司的史帝夫．賈伯斯，我們現在要推出新的微電腦產品—蘋果二號，需要資金……」賈伯斯如同傳道士般，對著電話熱情的介紹電腦的運作、未來的發展、神奇的彩色電視螢幕顯示、培基語言的延伸……

「唉～」賈伯斯掛下電話嘆了一聲，劃掉記事本上第二個姓名，他坐直了身體繼續撥了下一通。

「請問是邁克．馬庫拉[52]先生。」賈伯斯捲高衣袖露出精瘦的臂膀。外頭有點熱，為了通話時房內完全安靜，他將風扇、空調都關掉。

「是的，請問你是？」電話一頭爽朗輕快的聲調讓賈伯斯精神為之一振。

「我是紅杉創投公司瓦倫泰介紹的史帝夫……」他再度自我介紹，並清晰的講述蘋果二號的特性、未來潛力……

「你是說你們所研發的新型電腦，是市面上未曾出現的，不但能將電腦程式顯示在彩色螢幕上，還能用培基語言下達指令運算，還有打磚塊遊戲功能！」馬庫拉突然拉高聲音問道。

「是的，歡迎你來公司看我們所研發的新型微電腦，絕對會讓你滿意的。」賈伯斯的嘴角拉的老高。

◇◇◇

草坪上的除草機轟轟的聲音停了，濃重的青草味還停滯在空氣中。

坐在客廳長桌前的科特克顯得坐立難安，他索性扭開前方的電視機。

《海盜一號》不載人宇宙飛行船，經過時一個月飛行後，已於今天在火星表面軟著陸成功，我們現在畫面上所看到的就是火星表面的照片。

電視螢幕上，如強風吹過肆虐的多岩石沙漠荒原，呈現在觀眾眼前，播報員停了數秒後繼續用沉穩強烈的語氣說：

《海盜一號》從火星上發回天氣報告指出，火星上的大氣含有百分之三的氮，從而表明火星上可能存在或存在過生命。

「火星上可能存在生命啊！」從車庫的側門走進客廳的賈伯斯瞪大眼說道，剛完成兩塊蘋果二號電路板的他，視覺尚殘留焊接時的光影。

「沃茲還沒到嗎？」科特克轉身站起來問，容易緊張的他臉上幾乎沒有表情，狹長的臉有些慘白。

「放心，他一定會趕在四點前進來的，惠普辦公室距離這裡只不過五十分鐘的車程。」賈伯斯手心冒著汗，拉開木椅坐下。

馬庫拉三天前允諾今天下午四點會來看看他們的產品。這一刻將會決定蘋果公司是否能成為他投資的標的。

賈伯斯抬頭看了牆上的壁鐘。

三點三十五分。

「我們先到車庫整理檯面及電路板……或者坐在草坪上曬曬太陽也不錯。」賈伯斯轉頭對著科特克笑道。

金色雪佛蘭敞篷車在克里斯大街慢了下來，一位西裝畢挺的金髮男子下車走近。

「請問是馬庫拉先生嗎？」坐在草坪長椅上的科特克立刻站起來問道。

「是的，你好！」邁克．馬庫拉臉上掛著淺笑「這裡是蘋果電腦公司？」

「馬庫拉先生！」蹲在車庫整理器具的賈伯斯起身大聲向馬庫拉招手。

天氣悶熱，馬庫拉脫下外套掛在手臂。

三十四歲曾任職半導體高階主管的他早已過著退休的生活，但他仍想要投資電腦科技產業；高中時期體操運動員的生涯，讓他對於每個行動都力求精準，這一次既然是瓦倫泰介紹的新興公司，應該可以值得期待。

「這個就是我們的蘋果二號電腦。」賈伯斯語帶興奮地招呼著將來的投資金主。

裸露的電腦主機板連結著一台十五吋電視，而螢幕上正顯示著一行行彩色的字母……看到這裡馬庫拉幾乎屏息忘了身邊兩位同樣蓄著鬍鬚、衣著隨意的嬉皮……甚至連賈伯斯身上厚重的體味，也不那麼在乎了。

「這位是技術工程師，同時也在惠普電腦公司擔任實驗室主任。」賈伯斯平實的聲音變得有點高亢。

馬庫拉緊盯電視螢幕，身旁的沃茲尼克一個接著一個示範蘋果二號的功能，他快速的鍵入程式碼，各種運算結果、圖像、遊戲畫面慢慢接續跑出……

他彷彿看到不可思議的未來。

◊◊◊

舊金山 庫柏帝諾。

昏熱忙亂的夏秋過去了，街道行人紛紛穿上厚重的大衣。

沃茲尼克搬進蘋果電腦公司新總部，身為創辦人之一的他，正式成立公司半年多後，才在各方股東、夥伴的勸導下在昨天正式向惠普提出辭呈，要專注發展新事業。

站在七樓俯瞰底下的車水馬龍，剛才埋首電腦新功能研發已有五小時的沃茲尼克這時才感到真實。

若不是賈伯斯卯足全力的四處奔波、籌措各種資源與不計代價的尋找投資金主，縱使被一次次的拒絕，他仍堅信蘋果二號是個人電腦的業界唯一創新，這間公司才有相當的資金能進一步發展啊！

冬末的天空，夜晚很快來臨，街燈在逐漸昏暗的暮色中一盞盞點亮。

沃茲尼克離開蘋果公司的專屬商業大樓，驅車前往雅達利公司；今天賈伯斯與新合作的公關廣告公司商討新的商標，每天他似乎都有用不完的精力—洽談新案、發號施令、招募人才……

車子停在不起眼的街角，將車椅拉低平躺望向雅達利公司流線字體的招牌，他突然想靜靜望著過去曾駐留的地點，因為最近的變化實在太多、太快了！

員工三三兩兩從大門魚貫走出。

「布許聶爾大老闆點子真的是太瘋狂了，讓電玩遊戲機台走入家庭，難道他不知道電玩專營店佔我們總體營收的八成嗎？」

「是啊！去年開始研發的可連結家用電視的遊戲機是很成功吸引媒體報導，但這一段時間客訴維修的電話暴增。」短髮、臉上滿是雀斑的女生搖搖頭。

「妳們還記得史帝夫嗎？只上夜班的那位。」戴帽子個頭矮小、看不清是男是女的員工說道「聽說他新成立一間電腦公司了，甚至還有專屬的辦公大樓！」

「什麼？」周遭五、六位女生全都停下腳步，驚訝的看著說話的人。

「貝蒂，妳沒弄錯吧？他常常工作幾天就人間蒸發、衛生習慣也不佳，似乎連體香劑都沒使用過。」裡面最漂亮的金髮女生睜大眼睛「據說他連大學都沒畢業，里德學院讀了半年就休學了，這樣的人還可以……」

「也別這麼驚訝，布許聶爾非常稱許他的，大老闆常常跟秘書說，很少見過像史帝夫那樣對於電子產品充滿熱情與執行力的人。」

沃茲尼克將那群員工的對話聽的一清二楚，等到她們都走遠後才拉直了座椅，他發動了引擎輕握著方向盤。

靜夜裡，只剩下引擎轟轟轉動的聲音。

◇◇◇

兩年半後，庫柏帝諾 蘋果公司總部大樓。

科特克著急的在五樓會議室前徘徊，他不斷地低頭看腕表。

「新的電腦研發案名稱，就命名為麗莎……」

「那麼沃茲尼克會在新的部門指揮嗎？」

「他應該還是待在原本的蘋果二號部門。」

木製大門一開，數十位高層主管湧了出來，討論聲此起彼落。

賈伯斯仍是一頭亂髮、藍格子襯衫及深色 Levi's 牛仔褲，他站在會議桌前與兩位程式人員似乎仍在爭論，臉上的方框眼鏡讓他添了些商業氣息，在大股東馬庫拉的勸說下，也開始注重衛生習慣，渾身散發企業領導人該有的樣子。

科特克嘴唇緊抿，直直的看向賈伯斯，直到另外兩人離去後，他快步走進並將木門大力闔上。

「麗莎……」科特克剛開口就被賈伯斯打斷。

「嗨，科特克，雖然你也在公司，不過也太少遇見你，如果有什麼技術可以改進的建議，務必提出。」賈伯斯瞇眼微笑，手仍不停歇的整理桌面雜亂的資料。

「史帝夫，我希望你不要再逃避了！麗莎是你親生女兒。」科特克吼了出來。

「你明明知道克莉絲安不只我一個男人。」賈伯斯聲音變冷「我會請律師處理，你就先將自己的工作做好。」

會議室大門突然被打開。

「史帝夫～」闖進來的人喊了一聲，隨即被兩人難看的臉色嚇得趕緊倒退離去。

「科特克，在公司我們就不談論私事。」賈伯斯面無表情低聲說，眼角餘光望向剛退離會議室的職員。

「克莉絲安已經半年沒收入了，麗莎出生時你還去探望過……」

「政府會給她社會救濟金。」

「史帝夫……你……」科特克已經氣得說不出話來。何時與他到印度禪修的好友變成如此的冷血無情，麗莎明明是他的骨肉，就連名字也是他親自取的。

「這是聖馬提歐郡政府要求你接受親子血緣鑑定的通知書。」科特克鐵色鐵青地將揣在外套內層的信封丟在桌上。

賈伯斯目送科特克離去後，將剛才闖入會議室的職員叫了進來。

「告訴拉斯金[53]可以確定安排九月第一個周末的帕羅奧圖研究中心參訪。」

「可是……」厚重眼鏡的男職員遲疑了一會兒「我記得您九月固定周末都要律師會商……」

「那些都可以更動，拉斯金這半年來不斷建議我去參訪，應該有什麼值得一看的地方。」

◇◇◇

細雨連綿的早晨，讓秋季悶熱的帕羅奧圖涼爽不少，一輛藍色雪佛蘭轎車順著圓形花圃滑行進了平時戒備森嚴的全錄史丹佛研究園區。

「亞特金森，我認為預測未來最好的方式，就是去創造未來……」沿路上坐在副駕的賈伯斯不斷比手畫腳的描述他對新一代麗莎電腦的規劃，棕色捲髮的亞特金森握著方向盤，不斷的點頭。上個月他成功在六天的時間內用高階的程式語言─帕斯卡，為蘋果二號撰寫新一代的程式，取代原本初階的培基語言，讓頂頭上司賈伯斯欽佩不已；也是因為亞特金森極力建議，賈伯斯才順勢接納拉斯金的提議，參觀全錄的研究中心PARC[54]。

蘋果電腦公司年輕的創辦人帶著幾位工程師前往研究中心的消息，早在三周前傳開，今天並非他們第一次到訪。

「全錄最新研發的奧圖原型電腦，裡面最神奇的就是位元對映系統及物件導向程式語言smalltalk。」拉斯金直到下車關門時，才慢慢開口道：「上次給我們展示的只是基本的文書處理軟體。」

「我已經再三跟全錄創投部門溝通過，不用這麼沒意思的留一手，我們公司都已承諾在明年夏天召開第二次股東會時讓他們入股，但前提是PARC能掀開神秘面紗讓我們瞧瞧，才可以允許他們投資一百萬美金[55]。」賈伯斯理了理襯衫衣領，又快步低頭陷入沉思。

蘋果二號在去年西岸電腦展幾乎可說是風靡全場，沃茲尼克於聖誕新年假期趕工為機種加入shugart[56]磁碟機，更是消除原先卡帶讀取緩慢且操作不易的困擾，使蘋果二號電腦在一九七八年銷售一飛衝天，也讓投資人增添不少信心。

再度踏入研究中心的賈伯斯一行人，早已吃了稱砣鐵了心，此次必定要一探研究中心的最新電腦技術，不能空手而歸。

「拉瑞．泰斯勒[57]，負責研究中心的工程師。」約莫三十五歲藍衣黑褲笑容親切可掬的奧圖電腦研發人員，在賈伯斯一行人踏進大門便迎了過來。

「今天由我跟高柏格[58]帶各位參觀……」

「等等，麗莎團隊的主管高奇[59]與負責程式設計的宏恩？」拉斯金打斷泰斯勒熱情的介紹，往外左右張望，沒多久看到一輛銀色轎車疾駛而來。

「先進去參觀吧！」賈伯斯邁開步伐率先走進，泰斯勒急忙追上腳步。

四十分鐘後，所有人都在一台電腦螢幕前定格。

「可以再說一次是什麼嗎？」亞特金森的臉幾乎貼在螢幕上，鼻子呼出的熱氣在顯示幕上漫了圈白霧。

「圖形介面及位元對應顯示。」泰斯勒笑著說道。

「這真是太神奇、太神奇了……」賈伯斯不斷地在奧圖電腦附近來回踱步，喃喃自語

「真不敢相信你們全錄[60]將『桌面』放進了電腦，你們真的是坐擁金礦、坐擁金礦啊……」

賈伯斯雙手握拳，眼睛像綻放某種神采般的熠熠生輝。

「我再展示一項創新的技術！」泰斯勒圓潤飽滿的額頭低下，在鍵盤旁拉出約莫拳頭

大的方型機器。

喀拉、喀拉。

泰斯勒握住方型小機器，左右滑動，螢幕竟出現箭頭跟著移動……

賈伯斯眼睛睜得大大的，完全忘了呼吸。

◇◇◇

一九八〇年七月 庫柏帝諾。

蘋果電腦公司總部的一樓櫃台電話響個不停，三位總機小姐手忙腳亂的接聽並耐心紀錄轉接每通來電。

「負責蘋果三號的生產工廠要找硬體設計部門……」

「麥肯納公關公司的行銷主管—賈辛斯基……」接電話的總機愣了一下，立刻轉接至董事—賈伯斯的辦公室。

「史帝夫的女友？」隔壁正在振筆紀錄的短髮女生好奇問道。

「您好，這裡是蘋果電腦公司，有什麼可以為您服務的呢？」另一位總機小姐點頭並迅速的接起來電。

「摩根史坦利公司？」黑髮齊肩聲音甜美、年紀最輕的總機小姐重複確認電話另一頭傳達的訊息「好的，立刻為您轉接到麥克．史考利[61]執行長辦公室。」

中午十二點，總機電話自動切換成午休模式，所有來電均轉入語音留言系統，響鈴的聲音終於停歇，正當總機人員喘一口氣準備外出用餐時，公司玻璃大門被推開，外頭的熱氣灌了進來。

兩位西裝畢挺手提公事包的金髮中年男子走進。

「證券承銷商—漢鼎[62]公司的代表人員，我們與執行長麥克預約十二點半的會談。」其中一位向總機小姐遞上名片。

鈴鈴鈴～鈴鈴～

賈伯斯辦公室內的三支專線接連的鈴聲讓人有些神經緊繃。

門外排了十幾位經理部門、工程師、合作廠商神情各異的不時翻閱手上文件或是低聲交談，他們都是等待與賈伯斯做進一步的會商交涉。

「VisiCalc電子試算表，你們公司使用了嗎？」

「公司財務部門半年前就開始使用了，繁瑣的稅務資料只要簡單輸入既定程式，結算結果很快出現，省去不少麻煩！」

「你也讀了投資家羅森[63]在產業通訊錄的文章？」問話的塑膠模具廠商挑高眉推了推

粗黑的鏡框。

「那還用說，這兩個月好幾家大型企業加緊訂購了好幾套。」隔壁閉目養神的電腦工程師突然插嘴道。

「只有在蘋果二號能執行的 VisiCalc 軟體，更是讓電腦銷售量大增啊！」幾位合作廠商眉開眼笑的接著說。

◊◊◊

閃爍的補光燈刺眼的讓賈伯斯差點張不開眼。

他依照攝影師的要求，雙手抱胸側站，眼睛則不由自主的望向一旁代表麥肯納行銷主管—賈斯辛基美麗幹練的身影。

摩根史坦利與漢鼎證券商已經將公司進入次級市場[64]的預報資料，送至聯邦貿易委員會，今年歷經艱辛才在九月上市的蘋果三號，更是投資人關注的焦點；當初二十萬美金創立的公司，在投資人陸續看好入股後，資本額已達三百多萬。

這在個人電腦產業表現出眾、甚而帶動旋風的蘋果電腦，於馬庫拉及市場觀察家的宣傳下，數十位風險投資專家、紅杉創投的瓦倫泰也在行列之中。

瓦倫泰啊……三年前將他轟出紅衫創投的老闆，當時毫不客氣將他請出會議室的場景宛如昨日。

踩著白色背景紙坐在攝影助理搬來的椅子上、將蘋果二號電腦抱在懷裡的賈伯斯身穿俐落合身西服、潔白的衫領繫著紅色領結，臉上露出燦爛笑容。

短短三年內業績成長百分之七百的蘋果電腦公司，一九八〇年的營業額高達三十億美元。

一九八〇年十二月十二日，蘋果電腦股票正式掛牌上市。

開盤股價為二十二美元、收盤股價來到二十九美元，一夕之間蘋果電腦資本額暴升至一點七億美元，成為一九五九年福特汽車上市以來，金額最龐大的首次公開發行股票案(IPO)。

賈伯斯的資產估計為十六億五千萬美元。

年僅二十五歲的他成為美國史上最年輕的億萬富翁，他自信的容貌躍上了數間世界知名的雜誌封面。

賈伯斯，成為推動蘋果的金童。

被蘋果驅離

匆匆離開辦公大樓的拉斯金轉身時突然被後面的人撞個滿懷。

嘩啦～

他手裡裝滿文件的紙箱瞬間翻飛在地。

「經理，對不起、對不起！」關在實驗室不眠不休趕工的工程師連忙道歉，為了達到賈伯斯高規格的要求，他已經連續加班三十六小時未曾闔眼。

「荷特，沒關係。」拉斯金笑笑的說道，豐潤敦厚的臉上沒有一絲不悅。

荷特、拉斯金蹲在人來人往的大門撿拾散亂一地的文件，很快就有經過的員工停下腳步幫忙。

「這是？」荷特拿著寫有《新專案申請書》黃皮封面的夾子，眼裡寫滿了疑惑。

「麥金塔？」旁邊捧著最後收拾好的文件職員探頭望了一眼詫異驚呼「這不是特殊的蘋果品種嗎？」

「你也懂蔬果品種？」拉斯金笑道。

「大學時期有旁聽植物系的課程，除了電腦硬體設計也喜歡平日在家種些花草。不過……」說話的硬體設計師頓了一會兒「據說史帝夫並不喜歡這個專案。」他放低聲音說道。

「所以我才會搬到其他地點繼續研發，省得史帝夫心煩。」拉斯金半開玩笑道。

不遠處賈伯斯在高層主管的簇擁下從停車場走過來。

「無論如何想辦法在麗莎電腦呈現圖型顯示的技術。」賈伯斯揮舞手臂語氣堅定地說：「我們要改變世界對電腦的看法，圖型顯示必定是未來趨勢。我會想方設法挖掘帕羅奧圖研究中心的高階技術人才過來加入。」

「可是在處理器上的第一關應用，就……」旁邊金髮矮個子的麗莎團隊技術主任吶吶的說。

「你們必須親眼見見那部電腦。」賈伯斯摸了摸修剪整齊的鬍子「在安排大家參訪全錄最新的奧圖電腦研發單位。」他低頭若有所思道。

十多位主管跟著賈伯斯的腳步迅速的消失在電梯間。

拉斯金抱著紙箱站在一旁，沒有人注意到他。

「這是研發一台操作容易、能結合文字及圖表，售價大約一千美元能在市場異軍突起的電腦專案。」

「你是瘋了嗎？」賈伯斯大力敲著桌子「這是永遠賣不出去的賠錢貨，蘋果公司絕對不會想做這類的產品。」

拉斯金將紙箱放進副駕駛座，往史帝文溪大道駛去。

賈伯斯在年度會議裡年輕氣盛的表情，不斷地在腦海裡重複……

◊◊◊

「你說史帝夫又帶了麗莎團隊的工程師到處跑！」麥克雙手抱胸眉頭緊鎖。

「高奇已經足足三、四個月沒有完整的看到所有工程師、技術人員在研究室全數到齊……甚至已經五次無法聚集各分部組長開會。」女秘書如實的對著公司執行長報告。

「好～我明白。」麥克輕嘆了口氣，閉眼沉思後慢慢開口道「通知各董事，下週一召開臨時董事會。」

麥克抿緊雙唇，臉頰法令紋如鐮刀般的深刻。

史帝夫雖然是公司的創辦人之一，而他火爆的脾氣、反覆的決策及幾乎嚴苛的要求，已使得原先預計七月推出的蘋果三號遲了半年才上市。更不用說這三個月來好不容易上市的蘋果三號因散熱問題，因過熱造成故障當機的問題層出不窮，讓各大專業雜誌嚴厲批評，使得公司緊急召回一萬多台以舊換新。問題的源頭只是因為史帝夫想讓蘋果三號運轉時寂靜無聲，堅決撤除散熱風扇……

窗外碧藍的天空逐漸被飄來的雲朵掩蓋，斜斜的細雨飄下。

十二月冬天的風，那刺骨的寒讓麥克不禁拉緊身上的薄外衣。

兩週後，賈伯斯被董事會通知，麗莎電腦部門正式由高奇[65]接管。

接下來好幾天都看到賈伯斯在各個部門神色不安的遊走，時而坐在專屬辦公室沉思、時而開車拜訪產業界的前輩大佬。

◊◊◊

濃霧散去的阿拉莫廣場露出大片翠綠草坪，環繞的街區建築在雲霧飄離後，細膩的維多利亞風格—魚鱗般木牆、伸出牆外的方窗、圓形立柱、精雕的裝飾，更顯示出歐洲移民優雅及追逐美感的情調。

轟轟轟～隆～

悠然啄食地上穀物的鳥兒們，被重機奔馳的引擎聲驚地四處飛散。

附近的居民也只是望了一眼，沒有太大的驚訝，作為舊金山第二大住宅及中區，聚居著各大民族，這裡混雜著重金屬搖滾樂、慵懶的爵士曲，還有三不五時騎著重機呼嘯而過的嬉皮、拘謹的日本人，以及總是飄出誘人氣味的中國餐館。

BMW重型機車跳下滿臉鬍渣的青年。

「傑伊[66]。」

「你來啦！」坐在餐館外牆旁的傑伊從椅子上站了起來，一百九十二公分壯碩拔高的身材足足比青年高一個頭。

走進餐館，幾位客人盯著他們不斷地私語著。

「那不是蘋果電腦的年輕老闆嗎？《公司》雜誌的封面人物。」

「旁邊那位是他的老爸？」

緊鎖深眉的賈伯斯彷彿沒聽見任何話語，他直勾勾的望著傑伊─幾個月前延攬進來，資深的前英特爾公司主管、現任蘋果電腦的銷售副總裁。

「我知道你要說什麼，麗莎電腦已經開發了兩年，董事會早就失去耐心……」傑伊向服務生點餐後，轉頭看向略顯憂鬱的賈伯斯。

「麗莎將是了不起的電腦，整個宇宙都會為之震動，高奇那不懂事的傢伙只會毀了她。」

「公司裡有很多部門都在研究不同新產品，應該有你可以繼續掌握的。」傑伊打斷賈伯斯的抱怨，他瞇起圓潤的小眼繼續說道：「所有的營運細節、市場銷售區塊、財務狀況、重要研究人員都在你的腦袋裡不是嗎？你只要稍微挪移……」

賈伯斯眼睛忽然亮起來。

「麥金塔研發小組。」賈伯斯彈了一個響指。

遺世獨立在新辦公大樓幾個街區外，只有四個工程師的邊陲小單位。

「只要冷靜思考，沒有解決不了的問題。」傑伊笑著用筷子夾起一顆水餃放進嘴裡。

◇◇◇

明亮夕陽下，賓士四五〇銀色敞篷車駛近史帝文溪大道，流暢的倒車進入停車格。

賈伯斯的手心微微沁汗，這些日子煩心的事情特別多，就連禪坐也無法撫平內心的躁動，他大大的吐了一口氣，腦海還殘存昨晚夢迴兒時的影像。

精挑細選、最珍貴獨特的……

他閉眼低喃著夢境中父親對他說的話，深深的吸口氣後快速離開車子，走進三年前蘋果公司總部的舊大樓。

「我是來接管麥金塔部門的。」賈伯斯一見到拉斯金，立刻劈頭說道。

「工程師史密斯已經使用摩托羅拉六八〇〇〇的微處理器重新設計過麥金塔原型機。」賈伯斯繼續緊追不捨的說，完全忽視拉斯金一陣青一陣白的臉色「你換掉原本比烏龜還慢的六八零九處理器吧！」

「但是這樣的話，電腦價格會超過一千美元。」拉斯金用力挺起胸膛說道。

「史密斯突破各種關卡才將麥金塔原型機的處理速度變快，難道你忘了麥克也贊成我主導麥金塔的設計。」

拉斯金閉起嘴，直直的看向賈伯斯。

「你可以專心致力於軟體及出版[67]了！這不是件很棒的事嗎？」賈伯斯順手拉開辦公桌的高椅，舒服的將身體埋進柔軟的椅墊「另外麥金塔部門明天將會進駐幾位工程師，科特克及亞特金森也在新增人員名單內。」他簡扼的下達命令。

◊◊◊

一九八一年二月二十五日星期三。

早上九點開始，麥克執行長的辦公室門內外的人員，不斷地進進出出。

「過去我一直說，只要公司發展方向不再讓我開心，」麥克放下手中的冰啤酒，打了一個酒嗝「我就會離開蘋果電腦。但是我改變想法了，一旦不好玩了，我將會繼續解聘員工，直到我再度感到有趣為止。」

那一天，麥克解僱了四十多名員工。

接連好幾週，各部門職員都顯得惶惶不安。

夜空下，七彩線條堆疊的蘋果標誌仍閃動著輕盈的光彩，右側缺口鑲進 apple 的字樣，充滿簡練優美與創新的動感。

麥肯納廣告公司與史帝夫獨特美學商業品味的交融下，所催生的作品果真一眼就能讓人意會那股清新的科技意涵……

馬庫拉雙手環胸凝視玻璃窗外的公司標誌，淺棕色的眼睛若有所思。他按下電話的速撥鍵，接連與幾位重要董事聯絡。

「經營內部出現失控，我們不能任由狀況惡化下去……」

「你警告過他了嗎？」電話一頭略帶磁性的聲音問道。

「他做決定前並沒有跟我商量。」

「我跟其他兩位董事決定由你全權處理。」

「好的。」馬庫拉寒暄幾句後便結束通話。

蘋果電腦公司大樓仍有幾處部門仍燈火通明。

馬庫拉關掉桌上的電腦後在辦公室來回踱步，直到所有的部門燈光全暗了下來，又拿起電話撥打熟悉不過的號碼。

「史帝夫？」

「我是！」賈伯斯將手中的書擱在一旁。

「你可以開始尋找新任的執行長人選，這段時間由我暫代職務。」

牆上掛鐘發出喀噠聲，響起十一次規律的旋律。

◇◇◇

加州 聖地牙哥 史考特茲山谷機場。

比奇富豪號私人飛機在航道三公里前，進場定位點截獲下滑道，機身兩側黃色警示燈不斷閃爍。

「報告塔台，切換脫離自動駕駛，由機組控制保持飛機處於ILS[68]航道上手動。」沃茲尼克坐在機艙駕駛座對著頭戴裝置報告降落狀況。

同樣身為蘋果公司創辦人的他，偶爾也會駕駛私人飛機賺取費用，這是他調劑身心的樂趣之一，更何況即將向女友求婚的沃茲尼克，正準備用這趟旅程的八千美金收入購買求婚鑽戒。

他按照指示放下起落架，五秒後正開始滑行時，機身底下發出喀啦喀啦的聲音，並不斷搖晃……

「啊……啊……」

乘客尖叫聲四起，飛機劇烈搖晃後瞬間脫離軌道。

沃茲尼克全身肌肉緊繃的握緊操縱桿，努力維持平衡。

陣陣的汽油味瀰漫整個機艙，沃茲尼克在一陣劇烈撞擊後癱軟在駕駛座……

一九八一年三月 羅森研討會。

「電腦的使用必須是簡單明瞭，所以在程式設計上縱使艱辛複雜，也要務必讓使用者輕易操作。」賈伯斯坐在自己的位子上嗓門不自覺的提高「介面上的規劃尤其重要。」

「所以蘋果電腦正在研發更創新的電腦介面嗎？」好不容易等賈伯斯說完，一旁參與研討會的電腦開發商好奇的問道。

「只要告訴使用者程式碼的輸入順序不就可以順利解決問題，難道還有更快的方式？」坐在賈伯斯對面身穿藍色西裝的股市投資專家質疑道。

賈伯斯拉高白襯衫的衣袖，伸手拿起水杯潤喉後繼續說道：「我不能透漏太多，不過在目前程式碼輸入才能命令電腦計算、分析或進入遊戲畫面……」

長達兩個半小時的研討會中，賈伯斯對於公司正在研發麥金塔電腦的方向，可以說佔去五分之一，幾乎成了蘋果電腦公司的商品介紹會。

「嗨，史帝夫。」一位骨架細弱充滿書卷氣息與賈伯斯年紀相仿，自稱軟體開發商的男士在會後走近賈伯斯。

「比爾．蓋茲。」他熱情與賈伯斯握手並介紹道：「多年前我們好像在自組電腦俱樂部見過面。」比爾主動向前與賈伯斯攀談，順勢表達他對麥金塔的讚嘆與好奇。
「請問是賈伯斯先生嗎？」一位接待人員行色匆匆的打斷兩人交談。
「有您來自公司的緊急電話……」

◇◇◇

一九八一年九月。

橘紅的陽光灑落整片無盡的大海，海鳥順著圓弧的蒼窮飛行，鹹涼的海風陣陣，五十幾位年輕的大男孩圍坐在剛點燃的火爐邊。

「我們正在打造瘋狂般偉大機器、改變世界撼動宇宙的電腦。」賈伯斯的臉在夕陽餘暉及火光的照映下顯得更加生氣蓬勃「我們竭盡所能挑戰自己的極限，雖然麥金塔的上市時間已經延後了半年多，但是若沒有盡善盡美的產品決不推出。我們這五十個人日日夜夜拚死拚活，為的就是要在宇宙掀起波瀾。我知道，我這個人或許有點難相處，但這的確是我這一生做過最有意義的事。」

賈伯斯站了起來，將桌上的活動掛圖放上畫架。

「雖然科技團隊免不了折衷的方法，然而延後總比做錯好。」他解釋道：「為了如期出貨而採取折衷的辦法，會讓我們淪為平庸……直到出貨那一刻才算大功告成。」

「麥金塔團隊就有如超級任務在身的特種部隊，若大家回顧這段歲月，將會對當初的痛苦一笑置之，」賈伯斯闔上眼，停頓了下來，幾陣海風將掛圖吹的嘩嘩作響。

「這段時間，將會是我們人生最精彩的一刻。」他緩緩地說。

「海盜團隊終將勝利！」程式設計部門的凱柏斯突然拿起一幅黑色骷髏旗揮舞，並大聲呼喊。那面旗幟是高掛在麥金塔辦公室屋頂，象徵團隊有如海盜般衝勁機敏的將工作完美達標。

「勝利、勝利、勝利……」所有人情不自禁的振臂大喊。

賈伯斯面露激賞的望著底下歡呼的海盜們，他的眼神慢慢掃過每一個活力四射的臉。

他渴望打造軟硬體皆一體成形的產品，而且無法讓外人拆解，這樣的理念與堅持常讓他與沃茲尼克爭執不休，因為沃茲希望使用者能任意的擴充改造原本的機型，但這樣就無法臻於完美。

賈伯斯腦海中浮現仍在醫院靜養的老夥伴面孔，經歷墜機事件的沃茲尼克雖無大礙，然而暫時罹患創傷性失憶症的他，可能短暫時間都不會插手管理公司。

◇◇◇

百事可樂藍白紅三色的霓虹燈，在紐約街頭微亮的天空中閃爍。

公司執行長約翰．史考利整晚都待在辦公室，為籌辦「百事新時代」的系列活動與各主管接力開會討論每個細節，直到清晨所有事務才告一段落。

他翻閱著行事曆，蘋果電腦公司那位年輕創辦人自信的面容所說的話語，如電影般生動的在腦海播放。

史帝夫．賈伯斯已經親自飛來紐約四次。

史考利方正的臉形，透著剛毅的氣息，他看向亮澄的光輝逐漸斜射進前方一幢幢高聳入天的大樓。

從襯衫口袋拿出印有七彩蘋果的名片，他仔細按照上頭特別書寫的號碼撥打。

響了幾聲，電話就被接起。

「我是百事可樂的史考利，下周日傍晚五點你方便來一趟嗎？」

「當然沒問題……」對話一頭的忽然發出翻閱紙張悉悉簌簌的聲音「三月二十日嗎？」平穩厚實的嗓音有些遲疑。

「是的。」

「好，那天原本有一場會談，我直接改期，週日見。」還不待史考利答話，賈伯斯就將電話掛了。

史考利有點呆愣的握著話筒，過了一會兒才兀自將話筒放回，他的眼神停留在桌上半年前的時代雜誌封面—桀驁不馴蓄著小鬍子的俊逸青年頭頂著鮮紅色的蘋果，一道斜曲的白色箭頭將後方的電腦與蘋果串起……

馬庫拉手裡捏著剛拿到的雜誌，靜靜聽賈伯斯評論著蘋果二號、三號部門及剛上市麗莎電腦的狀況。

驀地他清了清喉嚨，站了起來。

「commodore、辛克萊[69]、奧伯斯本一代[70]、TRS-80[71]……這些電腦產品都在市場上跟我們激烈競爭，稍不留意消費者便會向他們靠攏；現階段公司電腦的競爭都是依賴二號，去年度二號賣出了二十七萬台。我們的市佔率達百分之三十，但IBM也逼近這數字，所以行銷廣告上也要側重二號及進階版的宣傳……」

「不不不，麥金塔才是未來，無論是它的機殼、內部電路板設計、使用者體驗、圖像型顯示、繪圖的功能都是……」賈伯斯喘了一口氣繼續說道：「都是改變世界的經典之作。」

「但是在接受記者採訪時，也不能貶抑麗莎電腦，還說麥金塔將來的定價會便宜麗莎五倍之多，那場記者會公司的宣傳重點是已經上市的麗莎。」馬庫拉加重了語氣。

賈伯斯將身體斜倚在辦公桌旁，直直地望著馬庫拉，窗外灌進一陣風吹亂了他濃密及肩的頭髮。

「蘋果二號遲早會被市場淘汰，我既然領導麥金塔又是公司的創辦人，所以堅持的一定是未來。」

◊◊◊

淡雅檀香裊裊升起，敞開的窗戶飄進濃霧與香氣交織成凝鍊心神的氣味。

晨光綻放，光禿枝枒覆蓋的薄雪漸漸消融。

乙川禪師從偏殿走進禪堂時，賈伯斯已靜候多時，深邃的眼神藏不住意氣風發的光彩。

「禪修吧！」乙川禪師抖了抖衣袖執起鐘錘。

鏘～～～

「禪師，你怎麼不問為何來找您嗎？」第一聲還未響完，賈伯斯就急忙開口。

「我不是正在回答你。」乙川禪師削瘦黝黑的臉堆滿祥和的笑容「靜下心禪坐。」禪師繼續敲完兩聲鐘磬後斂眉低目的坐定在座蒲。

賈伯斯解開領口衣袖幾個扣子，才將脊梁打直閉眼調整呼吸。

他的心緒一股又一股的湧上，不知過了多久氣息慢慢穩定，禪堂漸漸盈滿柔亮的冬陽。

三小時後賈伯斯平靜的道別乙川禪師，離開《塔薩哈拉禪修中心》。

「所以呢？你要來蘋果上班嗎？」賈伯斯問道。從凌晨待在卡梅爾山谷整整一整個早上，中午立刻搭機前往紐約，雖然行程匆忙但臉上卻無半點倦容。

「史帝夫，你是令人敬佩的青年創業家，所做的一切讓我由衷佩服，這些工作內容及優渥的條件，怎能不讓我心動呢？但我必須說，加入蘋果公司的實質意義不大。」史考利再度婉拒賈伯斯的盛情邀約，他慎重評估並將蘋果電腦公司在報章雜誌上所有的報導閱讀後，認為續留在百事可樂總裁的位置才是最好的判斷，更何況百事好不容易搶下可口可樂的龍頭寶座，正準備開始風靡世界。

「又或者你們可以付出一百萬美元的薪酬、一百萬美元的聘任獎金及若事情並非順利的話，額外加一百萬美元的解僱補償金。」史考利打算用超乎尋常的價碼來嚇退賈伯斯。

「就算我必須自掏腰包付這筆錢，我也要你來蘋果上班。你所提出的問題我們都可以解決，因為……」賈伯斯停頓了一會兒「你是我遇見過最好的人才，我知道你對蘋果而言是完美無缺，公司最值得用的首屈之選。」

兩人在飯店用餐後一路無話不談，直到史考利提議到塔樓頂端散步，賈伯斯才正式切入正題。

紐約繁華的夜景盡入眼簾，各色炫目的霓虹燈在底下閃爍、車輛川流不息，精彩的夜生活才正要開始。

一陣靜默後，史考利開口了。

「先前你提過曾經想要IBM的銷售幹部艾斯提茲擔任這個職務，我可以幫你說服他；然後我也很樂意擔任你的顧問，用不同方式協助你，只要來到紐約我都非常樂意花時間陪你。但，我不認為自己可以在蘋果公司上班。」

賈伯斯並沒有立刻回答，他仰望著皎潔的彎月、深沉無垠的天際，輕閉上眼深深的吸一口氣，眼光調回地面低頭看著自己的腳尖。

賈伯斯深褐色的眼睛凝視著史考利緩緩開口道：「你願意賣一輩子的糖水，還是有機會改變這個世界？」

瞬間，史考利覺得胸膛的空氣彷若被抽空般，正準備說出的話語梗在喉嚨如火焰般的燒灼，腦袋一片空白。

◊◊◊

九個月後，庫柏帝諾。

「一百多年前如果有人問貝爾：『您將如何使用電話？』他應該無法說出他將如何改變世界。他無法想像有一天人們將可以藉由打電話獲知晚上將放映的電影、跟他們的供應商訂貨……」賈伯斯面對《花花公子》雜誌的記者滔滔不絕的敘說。為了即將上市的麥金

塔，接連兩、三個月賈伯斯都密集的接受各家雜誌專訪

「……今天有些人提議要在每間辦公室都擺上一台 IBM 的 PC，這可行不通，人們要會的代碼盡是些『反斜槓』，難度可比摩斯代碼有過之而無不及……」

兩個小時的採訪中，蘋果電腦董事長賈伯斯幾乎沒讓記者有什麼發問的機會，他的眼神動作彷彿火焰燃燒般，熱烈激昂的傳播著「改變世界」的福音。

與賈伯斯年紀相仿的記者睜大眼專注聽著，有時甚至忘了下筆紀錄內容。

「史帝夫。」門外傳來敲門聲，女秘書神情緊張地探頭進來「很抱歉打擾專訪，但我這裡有緊急電話，是關於超級盃[72]廣告。」

疾步走去接聽的賈伯斯，隨著另一頭急切的陳述，臉色越來越凝重。

「不！他們休想撼動這個時段。」賈伯斯扯開喉嚨大吼。

一旁的女秘書拿著另支電話壓住話筒，在賈伯斯重重掛下電話後，面不改色的遞給他「微軟公司的比爾·蓋茲在線上等候。」

◊◊◊

董事會已經從中午進行到下午五點，十幾位董事們的面容仍顯嚴肅。

「這樣的廣告能在超級盃最精彩的中場時播出嗎？」

「我已準備將時段分開兩個轉賣出。」新任執行長史考利兩手撐著會議桌微蹙著眉。

「史帝夫應該不會接受吧。」其中一位穿著淺藍色西裝的董事開口道。

會議室突然陷入沉默。

「蘋果三號的銷售一直未見起色，上市已有一季的時間，麗莎電腦……」坐在史考利對面最年長的董事沉聲說道。

「我會再協調各部門的經理做出應變，底下的工程師也是競競業業的工作著。」史考利思考一會兒，斟酌著字句回應道。

踏入蘋果電腦九個多月，幾乎與賈伯斯形影不離的他，直到這兩週他開始發現公司的運作似乎有些不太合乎常理。公司獲利最多的二號電腦反而遭到冷落、最新上市的產品被描述成即將被麥金塔超越的對象。

「所以我決定削減蘋果三號的所有活動經費，並且將麥金塔的廣告行銷費用繼續提高。」史考利窄長的眉間微蹙，彷彿是迫不得已的決策；隨著麥金塔的上市時間不斷延後、研發費用節節高升，唯有孤注一擲相信研究團隊的努力才能取得最終勝利。

會議桌前方的螢幕反覆播放計畫在超級盃放送的麥金塔廣告短片。

面容呆滯穿著制服的一群光頭男人，在陰森的大廳中一個個排列整齊的向前邁進……

白色無袖運動衫紅短褲的短髮女子，手執大鐵鎚奮力的奔跑，幾個轉身施力後將鐵鎚往大螢幕上正對台下進行心靈演說的中年男子擊去……

轟的一聲，煙霧伴隨火光四散。

此時超級盃的巨型布幕暗了下來。

一月二十四日，蘋果電腦公司將推出麥金塔電腦，你會看到一九八四為何不會像一九八四。

第十八屆超級盃，奧克蘭突擊隊出戰華盛頓紅人隊的比賽第三節，容納七萬人的足球場瞬間安靜，所有人的目光都緊盯著巨型螢幕。

渾圓飽滿被咬一口的七彩蘋果，閃耀在光彩奪目的星空下。

◊◊◊

一九八四年二月。

「請問是盧卡斯影業的電腦動畫部嗎？」

「是的。」

「你是艾德？」

「我是艾德．卡特莫爾[73]，動畫部的負責人。」

「艾倫．凱伊，是我啦！」電話一頭的聲音興奮起來「你在猶他大學的同學。」

艾德瘦長的臉沒有太多欣喜，他眉頭深鎖的告訴大學同學盧卡斯影業的近況。

「所以我得知的消息是正確的，你們動畫部正在尋找買家。」

「是，已經接觸不下五位買家。但部門若是被他們收購，日後發展可能背離軸心。」

艾德不禁嘆氣。

「或許蘋果電腦公司也有興趣。」亞倫凱[74]清亮的聲音顯得高亢「我目前是公司的首席研究人員，董事長賈伯斯也許會有興趣。」

賈伯斯背著手在停車場來回踱步，從會議室衝下來的他需要一點時間冷靜。

「保固期只有三個月是不行的，一定要給顧客最完美的服務。」他不斷地喃喃自語著。

驀地，他停下慌亂的腳步仰望低垂的白雲，兩行淚水默默滑落。

半小時後，會議中的馬庫拉出現停車場。

「史帝夫，我們會慎重考慮保固期的延長方案，或許無法馬上執行，但是下一季……」

馬庫拉手插褲袋與賈伯斯並肩走著。

史考利站在八樓主管會議室的落地窗前，直視著賈伯斯與馬庫拉的身影。

年度第四季會議被中斷。

握著厚厚一疊的報告書，史考利深藍色的瞳孔倏地縮小。

砸下一千五百萬美元的巨額行銷費在新推出的麥金塔電腦，然而麗莎電腦若三個月內銷售未見起色，將來很快會面臨停止生產；蘋果三號雖是號稱專為專業使用者設計，但周邊應用軟體的配套不足情形下，依舊是處於部門虧損的狀態，整體公司的營收仍是蘋果二號在獨撐大樑。

「史考利，沃茲尼克將在兩個月後結束靜養回公司，到時希望你能說服他進駐麥金塔部門。」一位資深董事仔細看完所有營運報告後，抬頭對著新任執行長說道。

棕紅色大門突然被打開，賈伯斯一派輕鬆地走回座位。

史考利拉平袖口的皺褶點點頭後，轉身迎向賈伯斯炯然迫人的目光。

◇◇◇

天未明，窗外的鳥啾啾鳴叫。

禪坐中的賈伯斯慢慢地吐氣、緩緩地吸了口氣，才睜開眼。

按照往例伸長痠麻的雙腿，等待恢復知覺。

這幾天的心特別不安，他可以感覺到紛亂的思緒翻攪。

成功的發表麥金塔電腦—震攝人心的超級盃廣告、庫柏帝諾市的福特林中心[75]首次產品發布會上，使人狂熱的合成電腦語音與符合人性美學的字型，但是……賈伯斯細長濃眉皺成一團。

微軟的比爾．蓋茲剽竊了亞特金森嘔心瀝血的圖形介面，正在與 IBM 如火如荼的合作中，然而比爾所研發的應用軟體又是蘋果不可或缺……

東邊的窗戶微微透出晨光，他凝視著紅黃交疊的天際線，握緊拳頭站起來。

希望微軟專為麥金塔推出的繪圖及 Excel 應用程式，能為銷售低迷的麥金塔注下一劑強心針。

昨天史考利向董事會報告營運狀況的內容，仍讓他回想起來氣憤不已。

賈伯斯緊抿薄唇胸口大力起伏。

「我建議史帝夫能離開麥金塔部門，並專注在公司新產品的研發創新上。」

史考利低沉的聲音卻讓他聽來格外的刺耳。

清晨五點的街道仍一片寧靜，但是賈伯斯卻迫不及待的梳理換裝準備出發到公司。

朝陽亮晃晃的斜照進色澤溫潤的原木櫥櫃，上週飛抵華盛頓接受雷根總統頒發的第一屆全國科技獎章折射出耀眼的光芒。

賈伯斯停下正在扣襯衫的手，拿起代表國家榮耀的金質獎章，眼角卻禁不住泛出淚光。

與他一同獲頒殊榮的沃茲尼克即將在這個月底離開蘋果……

強風忽地將半敞的窗戶吹開，也吹亂了賈伯斯梳理整齊的頭髮。

◇◇◇

踩過滂沱大雨後的水窪，馬庫拉與史考利一前一後的走在舊金山現代美術館旁的大街。雨後散去初夏的悶熱，地面蒸散的水氣與周圍文藝風格濃厚的商街相映成趣。兩人坐進充滿西班牙風格的咖啡廳後，很快的切入正題。

「公司市占率不斷的滑落，新推出的產品到現在仍無法獲得消費者的青睞；IBM的產品雖然介面操作都不如麥金塔，但是容易入手的價格及所搭配的眾多可搭配的應用軟體，讓他們的銷售量節節攀升……」史考利喝了一口服務生端來的檸檬水，便開始分析著。

「你的意思是說，史帝夫的決策及過度干涉各部門的運作，造成現在公司的虧損嗎？」馬庫拉兩眼盯著史考利短而方闊的臉。

史考利沒有立刻回答，他端起剛送來的黑咖啡灑進兩匙糖，慢條斯理的攪拌。

「麥金塔部門有好幾位工程師到我這裡抱怨，」馬庫拉嘆了一口氣「沃茲尼克的離去一半也是起因於，為公司賺進大把鈔票的蘋果二號不停的被忽略打壓，甚至推出的新改版E號的行銷費連麥金塔的五分之一都不到。」

「畢竟他還年輕，所以我必須出手掌控公司內部的人事布局，希望你跟董事會能全力支持。」史考利說道。

「好吧！」馬庫拉將白色袖口解開捲起袖子「只要能穩定恢復公司營收就放手去做

吧。」

隔壁桌對話的關鍵字吸引到馬庫拉及史考利的注意。

「你也買了麥金塔啊！」

「是的，但我現在非常後悔買了那蠢貨。」

「對啊！不但記憶體無法擴充外接，還常常因為散熱不足而當機。」對話的平頭男子搖搖頭「我還因此又買了專為電腦設計的設備。」

「哈哈哈哈，你說長得像煙囪的東西嗎？」另一個滿頭辮子的時尚青年笑了出來。

聽到這裡，馬庫拉低頭假裝專心的攪拌果茶，而史考利則尷尬的拿出筆記本整理新的工作計畫。

◊◊◊

一九八五年五月初。

中國允許蘋果電腦銷售的許可證終於核發，高層的主管會報更顯得緊繃，底下的團隊的籌備作業更加緊鑼密鼓，史考利與賈伯斯間的角力戰似乎愈來愈浮出檯面。

賈伯斯正與麥金塔團隊在伍得賽德的妮娜咖啡館聚餐。

「來，為自己乾一杯吧。只有我們才真正了解『史帝夫』的世界！」資深工程師貝爾豪邁的舉起酒杯吆喝大家。

「哈哈哈。」賈伯斯笑了，高舉起酒杯。

鏘～

玻璃杯碰撞的清脆聲讓咖啡廳裡的其他客人不禁側目。

貝爾微醺的圓臉望向角落的葛賽[76]。

「葛賽，辛苦你了還從巴黎飛回來。來，敬你。」貝爾自顧自地又大口喝下一杯。

賈伯斯沿著杯緣直視方桌邊的葛賽，自從得知葛賽是史考利特別從法國調回來準備接替他在麥金塔的位子後，那張粗厚濃眉下看似忠厚的馬臉更讓賈伯斯感到厭煩，今天他特別邀請葛賽來參加麥金塔的聚餐，希望葛賽能知難而退。

幾番杯觥交錯，二十幾位成員連同葛賽都不勝酒力的離去，只剩下貝爾及賈伯斯。

「史帝夫，大家都支持你！一定要好好打起精神。」跟著賈伯斯坐進他的賓士車裡，貝爾拍了拍他的肩膀。

「那還用你說，我一定奮戰到底。」賈伯斯握住貝爾的手。

「原本是我代表出席在中國人民大會堂舉行的簽約儀式，但是史考利決定自己一個人前往，所以，我……」賈伯斯低聲說了幾句。

兩週後，蘋果電腦公司執行長史考利突然悄悄取消飛往中國的行程。

◊◊◊

一九八五年五月二十四日星期五。

九點的例行主管會議，賈伯斯直到十五分才走進。

賈伯斯身穿剪裁合身的亞曼尼西裝，看起來精神奕奕。他原本在最前方的位置被史考利佔據，只好繞到另一端坐下。

面容有些慘白的史考利等賈伯斯坐定後，向大家宣布：「今天我們將討論一項重要的議題……」停頓一會兒，史考利的眉頭皺的更深，他看著賈伯斯「我已經知道你正計畫將我趕走。我想問你，這是不是真的？」

賈伯斯直挺挺的身軀微晃，他瞇眼盯著史考利。

「我認為你待在這裡，對蘋果沒有好處。這家公司不該由你掌管。你真的應該離開這裡。現在你不知道如何管理這家公司，以後也一樣……」賈伯斯毫不放鬆的滔滔不絕指控史考利對產品發展過程一無所知。

「我請你來。」賈伯斯喝了口水繼續說道：「是要你輔助我並管理公司，結果實際上你根本毫無作用。」

所有人都愣住了。

「我……我…不相……信你。」史考利睜大眼胸膛猛烈起伏的喘著氣。

「我……無法……忍受…這……種…信賴……關係。」史考利已矯正好二十年的口吃毛病一瞬間復發，他好不容易說完這句話後，不斷地深呼吸吐氣並將礦泉水一飲而盡。

會議室靜默了三分鐘，誰也沒有開口。

「史帝夫，既然你覺得自己比我更能管理好公司，不如我們現在馬上進行投票。」史考利站猛然起身走到白板旁「如果你贏，我就立刻辭去蘋果執行長的位置，但是若是我贏。你就得乖乖聽我的。」史考利深藍色的眼睛直視著賈伯斯，接著目光一個個掃視底下的董事及各單位主管們。

史考利在白板寫上兩人的名字。

在場除了兩個當事者，其他十九位都顯得侷促不安。

「用不著投票，我們輪流說出支持誰就好。」滿頭白髮的行銷主管尤肯率先表態「我非常欣賞史帝夫，希望史帝夫能繼續在公司扮演同樣的角色。但是我更『尊敬』史考利、支持他經營公司。」

掌控生產線的主管，艾森史達特站起來接續說道：「我也欣賞史帝夫，但我支持……」

賈伯斯看著一個接一個的主管發言，他感覺空氣一點一點變得稀薄。

以外部身分列席的資深公關顧問麥肯納，他褐色瞳孔凝視著賈伯斯逐漸慘白的臉字句清晰的說：「你，還無法擔任經營公司的大任。」

十一點的烈陽從落地窗透了進來，照著賈伯斯年輕但卻毫無表情的臉，他壓在桌面的手心正冒著冷汗。

輪到康貝爾發言了，他一向是賈伯斯那一派的，不怎麼喜歡史考利。他避開賈伯斯的目光抖著聲音說：「即使我支持史考利……我還是非常喜歡史帝夫……」

賈伯斯慢慢從椅子上站起來。

「我想……」賈伯斯氣若游絲地輕喘著氣，眼睛失去了神采「我知道情形是怎麼樣了。」他大步後退，一不小心撞倒身後的椅子，在其他人還沒回過神時，轉身踉蹌地衝了出去。

◊◊◊

不帶一絲白雲的藍天清澈無比，蘋果電腦公司大樓門口仍是熙熙攘攘。幾位打扮正式的高階職員站在七彩蘋果看版旁面色凝重的討論。

「執行長計畫將重整公司。」

「你怎麼知道？」

「昨晚馬庫拉私底下告訴我的，你們知道前天主管會議發生的事嗎？」

其他人搖搖頭。

「賈伯斯董事長被解除麥金塔的職務，據說連帶原先蘋果二號部門的主管職也被一併拿掉。」

「等等，那麼史帝夫豈不是在公司毫無職權，只空留一個虛無的董事長位置。」說話的職員捂住嘴睜大眼驚呼。

將自己關在房間裡整天的賈伯斯呆坐在床沿上。

他望著牆壁高掛的愛因斯坦及印度甘地的照片一動也不動。

散居各地的人們，在此聚集吧！

時代的潮水已經往上浸升

承認吧！你們將被淹沒

如果年華值得珍重最好此刻開始變動……

今日的輸家，明天將大獲全勝……

音響裡的吉他聲、巴布狄倫慵懶無畏的嗓音反覆縈繞著，那首他曾在蘋果股東大會介紹麥金塔所朗誦的歌詞。

盡力了、他真的盡力了……

打了十幾通電話到處商量對策，但是連他待之若父、不吝指導各種商業策略並引導他鑑賞藝術精髓的洛克，也無視於他的處境。

賈伯斯垂頭低聲啜泣。

董事們還是決定支持史考利。

「葛賽將取代史帝夫在麥金塔及二號的位子」史考利在白板上畫著一個個方框組成的階層圖，解釋每個方框相連掌管的事務。

然而代表賈伯斯的「董事長」方框卻沒有任何一條線相連。

百葉窗縫隙的陽光漸漸變弱，賈伯斯兩眼無光的望著消失的暮色，史考利主持的重整會議畫面不斷的重播。

他閉起眼睛，鹹澀的淚水不停地滑落。

夜幕低垂，賈伯斯縮在陰暗的床角，全身顫抖。

史考利在會議廳宣布公司重組、事務分配的方框如牢籠般殘酷的框住他，他無法實際掌管任何一件專案。甚至曾經全力投入的麥金塔、那目標震撼整個宇宙、改變世界的電腦，他只是一個「董事長」，被公司拋棄的創辦人……

不知何時疲累無助的他睡著了，在夢中他回到六歲裡的那一天。

「你……是我跟媽媽精挑細選的寶貝、全世界最與眾不同、最珍貴的寶貝。」保羅．賈伯斯粗厚溫暖的手，撥開小史帝夫額前滿是汗淚的黑短髮。

突然保羅的身影不見了，旁邊出現面容模糊卻又神似他的一男一女，向他揮手遠去……

「不～」賈伯斯無意識地朝空氣大力揮舞，他掙扎了一會兒便平靜下來。

陷入沉睡的他縮捲成一團，眼角慢慢地淌出淚水……

APPLE ZEN

再現曲

低谷

層疊的卷積雲在天空緩緩飄移，遮去大片陽光，二十六度的舊金山夏日宜人舒適。

樸實封閉小社區駛進了一台銀色敞篷賓士，三三兩兩走出宅院的社區居民，忍不住好奇打量。

瘦削英挺的男人俐落下車，兀自呆立車頭前，望向三米寬馬路的對面。

「媽咪～你有找到我的芭比嗎？」坐在台階手拿小樹枝，不斷對著院子裡的沙地畫畫的黑髮小女孩轉頭喊道。

「麗莎，妳自己先玩一會兒，媽咪要將工作忙完，別忘了媽咪還得寫文章才能賺更多錢給妳買好吃的東西喔。」屋內半敞的窗戶被拉開，樣貌清秀的金髮少婦滿是笑容的探出頭。

「媽咪，那位奇怪的叔叔又來了耶！」麗莎站起來拍掉裙擺的細沙，瞇眼望向馬路對面。

金髮少婦順著麗莎的目光看向大街，面色一整飛快地套上長外衣匆匆走到門外。

「克莉絲安。」賈伯斯踏進院子裡的草坪，點點鬍渣的臉上有些疲憊。

「叔叔，你是？」麗莎不怕生的衝過去拉住賈伯斯的襯衫衣襬，賈伯斯彎低腰俯視她

「哇～你的下巴跟我長得好像。」麗莎笑著墊起腳尖撫摸賈伯斯短硬的鬍子。

克莉絲安的眼神閃過一絲複雜，她走近台階雙手環住七歲的女兒—麗莎。

「她今年要上小學了嗎？」賈伯斯抬頭問。「這棟房子的最後一筆款項，我已經請會計師匯進，另外每個月固定的生活費七百美元，應該還足夠吧？」

「叫我爸爸，不是叔叔喔。」賈伯斯對著麗莎微笑道。

「史帝夫……」突如其來的強風吹亂克莉絲安的金色長髮，遮去大半的臉。

「克莉絲安，對不起，前幾年讓妳痛苦。」

賈伯斯哽咽略帶鼻音的語句，讓克莉絲安睜大眼，她忘了反抗、忘了大喊甚至忘了應該不顧孩子在旁的咒罵這位，在法院拋棄自己親生女兒的負心漢，愣愣的任憑賈伯斯將她的長髮梳攏在後，好像又回到八年前，那瘋狂開往國家公園的情景……

◊◊◊

西南航空從舊金山直飛義大利的班機頭等艙來了一位貴賓，空姐在休息區交頭接耳的翻閱幾本雜誌，指著裡面刊載的幾張圖片，偷偷的打量靠窗沉思的年輕男子。

乙川禪師帶著妻子回日本探視親人，兩個月後才會回到禪修中心。

賈伯斯喘口氣屏住呼吸，他的思緒需要找個地方平靜，然而打電話到塔薩哈拉禪修中心的回覆，卻讓心情更加沉重。

蘋果公司的第二季虧損達到一億七千兩百美元，為股票上市以來最嚴重的一次，執行長史考利，因而裁員一千五百多名員工、並大量刪減廣告預算降至原本的三分之一。

已失去掌管經營部門決定權的賈伯斯，面對公司發布的這一連串新聞，已是欲振乏力，他是被拋棄的那位，但是該走的應該是史考利，而不是他。

賈伯斯沾滿淚水的長睫緊閉著。

不論今天或是未來，賈伯斯在蘋果的各項活動中都不再扮演任何角色。

五月三十一日週五的股東大會上，史考利站在台前的宣布，更如腹部被重擊一般……

「親愛的。」回到位子的瑞思[77]親吻彎身親了賈伯斯滿是鬍鬚的臉頰。「別再想了，多睡一會兒，還有七小時才會抵達米蘭～」話才說完又輕輕靠過去吻了沉浸在悲傷中的賈伯斯。「你身上的基因真是多愁善感又多變啊。」

「瑞思，妳剛說什麼？」賈伯斯睜開眼。

「多愁善感又多變。」

「前面那句？」賈伯斯坐直了身軀。

「基因？」瑞思濃長秀麗的眉毛揚起。

飛抵米蘭國際機場，下榻預定飯店休息的賈伯斯，盥洗後便盤腿坐在地板上，久久未起……

◊◊◊

義大利的托斯卡尼[78]——這座充溢著古老氣息的典雅城鎮，行走在窄長的街弄裡，不經意就從三五層樓的建築物天際間，窺看到尖塔及宏偉壯麗的百年大教堂，擎舉參天飽滿的磚紅圓頂閃耀著歷史歲月溫厚的風采。

遊客行人的步伐大多往卡札沃里街[79]擠進。

賈伯斯與女友，騎著新買的腳踏車穿梭在縱橫的街道。

「人群都往聖母百花大教堂[80]吶！」瑞思握住把手眺望，金色長髮在風勢的助長下如波浪飄散。

「藝術無論多久總會吸引眾人的目光。」賈伯斯難得露出輕鬆的一面微笑著。

「那麼我是你的珍藏的藝術品嗎？」瑞思嘟起豐潤的唇俏皮問道。

賈伯斯用力踩了下踏板，腳踏車順著灰藍的石板路滑行兩公尺，他避開了幾位行人後，回頭凝視著後方清麗的身影，直到瑞思停在眼前。

「妳是我最愛的女人……」賈伯斯深情看著瑞思那雙空靈清澈的眸子。

趴噠、趴噠、趴噠……

鳥群從上空飛過，掠過兩人頭頂，垂掛石牆上的藍色旗幟被氣流擾動的揚起半彎圓弧。

「累了嗎？」賈伯斯俏皮地眨了眨眼「要不要先回去飯店休息，還是到 Geleteria Carabe 吃冰淇淋？」

「哇~聽說他們的杏仁口味是最好吃的。」瑞思的瞳孔像小女孩般發亮「上頭撒滿了西西里島運來的開心果。」

賈伯斯寵溺的揉了揉瑞思柔順的髮絲。

「有力氣騎到翡冷翠亞諾河上的舊橋[81]嗎？」賈伯斯問。

「哈哈哈~」瑞思輕笑著踩住踏板往學院美術館方向騎去「先到 Geleteria Carabe 吧！」

離開太平洋側霧氣蒸騰的舊金山，來到千百年文明搖籃奠基的地中海地區，隨處可見數百年石牆、年月洗禮的刻痕；托斯卡尼山城教堂內沉穩的報時鐘聲、觸目所及如火焰般的絲柏[82]、軍隊般成列的葡萄果樹、和緩起伏的平原丘陵連接碧洗藍天，這般無憂遠離都會喧囂的自然景致，讓賈伯斯煩亂的心緒平撫不少。

午後，趁著瑞絲回飯店休憩補眼，賈伯斯獨自一人騎車悠遊在翡冷翠古樸而狹長的巷弄，輪下散發幽藍光澤的石板無論行走或是輪壓，總是平穩的令人欣喜。

「這裡鋪路的石板，都來自菲倫佐拉[83]附近的卡松採石場。」市集附近的居民回答這位看似不修邊幅，卻有股沉穩自信的年輕人。

「卡松採石場嗎？」賈伯斯喃喃複誦著。

他喜歡歐洲的文藝氣息、星羅棋布各種時期延續的博物館，尤其是富饒人文氛圍的義大利，連愛因斯坦都曾在此居住過。

生活是一齣激動人心且輝煌的戲劇。我熱愛生命，但如果知道自己僅剩三小時的生命，這不會對我產生多大的影響。只會思考如何更有效的利用剩下的時間。然後，我就會收拾好書卷靜靜地躺下，死去。

偉大的哲人科學家愛因斯坦所留下的這段著名對話，悄然在賈伯斯的心中升起。

隨手停放好腳踏車，他仰望著舊宮[84]高聳的鐘塔、信步走近迴廊前的大衛雕像。米開朗基羅—五百多年期文藝復興時代最偉大的詩人、建築師、雕刻家、畫家、影響後世近三世紀藝術發展的巨擘，今日他所遺留的曠世鉅作矗立眼前，哲人雖已埋葬在聖十字教堂長眠，但短暫的生命卻在宇宙烙下美麗的永恆。

◇◇◇

紫紅彩霞籠罩著遼闊的地平線，半露熔熔的夕陽倒映在澄澈的亞諾河，整片大地水天一色，連河岸兩側古樸的磚房都顯得黯然。

晚風徐來，吹散瑞思的長髮與賈伯斯及肩的黑髮交纏著，她甩動金髮將它撥弄耳後。

「既然喜歡山城的悠閒，不如我們就搬到法國的鄉間居住，別管那些惱人的事情。」瑞思側身凝視著賈伯斯提議道。

「我無法……」賈伯斯避開瑞思熱切的目光「無法放棄。」

那瞬間，瑞思頓時瞭解他們可能終將屬於兩條平行線。

「我愛妳，瑞思」賈伯斯拉住女友的手放在溫熱的胸膛，她若電影明星般耀眼的容貌、空靈的氣質深深地吸引他。

「先回飯店吧。我想休息，有些累了。」瑞思直接轉身走開，賈伯斯則緊跟在後。

從舊橋落日美景回到飯店，沿路兩人一前一後沒有任何交談，他們進到大廳正準備按電梯上樓時，櫃台人員匆匆跑來。

「請問是史帝夫．保羅．賈伯斯？」矮胖的男服務員略喘著氣問。

「是的。」

「有封來自美國蘋果電腦公司，蘇珊小姐的電報。」服務員趕緊將手中的信封袋遞上。

賈伯斯面無表情的收下，眉頭緊鎖的問道：「今天有沒有來自偵探社的來電留言？」

「報告賈伯斯先生，並沒有。」

瑞思拉住賈伯斯的衣角，眸底閃爍著淚光。

「上樓再說。」賈伯斯輕擁著瑞思走進原木裝設的電梯內。

「前天才打電話到飯店催促你趕快回公司，今天又發來電報。」瑞思頭埋進賈伯斯懷裡悶聲說道。

「我們再停留三天義大利，然後陪我到德國、瑞典、莫斯科。歐洲還有幾場重要的商業合作會談。」

「等等，史帝夫。你為何留意偵探社的訊息？」瑞思不安地打斷賈伯斯的話。

「我正在請人尋找親生母親。」

「那個拋棄……」話說一半，瑞思猛然摀住自己的嘴。

◇◇◇

作為麥金塔團隊的財務經理，尤其是與董事長史帝夫朝夕相處的巴恩斯，自從上個月底董事及股東大會所決議的部門執掌「變動」後，在公司無論走到哪都會有人向她抱怨，甚至辦公桌上的分機每隔半小時就有一通來自同事關心的訊息。

「葛賽拿掉了大麥金塔計畫，好不容易爭取到的研發時機又白白的溜掉了，難道要將工作站市場拱手讓人嗎？」

「我們的海盜船長，史帝夫何時回國呢？我們這幾人若再沒看到他，真的覺得公司快待不下去、沒希望了。」

巴恩斯探口氣，眼睛才瞄到桌上的電話，鈴聲就響了。

「是我～」

「史帝夫！」巴恩斯差點叫了出來，棕色及肩的捲髮隨著她劇烈的動作與電話線纏繞住，逼得她歪著脖子說話。

「公司營運還好嗎？我接到好幾次蘇珊的電話。」

「歐洲的麥金塔宣傳、蘇聯的商業合作會談應該很快就結束了。」巴恩斯輕輕的吐了口氣「大家都希望你趕快回來。」

「已經無法掌管麥金塔研發部門……連蘋果二號都是葛賽在主持……」話沒說完賈伯斯那頭傳來哽咽的聲音。

電話另一端的抽氣，讓巴恩斯不知所措，她默默地陪著賈伯斯發洩悲傷的情緒，沒多久她開口道：「傑伊副總裁四處向董事們遊說，他認為史考利抽走你在麥金塔的決策領導權是錯誤的。」

「然後呢？」賈伯斯的精神來了，立刻接著問。

「我只知道昨天傑伊被史考利找進執行長辦公室，其他的就必須親自問他了。」

巴恩斯沉默了一會兒，彷彿下定決心的試探性問道：「史帝夫，你何不再成立一間新公司呢？」

結束越洋通話的賈伯斯坐在飯店房間內，目光呆滯的望著窗台外的修剪整齊的綠色藤蔓。

房間內只剩他一人，前幾天瑞思跟他大吵後便自己搭機返回美國。

賈伯斯閉目陷入沉思，他已經忘記是什麼導火線讓瑞思負氣離開，滿腦子都盤繞著幾個字—何不再成立一間公司呢？

◊◊◊

卡梅爾山谷的秋季來的特別早，滿山翠綠的樹林已慢慢褪成乾枯的紅黃。

乙川禪師領著一群年輕弟子行禪，緩步在毫無遮蔽的空地裡學習感受身體每一寸肌肉的運行。

秋陽如虎，熱辣的陽光直直的照在行禪者的臉上，多數的人已無法忍受高溫出現不耐煩的表情，甚至加快步伐。

乙川禪師揮手招來一位年長的比丘，請他繼續帶領這十幾位弟子。

「史帝夫，你跟我來。」乙川禪師回頭聲若洪鐘地說道。

沙沙地踩過乾枯落葉、高低的石階，賈伯斯被餘熱蒸騰的頻頻拭汗，直到被隱藏在密林後的瀑流攝去心神。

嘩啦啦～嘩啦啦～嘩～

冰涼氤氳的水氣在溪面蔓延，林葉被浸潤的鮮嫩欲滴，如初春剛冒的新芽。

「行禪，史帝夫。」乙川禪師斂去原本慈祥的笑容，嚴肅的指著前方直徑三公尺的大石頭「隨意行走或是繞著它。」

一圈、兩圈、三圈……

賈伯斯在心中默數繞行的圈數。

「停！」乙川禪師大喝一聲。「你怎麼越走越快。」

「目的不是在繞圈行禪嗎？」賈伯斯被嚇了一跳。

「禪，浸在當下，當你有目的就超出範圍。」

「我……」賈伯斯一時竟然語塞。

「是你自己在驅趕自己。」乙川禪師直接盤腿坐在旁邊的大石上「這一年多擔任蘋果公司特別顧問時，我看到了你的躁動，雖然你時常撫平它。」

「身心統一，心處在……」乙川禪師指了指自己的胸口，繼續說道：「當你的心完美了，世界也跟著完美。你還有很長的禪修之路要走。」

賈伯斯起伏的心緒慢慢平穩，輕輕垂下眼簾專注此刻的行禪—不帶任何目地。

◊ ◊ ◊

一九八五年九月的各大電視及平面媒體，被蘋果電腦公司高層內的鬥爭佔去了絕大多數的版面。

當月十二日，蘋果電腦公司召開股東大會。

「我想了很久，自己應該好好過我的人生，畢竟我才三十歲。」賈伯斯在會議的最後發表長達一小時的發言後，拿出預先準備的小抄繼續說道：「日後我將成立一間新公司，專攻教育市場並致力於出產高效能電腦。」他停頓數十秒後，深深地吸口氣。

「在此我正式宣布辭去蘋果電腦公司董事長的職位。」

語聲剛落，當場震驚所有的董事及經營高層，雖然之前已有耳聞，然而那些年長賈伯斯十幾歲的經理人都以為，他只是發發牢騷而已……

《華爾街日報》

蘋果電腦公司的董事康貝爾表示：賈伯斯的作為令他們非常震驚，所以公司計畫裁撤賈伯斯董事長一職。

前執行長暨資深董事馬庫拉發出聲明：賈伯斯帶走蘋果的關鍵員工，違反了對公司的承諾。我們正評估將採取什麼樣的行動。

一位不願具名的總監則說：這輩子合作過許多企業，沒見過如此憤怒的一群經理人。我們每個人都認為賈伯斯欺騙了我們。

幾日後賈伯斯不甘示弱的在《新聞週刊》公開他的辭職信。

親愛的馬庫拉：

今天的報紙指出，蘋果計畫撤掉我的董事長一職，我不知消息從何而來，但這一切對大眾來說全是謊言，在最近一次董事會中，我已宣布自己將成立一間新公司，並同時宣布辭去董事長的位置。

董事會不願接受辭呈，希望我考慮一週再決定……甚至還宣稱蘋果將可能投資我的新公司……

我仍希望蘋果公司內部的聲音將會平和一些。某些員工怕我將母公司開發的技術用在我的新公司，這種擔憂根本是空穴來風……

正如您所知道的，近期的公司改組讓我失去工作，也無法獲知管理層面的報告。我現在不過三十歲，還想做出更多的貢獻和建設。

看在過去我們曾經共同披荊斬棘、開創事業版圖的份上，希望我們能夠以將互尊重、友好的方式道別。

誠摯的祝福您！

賈伯斯 上

◇◇◇

距離矽谷[85]北方一小時車程，位於馬林郡的盧卡斯影業總部，這兩年特別的不平靜。一九七七年開始，星際大戰系列電影在美國甚至全世界颳起一陣旋風，令人目眩的光劍打鬥、沙漠中離地航行的飛船、星河宇宙間翱翔奔馳的太空艦隊、擁有原力的絕地武士……還有率直可愛的 R2、D2 機器人……都是在盧卡斯影業總部孕育而出的；但主事者喬治·盧卡斯導演，卻因一九八三年離婚官司所需支付的高額贍養費，不得不將旗下的皮克斯[86]影像電腦部門出售……

「你說通用汽車與荷蘭飛利浦電子工程集團取消下周五的簽約！」坐在電腦前準備鍵入資料的艾德·卡特莫爾，突然像洩了氣的皮球。

「好～我知道了。」艾德向跟他報告的會計人員揮手示意離開，他翻開一旁的皮製筆記本，在編號第二十三號的買家名稱劃掉。

叩叩叩～

一陣急促的敲門聲未落，夏威夷花襯衫的身影便闖了進來。

「艾德，《頑皮跳跳燈》的第三版分鏡草圖已經繪製好了，場景編排又做了調整，我們趕快來討論視覺情感的呈現。」闖入的男人滿臉燦爛的笑容，若不是壯碩的外型、金黃微禿的毛髮，還以為是從童話故事裡鑽出的人物。

「拉薩特[87]。」艾德望著剛加入團隊不到兩年的前迪士尼動畫師「我們的買家又反悔了！如果部門再沒有五百萬的資金挹入、盧卡斯老闆拿不到一千五百萬美元現金，真不知道他還會派誰來『指導』這個部門，或許我們可能隨時會關門。」

拉薩特愣了一下後開口說道：「半年多前亞倫凱不是有介紹蘋果電腦的董事長來參觀，我記得他當時興趣濃厚。」

「你說史帝夫．賈伯斯？你沒看到這陣子的新聞嗎？他正陷入風暴中啊，但願主賜福予他。」

艾德腦海中突然浮現今年五月的某一天，賈伯斯再次來盧卡斯影業參觀硬體實驗室的情景。

皮克斯影像電腦能做到什麼市面上其他機器做不到的事？什麼人會使用它？你們有什麼長遠計畫？

他咄咄逼人的言詞及肆無忌憚的態度，讓艾德驚訝不已，賈伯斯不但打算取代艾德管理公司，還認為艾德覺得這是一個好主意；當時參與會談的動畫部門高層發現，賈伯斯所提出的新公司結構圖中的目標並非建立動畫公司，而是建立新一代的家用電腦公司。

所以他們婉拒了……

◇◇◇

舊金山 帕羅奧圖。

「新公司所設計的電腦，將會是立方體的。」賈伯斯看著路旁青綠黃紅交參的行道樹，手插褲袋悠閒地漫步說道。

「那好，我就將商標設計成視角傾斜二十八度的正立方體。」白髮蒼蒼卻又神采剛毅的老人點頭道。

「蘭德[88]先生，我一直很喜歡既簡單又完美的形狀。」賈伯斯異常恭敬的對著一旁與他一起散步的老人說。

蘭德沒有立刻接上他的話，眼光飄向遠處似乎陷入某種沉思中。

「是否可以想出幾種讓我選擇呢？」賈伯斯問到。

「我一次只給客戶一個提案。」蘭德藍色的眼瞳直視著賈伯斯「我負責解決問題，你負責付錢；無論你是否採用我的設計，都必須付費，記住，我只給客戶一個提案。」蘭德末尾特別加重語氣說道。高齡七十一歲的他為當代平面設計的翹楚，知名的公司如：IBM、西屋、ABC、UPS的商標都是出自他的手筆。

即便是蘭德與IBM有合約關係，不得為另一間電腦公司設計商標，賈伯斯仍用緊迫盯人的態度讓IBM的高層主管屈服答應了。因為他們知道若不同意蘭德為他的新公司設計商標，賈伯斯絕不罷休，這點讓平面設計大師蘭德相當欣賞。

「你說新公司的名字是？」蘭德問。

「Next。」賈伯斯瞇眼微笑再說了一次。

數日後，蘋果電腦公司的執行長－史考利與前任董事長－賈伯斯因無法達成協議，史考利與董事會決定以「違反受任人義務」，對他提出告訴：

賈伯斯在擔任蘋果董事長與主管期間，對蘋果應盡受任人義務，卻假稱忠於蘋果的利益並……

暗中計畫成立一家新公司與蘋果競爭；

暗中利用蘋果的計畫，以設計、發展、銷售下一代的電腦產品……

暗中勸誘蘋果的核心員工……

同時，賈伯斯開始拋售手中占公司總股本的百分之十一、市值超過一億美元的六百五十萬股蘋果股票……五個月後幾乎全數賣光……

手上僅保留一股。

◇◇◇

皮克斯

七彩透明的酒瓶，羅列在整面特製的胡桃木窗櫥內，散發幽微的光芒；地中海式的裝潢、扎實的木質地板、光線色澤溫暖又明亮的伊維亞[89]餐廳，是賈伯斯餐敘時經常光顧的地方，重點他們不只提供各式的地中海、希臘餐點，還有精緻的素食可供選擇。

「這位是諾貝爾化學獎得主柏格[90]先生，先前我剛從歐洲回來時，就已經他碰過面聊過關於生物實驗模擬。」難得西裝革履的賈伯斯，慎重的向五位剛從蘋果離職，準備進入新籌組的 NeXT[91]電腦公司的軸心要員介紹道。

「尤其是基因剪接和重組 DNA 的進展，上次史帝夫跟我提過用電腦模擬實驗，可以讓過程變快，但是目前沒有一台個人電腦能完美的類比顯示 DNA 的分子結構與變化；如果不在電腦中類比，完全依靠生化實驗。這費用實在高得嚇人，相對而言也拉慢了整體研究的發展。而搭載這種功能的特殊電腦太過昂貴，不是大學實驗室可以負擔的。」柏格緊接著說道。他的聲音帶點紐約腔特殊尾音，端正的眉眼、挺直的薄唇流露著親切又剛毅的氣息。

「那就是工作站電腦，比一般個人電腦具有更強大的運算能力，我們之前曾計畫利用

Unix 作業系統，加上麥金塔友善的介面……」留著大鬍子的佩吉原是大麥金塔晶片組的工程師，因為被繼任主管拿掉專案，氣憤沮喪之際也跟著賈伯斯「叛離」蘋果。

「魯文，史丹佛大學是你曾經接洽的採購業務範圍，我記得其他各大專院校的研究單位似乎也有相同問題。」賈伯斯轉頭問身旁熟悉教育機構行銷的魯文。

「是的。」魯文簡扼回道。有如「超人前傳」主角雕像般英俊的輪廓，露出靦腆笑容。

他們對大學實驗室的各種需求，討論著將來製作 NeXT 電腦後所必備的效能，柏格則是臉上掛著淺笑，不發一言的聽著眼前六位年輕人眉飛色舞的預測。

「在設備預算上，你覺得多少是大學較能負擔？」賈伯斯突然對一旁的柏格教授拋出問題。

柏格教授低頭沉思，沒多久抬頭謹慎回道：「兩千五百至三千美元之間。」

「好」賈伯斯彈了一個響指「將來 NeXT 工作站電腦就以訂價不超過三千美金為目標。」

在場唯一的女生，也是將來負責新公司財務的巴恩斯突然打了個寒顫。

◇◇◇

一九八五年的秋天，科技界的新聞持續霸佔著媒體版面。

面對蘋果電腦公司一連串所採取的法律行動，賈伯斯不甘示弱的接連接受媒體採訪並反駁。

我是自己的唯一擁有者。

NeXT 公司將不會使用任何蘋果合法擁有的技術，我們甚至希望將這點白紙黑字寫下……

沒有什麼可以阻擋蘋果跟我們的競爭……

一間擁有四千三百名員工、二十億美元資產的公司，居然會對六位穿牛仔褲的年輕人感到威脅，這不是很奇怪的想法嗎？

賈伯斯發布辭職聲明稿後，隔天又在自家門前的草坪接受電視節目專訪。

早晨八點的陽光正熾，他站在草坪上，用戲劇化的聲調對記者說道：

如果在蘋果，電腦變得像其他物品一樣平凡，浪漫消失了，人們忘了電腦是人類所創造的最不可思議發明，那麼，我將覺得自己失去了蘋果。

相反的，即使我到了百萬里外的地方，人們仍感受到這些東西的威力，那麼我將覺得基因仍在那兒。

賈伯斯馬不停蹄的面對媒體，用嚴厲、反諷、感性的態度敘說他對蘋果公司的怨懟及愛戀，他告訴周遭的親友，任用史考利是他這輩子最大的錯誤……

洛斯阿圖斯市　克里斯大街二〇六六號。

保羅．賈伯斯彎腰拿起草坪上的報紙，皺眉看著頭版新聞。

唯一的兒子功成名就後，他仍然住在老房子與妻子簡樸度日，賈伯斯四年前幫父母還清房屋貸款後，曾提議購買間較大的宅邸，但習慣簡單生活的他們寧可安然的繼續居住在這充滿回憶的小社區。

屋內又傳來陣陣劇烈的咳嗽聲，保羅連忙加快腳步進屋。

「史帝夫來了嗎？」克蕾拉半撐起消瘦的身子，摀住嘴又咳了幾聲，多年的菸癮讓她的肺部變得脆弱，去年一場兇猛的感冒讓她整整躺臥病床半年，卻也檢查出……。

「佩蒂呢？」克蕾拉聲音約來越微弱，微睜混濁迷亂的眼。

叮咚～叮～

保羅還沒站起來開門，賈伯斯就帶著家庭醫師、妹妹佩蒂進來了。

「媽，我們來陪妳囉！」賈伯斯平實的嗓音刻意拉高，包括醫生其他人都戴上口罩，只有他堅持與母親毫無遮掩的面對面。

家庭醫師按照慣例診療完，眉頭深鎖的向保羅交代後續照料的問題，留下處方籤很快地離開。

「爸，我想跟媽單獨說說話。」賈伯斯低聲向保羅說道。

保羅點點頭，將半敞的窗戶推開，推著佩蒂的肩膀走出房間，他們都知道時日無多了。

賈伯斯刻意忽視妹妹眼眶中的淚，坐在母親床沿跟她分享生活中的趣事，當然絕口不提公司發生的巨變，只告訴她最近要收購一間很酷的電腦動畫製圖部門。

「妳最愛看的星際大戰電影裡頭很多畫面，都是他們繪製的！」賈伯斯輕柔的用溫毛巾擦拭母親濕黏的耳後肌膚，語氣微帶興奮的說。

「很好、很好。」克蕾拉微笑地點頭。

「媽～我可以問妳一個問題嗎？」賈伯斯欲言又止，像一個青春期的男孩半紅著臉「妳和爸爸結婚時，還是處女嗎？」

克蕾拉勉強擠出一絲笑容，她伸出手摸摸賈伯斯滿是鬍渣的臉龐。

「在跟你爸結婚前，我已經結過婚了。」她吃力地喘息又嗆咳幾聲，賈伯斯連忙拍撫母親的背，她繼續說道「但是那任丈夫在前線戰死……」

克蕾拉還說了些當初收養賈伯斯的細節，賈伯斯牢牢握住母親的手仔細聽著。

三個多月後，克蕾拉．哈戈皮恩．賈伯斯，肺癌末期病逝。

◇◇◇

一九八六年一月。

經過幾次會商，盧卡斯影業的財務長、幾位內部高層、皮克斯影像電腦部門經理艾德・卡特莫爾，在喬治盧卡斯導演決定降低出售價格，以及準備收購的NeXT公司老闆賈伯斯，不再堅持掌管皮克斯後，終於確定簽約日期。

併購的方式相當複雜，艾德與賈伯斯的律師彙整確認多份文件，耗去不少時日。

「據說大導演當初開價一千五百萬。」賈伯斯的律師問道。

艾德不可置否的點頭。

「那麼史帝夫也真有耐心地等他自動降價到五百萬美金。」賈伯斯的律師咧開嘴笑道：「如果我的客戶買下你們公司，最好要有心理準備搭上賈伯斯的雲霄飛車啊！」

「我也曾聽說過史帝夫的行事風格，不過真正讓我願意妥協的，除了史帝夫不在堅持完全掌管公司營運外，還有，」艾德將身體挺直並深深地吸口氣，微笑道：「他願意支持用電腦拍攝動畫長片的夢。」

二月星期一上午，遲到的盧卡斯影業財務長嚴重低估賈伯斯的能耐，他自認最後出席即是樹立權威的起點，讓所有人空等他一人，但他失算了。

十點整的會議，賈伯斯環顧四周發現負責談判的財務長未抵達，仍在艾德、史密斯[92]、雙方律師、投資銀行家的面前直接宣布會議開始。

賈伯斯完全無視盧卡斯財務長的存在與否，毫不客氣的掌控議程進行，十點半才抵達的財務長已完全失去談判的利基點。

在冗長的股權分配、生產經營、財務稅收、資產、負債整理及人事安排……匯聚全力的磋商後，終於在傍晚完成所有交易。

「請每位與會者在這幾份文件的正副本簽名。」賈伯斯的律師啞著嗓子宣布。

除了沙沙的簽名聲，偌大的會議室顯得安靜異常，因為每個人都已精疲力竭。

外頭傳來滴答滴答的細雨聲，窗外半露的斜陽將人影拉的老長。

其他人很快地離開，只剩賈伯斯和皮克斯的成員。

賈伯斯站起來，整平微皺的襯衫，將艾德、史密斯拉到一旁。

「無論發生什麼事……」賈伯斯歛下眉眼，雙手環繞著他們「我們都要忠於對方。」他加深手臂的力道，低頭一字一句沉聲說著，彷彿壓抑內心極大的情感。

艾德甚至感覺到賈伯斯微微的顫抖。

半年多來，賈伯斯承受著各種的壓力與打擊，縱然蘋果帶給他巨大的名聲及財富，但他一手創辦細心呵護的蘋果電腦公司卻拋棄他。公司高層決議剝奪他最根本的價值，實際創新研發行銷的掌控權；在他宣布辭職成立 NeXT 新公司的同時，又控告他違背受任人義務，這無異讓賈伯斯腹背受敵疲憊不堪。

十多年的禪修體悟，他明白生命生活的箇中道理，然而養母的病逝，似乎更加深了他心底難以磨滅的傷……

◇◇◇

山谷迴盪著各種不知名的鳥鳴聲，時遠時近。

塔薩哈拉禪修中心裡常駐的僧侶們，正專心誦唸著眼前經文；黎明的陽光穿越菱花窗櫺，狹長的光輝灑落安住於千百年智慧精華字義的藏青色身影，時空彷若凝結在某種安詳的靜謐。

乙川禪師領著幾位徒弟，從側門繞過僧侶誦經的中堂，他拉開紙門，榻榻米特有的草木香竄入眾人鼻腔。

榻榻米上早已擺放幾張書法用的宣紙，跟在最後的賈伯斯忍不住多看了幾眼。

「儀式只是幫助你定心的型態。」乙川禪師跪坐在三十公分乘六十公分的宣紙前，拿起沾滿墨汁的狼毫大楷，一筆一畫緩慢地帶著勁道運筆。

賈伯斯垂手雙掌交疊，靜靜站著與其他禪行者定心觀看乙川禪師的揮毫，只見禪師在白淨柔軟的紙張上寫出橫豎的筆劃，不懂漢字的他感覺像方塊。

「誤」乙川禪師捺下最後一筆解說道「這是漢字中的『誤』字。我們人都在自我設限的框架中陷入錯誤，也在陷入錯誤中反覆的羈絆自己。」

乙川禪師向旁人低聲吩咐幾句，不一會兒每個人面前都有份書寫用具，賈伯斯捧著柔中帶細的宣紙及毛筆時心裡不禁漫上異樣的感覺。

「靜心專注能去除內心湧現的不安。」禪師一邊指導徒弟書寫，一邊說道：「我們說『去除』其實只是回到初始原貌……」

「唉啊～」角落有人不留神將墨汁打翻，柔白的宣紙瞬間潑上一大片墨黑。

被打斷談話的乙川禪師祥和黝黑的臉上依然平靜，他上前幫驚魂未定的徒弟換上新的宣紙。

「乙川禪師。」賈伯斯忍不住放下沾滿墨汁的毛筆出聲發問「單純在紙上寫字，就是能去除煩惱的儀式嗎？」

「不能。」乙川禪師搖頭。

所有人都停筆驚詫地看著禪師。

「當你執著於儀式時，又陷入框架與煩惱了。」乙川禪師盤腿坐下，嚴肅地說道：「我們應該忘掉它，無所執著。沒有過去未來心，才能安然專注於當下。」

◇◇◇

一九八七年六月 華盛頓 哥倫比亞特區。

傍晚時分，萬豪國際酒店大門前豪車雲集，一輛接著一輛；周遭街區長達兩小時的交通管制，隱約透露出與會貴賓的不凡。

各家的媒體記者，早已在飯店大門附近布局好最佳採訪位置。

場內挑高氣派奢華的宴會廳，高懸著奧地利水晶吊燈，大紅高雅的地毯掩去眾人的足音，保有最優雅的姿態社交周旋。

交響樂團忽地將莫札特輕快的樂曲，轉為舒伯特優柔的小調旋律。

「各位先生女士們，感謝各位光臨《華盛頓郵報》創辦人凱薩琳．葛萊姆的七十歲大壽宴會……」前方穿著黑色削肩合身禮服的女主持人，用性感高昂的嗓音介紹今日的晚宴，不一會兒現場響起熱烈的掌聲。

賈伯斯帥氣英挺的外表，早已是眾人目光追逐的焦點，雖然一年多前與蘋果電腦公司間的紛爭，讓他的光環黯然不少，但是隨著 NeXT 公司的廣泛徵才、內部公關積極布局牽線，甚至開放媒體進駐拍攝採訪，又使這位過去科技界的金童彷彿又回到搖滾巨星的地位。

「艾克斯，IBM。」IBM 總裁艾克斯走向賈伯斯，很自然地伸手遞上名片向他自我介紹道。

賈伯斯一貫露出燦爛迷人的笑容，握住艾克斯跟他相同的細長大手。

「NeXT 電腦的史帝夫。」

侍者送來兩杯紅酒，兩人接過後舉杯示意輕啜幾口。

賈伯斯灰黑的 ARMANI 西裝與黑色領結，襯出科技新貴的年輕氣勢；比賈伯斯稍年長幾歲的艾克斯平整的金髮配上一身 GUCCI 時風藍西裝、絲質黑領帶，頗有 IBM 半世紀科技領航的老大哥風範。

相互寒暄後，賈伯斯便主動切入正題。

「微軟視窗 Windows 系統 2.0 版，一般使用者操作的便捷性，不太穩定是吧？」賈伯斯將空杯放到托盤，順手換了果汁。

「哈哈哈，就知道這個在電腦界不是什麼新消息了，穩定度的確有待加強，但是比爾也有持續修改升級軟體的運作。」艾克斯寬長剛毅的臉堆滿笑容，他將杯中的紅酒一飲而盡。

賈伯斯大口喝果汁，一邊沿著杯緣打量對方並思忖下一步。

忽然周遭增加不少面容嚴肅的警衛。

場內的音樂旋即巧妙轉換成華麗的圓舞曲，同時台上主持人拉高嗓音介紹。下一秒如雷掌聲響起，甫進入會場的雷根總統含笑點頭向與會貴賓招呼示意。

「艾克斯，你們 IBM 願意居就如此不穩定的系統，單一任由他們操控你們的軟體？」

賈伯斯原本平實嗓音變得稍尖，將 IBM 總裁的注意力一下子吸引過來，他繼續說道：「我覺得微軟的東西並不怎樣，你們如此依賴微軟等於是場豪賭。」

艾克斯轉過身面對著賈伯斯笑道：「這樣的話，你們願意來幫我們嗎？」

「當然。」賈伯斯立刻回道，深棕色的眼瞳中閃著一抹狹促的光芒。

半個月後，賈伯斯帶領軟體工程師崔博爾，出現在 IBM 紐約州阿蒙克總部，當他們展示耗時十六個月，日以繼夜研發的 NeXT 物件導向作業系統 NeXTSTEP，在場的 IBM 工程師眼睛莫不為之一亮。

◇◇◇

「艾德，他們認為價格過高，無法進一步洽談簽約。」走進皮克斯電腦總裁辦公室的秘書戰戰兢兢的說道，這已經是第四次業務會商失敗的回報。

「唉～」艾德煩躁地抓了一下頭髮「荷蘭飛利浦的營銷網路合約商洽的進度，羅柏有傳真回來嗎？」

「有。」秘書迅速揮手示意助理將文件檔案送來。

售價高達十三萬五千美金的皮克斯影像電腦，雖然有最領先於業界的 3D 影像處理技術，然而昂貴的價格再加上必須連接一部三萬五千美金的高階昇陽工作站，不少醫療機構縱使震驚皮克斯電腦處理X光圖的效果，也在最後簽約關頭裹足不前。

荷蘭營銷網路的業務擴展是賈伯斯的命令，成立銷售大軍向醫學界進攻販售皮克斯影像電腦。

艾德平直服貼的金髮似乎變得稀疏了……

達拉斯的電腦動畫年會，當《頑皮跳跳燈》的動畫播放完畢，現場觀眾震耳欲聾的歡呼驚嘆聲，一直在賈伯斯的腦海不斷地縈繞著。

買下皮克斯影像電腦部門半年，拉薩特領著賈伯斯參加動畫年會後，距今又過了十三個月。

賈伯斯盯著手中會計師送來的財務報表，不禁喘了一口氣。

皮克斯軟硬體部門共計一百一十多名員工，當初併購及投資的錢已花去一千萬美金，這兩年光是人事成本、研發費用又耗去近百萬……業務回報的消息卻又是慘不忍睹，幾乎是毫無進展；明明是世界一流的圖形技術，為何在醫療產業等研究機構回應是如此冷淡？

他在辦公室來回踱步、咬著指甲低頭思索，皮鞋在木地板上不斷發出喀喀的聲響。

◇◇◇

加州 帕羅奧多。

「我們必須順應客戶的期待，不能輕率的認定他們願意為了擁有最新技術而花更多的錢。」一名擔任NeXT電腦硬體部門顧問，在雙週定期會議上強烈地呼籲道。

「日本佳能公司的技術是業界頂尖。」斜靠在前方白板的賈伯斯單手插在牛仔褲的口袋「一個光碟可以寫入256KB的檔案，比現在市面上所有的電腦硬碟都來的大。」賈伯斯轉身在白板寫下幾個字：

軟體、硬體、前衛科技

「我們一定要在NeXT電腦加裝光碟讀寫機，這樣所有購買我們工作站電腦的企業用戶，可以更完美甚至是超乎預期的執行所有任務，無論是大學研究室的生物模擬實驗、龐雜的資料統合分析、商務數據分流，都能節省更多時間……」賈伯斯滔滔不絕的說著。

有位職員舉手打斷賈伯斯的談話「我們是否要等到日本佳能的光碟機技術成熟，再來推出這樣的產品會比較安全，這是市場端的現實考量。」

「不不不……」賈伯斯一連說了五個不字，他目光如炬的望著底下十七位高階主管及工程師「我們豈能放棄先佔市場的大好時機，這個光碟機可儲存的資料是標準硬碟的兩百倍，而且還能外接。」邊說著話，又在白板寫：

資料可攜

「也就是說，可將所有的個人資料用光碟機儲存，如果換電腦只要將光碟機接上新電腦即可，因此重要資料都能隨身攜帶。」賈伯斯的嘴角拉出漂亮的弧度。

在場的職員瞬間都被賈伯斯的論點說服，沒有人再提出反駁，賈伯斯很快又針對市場分布取向，在白板上書寫市場消費端的各類客戶層。底下開放跟拍的隨行平面記者，不斷用相機捕捉這群新興電腦公司成員的各種樣貌，當然這是在蘋果電腦公司不可能出現的景象。

羅斯·裴洛[93]盯著電視裡正在播映的《創業者群像》[94]美國公共電視製作的紀錄片，手不停歇的在隨身記事本中摘寫重點，節目結束後他兀自坐在沙發中沉思。

「用盡各種方法，讓我跟NeXT創辦人史帝夫·保羅·賈伯斯取得聯繫。」他按下內線，低聲交代外面的秘書。

◇◇◇

早在與IBM的總裁艾克斯會面前，一九八六年底NeXT的財務已被逼上崖頂等著崩落，賈伯斯對事物的極盡苛求在工程師及高層主管眼裡簡直是不可理喻，財務長巴恩斯曾為了NeXT生產工廠的先進配備、場內顏色搭配，以及大手筆的裝潢辦公大樓、打掉原本的磚牆重新裝設玻璃牆……等的決策，在眾人前對賈伯斯苦口婆心地勸誡，然而面對節節攀高的大額支出，在賈伯斯眼中似乎只有將東西做到完美極致才是重要，毫不在乎所耗費的金錢多寡。

財務危機遲早會降臨……

一九八五年底公司剛成立之時，賈伯斯的第一次度假會議宣示十八個月後出貨，直至今日仍在「只聞樓梯響，不見人下樓」的窘境。

「史帝夫，有位電子公司的總裁裴洛，在線上。」賈伯斯辦公室的助理接起電話按著保留鍵。

「他是？」賈伯斯印象中並不認識這位人物，但仍將電話接起。

「賈伯斯先生您好，我是裴洛，電子數據系統公司創辦人，當然現在早已退休。」裴洛在電話一頭笑道。

「裴洛！」賈伯斯也跟著笑了出來「很高興認識你。」

「我就不多說其他的。」裴洛低啞厚實的嗓音停頓了一會兒「昨天我在電視上看到NeXT公司的特別報導，若需要資金隨時連絡我。」他簡潔的告知賈伯斯目的。

「好的，若有需要會聯繫你。」賈伯斯語氣沒有太多的興奮，淡淡地回復道。

掛下電話，賈伯斯望向玻璃牆外大廳來來往往的職員，嘴角漾出一朵笑容。

「史帝夫。」會計人員不待賈伯斯回過神，很快的敲門進來「這是艾斯林格設計公司、工廠設備油漆工程、電腦機殼模具公司的報價單及請款明細。」

賈伯斯撓了撓鬢頰仔細看著單據上的數字，疾筆簽下漂亮的草寫姓名。

艾斯林格的青蛙設計公司，是過去賈伯斯在蘋果時期從巴伐利亞牽引交涉來的工業設計團隊，避免NeXT因與其他公司商業合作間接竊取蘋果內部的機密，蘋果高層斷然拒絕同意艾斯林格為NeXT設計產品；幸好一九八七年初蘋果高層意識到若持續在法律層面與賈伯斯糾纏不清將有損公司形象，畢竟賈伯斯仍是媒體圈的寵兒，蘋果執行長史考利與賈伯斯簽下庭外和解書，NeXT也同意在市場販售的區隔及不得與麥金塔相容的作業系統限制。

巴恩斯抱著一疊財務往來資料在門外等候多時，直到其他職員先後離開。

「七十萬的藍德大師商標設計費、六十五萬訂製專用模具，再加上十五萬特製的打磨機……」巴恩斯瘦小不及賈伯斯肩膀的身軀，將手中半人高的文件一股腦兒的丟在辦公桌「每個月固定支出九十五名員工的薪水、辦公室及全自動廠房租金，還有艾斯林格尚未報價的高額設計費。史帝夫，你告訴我該如何平衡開支，按照這樣下去，一千五百萬的資金十八個月後就會燒完，你……」巴恩斯雙手扶住桌子大大的喘了口氣，她清澈的藍色眼瞳直直地盯著賈伯斯。

「巴恩斯，妳只要先做好財務長的工作，其他的事情暫由我來擔憂。」賈伯斯慢條斯理的說。

「史帝夫、史帝夫～」巴恩斯的語氣越來越急「我跟崔博爾、魯文、佩吉、蘇珊，已經勸你多少次，產品都還沒正式開發販售……」

「夠了！巴恩斯。」賈伯斯大吼了一聲「資金的來源是我的事情，公司錢不夠我會從私人戶頭在撥款進去，製造品質沒有達到要求的爛貨是絕對不可能到市面販售流通的。」

◇◇◇

一九八八年十月十二日 舊金山達維斯交響音樂廳[95]。

三十幾位工作人員早在半夜凌晨進駐，因為直到前一星期賈伯斯都無法找到適合的投影片背景，甚至連講稿都已修改五十多次的他，對於場地的燈光、音響、投影片與演講時的搭配速度[96]依然無法達到他的標準，所以工作人員又必須重新校正舞台燈光亮度，來搭配賈伯斯前幾小時煞費苦心挑選到的完美綠色背景。

「這就是我最喜歡的綠色背景。」舞台上排練的賈伯斯開心地對台下的員工喊道。

「這個綠色很棒，這個綠色很棒……」睡眠不足的工作小組不自覺的喃喃重複賈伯斯的話。

五點，冬日晨陽未升，影像藝術公司、後現代劇場製作人先後抵達會場，做最後第六次彩排。

中午，正式開場前兩小時，音樂廳早已大排長龍，現場人數依《紐約時報》記者預估至少超過三千人……

「回來的感覺，真好。」睽違四年重新站上舞台的賈伯斯，黑色燕尾服、光滑服貼的短髮，一開口便得到全場的大聲喝采，如同當紅的搖滾巨星般，出場就撩起觀眾亢奮的情緒。

「每十年才會發生一、兩次的全新架構改變，為電腦產業帶來新革命，我花了三年的時間走遍全美各大學，終於打造出高等教育機構需要的軟、硬體。」賈伯斯振臂揮舞著「我們了解，他們需要的是可供個人使用的主機。而且這是不可思議我們所能想像出的最完美產品。」

燈光稍暗，不一會兒賈伯斯用指頭撐起方形電路板。

「這是我一生看過最漂亮的印刷電路板，」舞台燈光忽然強烈聚焦在賈伯斯的手上「真希望你們有機會看看這部電腦的內部。」

賈伯斯不著痕跡地放下電路板，掀開黑色天鵝絨布下的 NeXT Cube 電腦—完美的立體方正螢幕、主機，俐落直順九十度的直角，墨黑金屬機身泛著特有的光澤，台下觀眾響起一片掌聲。

電腦開始發出平板的電子合成音並朗誦—金恩博士演講及甘迺迪總統的就職演說……

「這部電腦還可以傳送附加聲音檔案的電子郵件。」賈伯斯挑高右眉露出帥氣迷人的微笑。

整場發表會賈伯斯足足站在台上三小時，末尾一位小提琴家走上舞台，與NeXT電腦以二重奏的方式演出a小調小提琴協奏曲。

輕快昂揚的音符交織成勾人心弦的旋律，最後如絲滑般的顫音結束樂曲時，整場爆出熱烈的掌聲久久不能停歇。

隔天平面媒體無不用斗大的標題，報導這場電腦界的發表盛會。

《紐約時報》

「這場產品發表會與韋伯的經典音樂劇相比，毫不遜色，具備令人震懾的舞台演出和特效。」

《芝加哥》

「這次的發表會，猶如電腦產業的第二次梵蒂岡會議。」

華盛頓州 微軟總部大樓。

比爾．蓋茲將身體埋在深褐色旋轉椅，晶亮的藍眼珠緊盯著電視播映 NeXT 產品發表的訪談報導。

「董事長，賈伯斯先生又在線上……」敲門進來的女秘書話還沒說完，就被比爾的手勢制止。

「等等。」他的嘴角露出諱莫難測的笑容。

◊◊◊

乙川禪師從計程車下來時，外面的大雨停了，他拉起灰褐色的袈裟，不疾不徐的邁開大步。

「禪師。」幾位 NeXT 的工程師走出大門，向禪師點頭致意，他們都知道這位特別顧問。

氣派的辦公大樓位於加州紅木城市中心，傾斜二十八度黑色立方體的 NeXT 標誌矗立一側，乙川禪師踏進門廳，透明如漂浮在中央的玻璃樓梯映入眼簾。

「乙川禪師。」櫃台總機小姐連忙上前招呼「史帝夫請您直接搭電梯到五樓，他在辦公室等您。」

咚咚咚～

「禪師，我們直接上車吧！」賈伯斯直接從透明樓梯衝下來，還沒等到乙川禪師回答便自顧自的走出。

停在近處的銀色敞篷賓士，車身上殘存的雨漬閃耀著夕陽餘暉，當禪師坐進賈伯斯的車內時，狄倫的吉他和弦聲重重的灌入耳裡。

喀噠。

賈伯斯一臉歉然的將音樂暫停。

禪師將寬袖收攏好，黝黑的臉上長眉舒展沒有任何不悅。

「地球素食餐廳在紅木市有分店，聽說他們的冰淇淋鬆餅很好吃。」乙川禪師噙著微笑開口道。

「禪師喜歡吃冰。」賈伯斯單手握住方向盤，側過頭瞄了禪師一眼，覺得新奇有趣。

「哈哈哈～」乙川禪師大笑了幾聲「我從小就喜歡吃冰，冰涼甜膩的口感令人著迷。」

「哈哈哈……」賈伯斯也感染到一股輕鬆愉快的氛圍不禁笑了出來。

車子在紅燈前停下，兩位行人牽著一群大型牧羊犬越過馬路。

「史帝夫，你覺得狗有佛性嗎？」乙川禪師問道。

「狗應該沒有開悟得見般若的能力，應該沒有佛性。」賈伯斯回道。

「錯，狗有佛性。」禪師停頓了一下，指著路旁矗立的大型廣告看板繼續問：「看版有佛性嗎？」

「沒有。」賈伯斯不假思索的回道。

「哈哈哈哈哈。」師徒兩人不約而同的縱聲大笑。

「每個人都要面對自己的關卡，就像奔流而下的河水遇到岩石樹林的阻擋，不是選擇穿過就是搬開它；專注面對問題時就是沒有問題，離開眼前問題時也沒有雜念存心，如同靜心禪坐的專注呼吸及內觀知覺，拋下一切定見雜念返回初心，般若智慧油然而生。」乙川禪師沈穩的聲音迴盪在靜謐的空氣中。

◊◊◊

皮克斯影像電腦公司以驚人的速度陷入嚴重財務虧損─連續五年共燒掉賈伯斯私人投資資金五千四百多萬美元，每年還得賠上一百多萬的研發經費及人事開銷。

收購之初，賈伯斯下令公司以販賣硬體影像電腦為主，而艾德、拉薩特、史密斯幾位掌事的高階主管，根本對於銷售、行銷、庫存管理、業務……等都毫無頭緒，所有事情都是硬著頭皮摸索；四年多來皮克斯影像電腦總共只販售了三百台，比起同樣虧損的 NeXT 公司，於一九八八年底剛上市的一個月所售出四百台的數量還少。

皮克斯是由一群世界頂尖電腦科學家組成的團隊，包括唯一一位迪士尼前動畫師，現任皮克斯的電腦介面設計師─拉薩特，除了他之外的其他人皆擁有全美知名大學的電腦相關學科博士。

「授權迪士尼使用CAPS的權利金每個月有多少入帳？」坐在辦公桌後方的賈伯斯皺眉問道。

旁邊的會計人員很快的回報一個數字。

「艾德，難道你請那些業務人員整天只會打混不工作嗎？」賈伯斯拿著報表用力敲打桌子「派駐歐洲包含國內的六十多個銷售據點，四年多來銷售不到四百台。」

「他們已經盡了最大的力量，史帝夫。」每個月都必須來NeXT總部報告皮克斯營運狀況的艾德顯得相當疲憊，原本上週必須發放的薪資因為公司連續赤字，虧損越來越大，賈伯斯氣到連薪資都不肯存入。

「砍掉半數銷售人員，即刻生效。」賈伯斯站起來雙手環胸。

「不行，你絕對不可以。」艾德雙眼直視著賈伯斯「必須給他們兩週時間。」

「可以。」賈伯斯將襯衫袖口解開並捲高露出精瘦手臂「明天將必須開除的業務人員名單傳真給我，通知解雇的人事命令下達後，薪資立即撥款。」

「艾德～」賈伯斯歛下平直的濃眉放緩語氣「世界最頂尖的繪圖影像電腦擁有者就是我們，既然嘔盡心力創造了它，就要讓它釋放最大的光熱造福世人，醫界、情報單位、氣象衛星圖的使用者都是我們潛在的市場。」他走過去拍拍艾德的肩膀。

「史帝夫，我也很抱歉公司獲利趕不上虧損的速度……」艾德知道裁員縮減支出是不得已的決定，畢竟公司現金不足財務很早就捉襟見軸。

門外傳來敲門聲，拉薩特走了進來。

「秘書告訴我會議剛結束。」約翰．拉薩特露出靦腆笑容，連續工作半個月的他昨天才剛完成三叉戟口香糖動畫廣告，讓口香糖扭動身軀彈奏鋼琴；利用電腦繪製的過程雖有點生澀辛苦，面容卻未見任何疲態。

「約翰？」賈伯斯帶他們坐進隔壁的會議室「真是難得會出現在這裡。」他將身體埋進義大利特製沙發內。

自從見識到《頑皮跳跳燈》參展首映時所造成的轟動、甚至是金像獎的提名，拉薩特的動畫藝術天分讓賈伯斯另眼相待。

「我計畫籌拍一部短片。」拉薩特將準備好的企劃案遞給賈伯斯。

「小錫兵……」賈伯斯翻看著企畫內容及草圖喃喃說道。

看來又是一筆不小的花費啊……

蘋果的危機

加州 帕羅奧圖 中學。

九點，講台上的歷史老師對著底下六年級的學生點名。

「華特．艾利森、班恩．惠立、隆．文森……」老師將眼鏡推高仔細看著底下舉手的孩子「這位是剛轉來的學生—麗莎．布雷能．賈伯斯。」四十幾歲的韋恩老師特別停下來將名字反覆看了幾次，他摸摸所剩無幾的頭髮。

「麗莎。」韋恩老師看著坐在前排眉目清秀的女孩問道：「妳家有電腦[97]嗎？」

麗莎沒有回答只是靜靜的點頭。

「有些作業安排需要電腦操作，妳剛轉學進來老師需要調查方便同學分組。」韋恩老師坐進黑板旁的電腦桌前敲了幾下鍵盤，主機發出嗡嗡的運轉聲，沒一會兒便嘎然停止。

「哎呀！連教室的電腦也壞了」韋恩老師轉頭向學生們說道：「你們先讀美國歷史第二章。」

「沒想到蘋果公司五年前贈送的三十多台電腦都故障的差不多……」韋恩老師對著螢

幕自語著。

「妳……」老師眼睛對上麗莎清秀俐落的五官及深褐色眼瞳「長得好像蘋果公司年輕的創辦人」他驚呼道。

這句話讓原本安靜的學生陷入了騷動。

中午課程結束後的用餐時間，幾位教職員聚在一起閒聊。

「昇陽電腦工作站還是比較順暢好用吧！」從史丹佛大學趕來與中學老師討論事務的研究生端著餐盤問道。

「那當然，絕大部分的研究團隊還是採買昇陽電腦為主，價格合理使用也方便。」另一位研究生附和。

「你們聽說過 NeXT Cube 電腦嗎？」有人問。

「那場產品發表會我有去參加，簡直是瘋狂啊！但是……」說話的人吞了下口水「價格簡直是高的離譜，超過一萬美金的天價，昇陽只要他們的一半不到。」

「其實也有幾個研究單位準備購買，但卻發現若購買 NeXT 電腦能應用的軟體少之又少，雖然它能儲存的硬體空間大得驚人……」

「NeXT 公司，我認為應該撐不了多久的。」韋恩老師湊過去說。

哐啷！

一個纖細的身影突然丟下餐盤奔了出去。

「那不是麗莎嗎？」韋恩老師回頭望著發出巨響的方向驚詫道。

◇◇◇

伍德賽德　聖塔克魯茲山[98]。

涼爽的山風吹來，挑高的梁柱毫無遮蔽的開闊視野，觸目即是翠綠圓稜的山丘。

入秋薄霧環繞，靜謐涼爽的氛圍讓位居高處的湯瑪斯佛嘉堤酒莊，每到週末便會吸引不少人前來小聚放鬆。

魯文端著酒杯啜飲了一口新鮮的啤酒，帶著手錶的左手不安地拍打桌面。

「七點十五分，史帝夫怎麼還沒到？」魯文英挺的眉毛聚攏著，今天是 NeXT 教育銷售小組的會議，平常頂多晚到半小時的史帝夫居然過了一個多小時都不見蹤影。

「郃凡尼恩，你還會想念微軟的同事嗎？」魯文在等待賈伯斯大駕光臨酒莊之時，有一句沒一句的與旁邊夥伴們閒聊；郃凡尼恩是賈伯斯千方百計從微軟挖角來的程式設計高手，由於 NeXT 的銷售處在低迷，郃凡尼恩在辦公桌前甚至每天張貼更新微軟的最新股價，悼念他離開微軟的損失。

「哈哈哈，有什麼好想念的，在那裡又無法受到重用。」邰凡尼恩用笑聲化解尷尬，微暴的門牙、長而橢圓的臉上散發害羞溫厚的氣息。

「史帝夫打來了，」佩吉氣喘吁吁的跑來「他說……他說……」佩吉大口喘氣隨手拿起啤酒灌了幾口，濃密的大鬍子沾了一圈啤酒泡。

「他有重要的約會，要我們先對議題進行討論，有問題下週一回公司再說。」佩吉說了一串話，稜角分明的寬臉有股奇特的神采。

「史帝夫應該遇到他的真命天女了。」

◊◊◊

離開蘋果電腦公司的法國人葛賽，抱著裝滿私人物品的箱子面無表情快步地走進停車場。

五年前的那場「麥金塔歡迎餐會」後，他順利的接近賈伯斯，也因而獲知那個秘密，卻沒想到史考利後來真的剝奪賈伯斯在蘋果所有職權，他知道賈伯斯對他始終恨之入骨。

不過商場上原本就是成王敗寇的世界，史帝夫一天到晚想改變世界、震撼宇宙，有這種幼稚想法的人遲早也被商場淘汰，「獲利」才是真正的王道。

葛賽窄長的馬臉忽然露出一抹微笑。

如今也被碾出蘋果的他，完全不愁下一步該如何走。

掌握住科技界的重要技術知識及人脈，就能孵出金雞蛋不是嗎？

皮克斯位於聖拉斐爾的辦公大樓前停了幾輛名貴的轎車。

櫃台總機接待還沒拿起電話通知，大廳旁的電梯口就急匆匆跑出一個身影。

「請問是史奈德先生？」剛跑過來的電腦軟體部工程師慌忙的爬梳自己凌亂的短髮邊問道。

「我是。」史奈德棕紅色的頭髮在室外斜照進的陽光下閃閃發亮，他主動趨前向出來迎接的工程師握手「這次有幾位相關部門主管一起拜訪。」

「今天艾德與拉薩特都同時在會議室等您。」工程師推了推滑落的眼鏡，快步領著一行人走進電梯。

艾德背著手在會議室來回走動，直到史密思將迪士尼的主管帶進才坐下。

「史奈德，即使你帶來我過去的同事，我依然拒絕你的提議。」坐在艾德隔壁的拉薩特沉著聲音率先開口道。

「約翰！」另一位身著藍色套裝的女性主管親切地喚著他的名字「這已經是史奈德和我們第三次拜訪了。」

拉薩特圓潤和藹的臉上沒有任何不耐，他聽完愛薇的勸說之詞後轉過頭看向艾德。

「上一次拉薩特已經明確的告訴你們，他想要待在灣區[99]自在的工作，完全不考慮回迪士尼。」艾德盯著史奈德沉穩毫無變化的臉說道。

會議室一陣靜默。

「除非你們迪士尼願意與皮克斯一起製作電影～」拉薩特特別拉長了尾音「我才有可能與你們合作。」他加重了後面兩個字的語氣。

拉薩特永遠忘不了當初是如何被驅離迪士尼，僅在那場會議後的短短五分鐘。

◊◊◊

一九八九年中，NeXT電腦終於可以量產上市，預估每月能生產一萬台如精美藝術品般的電腦，建置美輪美奐的全自動工廠，實際的單月銷售量卻只有四百台，產能被嚴重空耗的結果，公司現金大量蒸發；幸虧日本佳能公司宣布正式投資NeXT公司一億美元，以及富商裴洛所投入的兩千萬美元後，終於緩解NeXT眼前因研發耗時又銷售失利的困境。但微軟遲遲不肯答應為NeXT撰寫應用程式，讓NeXT空有一身強健體魄卻毫無施展之處……

「史帝夫，這是IBM預先擬好的合約。」賈伯斯的女助理在他會議空檔獨自待在辦公室沉思時敲門走進，她抱著厚達三公分約一百多頁，裝訂成精美書冊的合約「IBM 的部門主管說……」

「太厚了、太囉嗦！」賈伯斯單手接過印有 IBM 特有藍白條紋圖騰的合約，瞧也不瞧一眼直接丟入腳邊的垃圾桶。

女助理吃驚地張開嘴，忘了接下來要說的話。

「到底在搞什麼～」賈伯斯皺眉信步離開辦公室一邊叨念著。

「叫他們重新訂立合約，簡明扼要就好。」賈伯斯轉過身對著呆立在原地的女助理吩咐道，他比了三隻指頭語氣非常不耐地說：「最好不要超過三頁。」

「史帝夫！」外頭的部凡尼恩似乎等候多時「我這裡有最新發展的 NeXT STEP 軟體相容研究進展，你待會趕快來一趟。」他像展示新戰利品般興奮「噢，對了。我剛才幫忙接了通電話，皮克斯的艾德正在線上等你。」

「艾德……」賈伯斯眉頭緊蹙有些餘怒未消，但隨著電話一頭滔滔不絕的報告敘述後，緊繃地整張臉漸漸放鬆。

「好，今晚你直接到我家來好好討論吧！」他最後露出了迷人的微笑。

一週後賈伯斯出現在加州迪士尼總部的行政大樓。

◇◇◇

接連繁雜的事務纏身，賈伯斯間隔了三個多月才開車上山到《塔薩哈拉禪修中心》。

「師父，為何這十多年的禪修過程中，都必須要從自己的眼、鼻、胸窩、肚臍觀想？我曾經試過放鬆打坐完全不去觀想，身體卻有股悶亂停滯的感覺。」賈伯斯在與其他禪修者一起打坐兩小時後，開口問道。

其他禪修者也紛紛點頭。

「禪，本是一種實證，你必須敞開心胸擁抱。」乙川禪師用另一種答案回覆，他起身捻起一柱檀香點燃，在冬日傍晚餘暉的照射下輕煙裊裊升起。

「我們都是用既有經驗在定義這個世界，包括自己。肉眼看不到的不代表它不存在～人心容易散亂，禪坐時就是在收拾我們散亂的心，而觀想其實也是由意念來帶動人身上看不見的氣。」

「妄動的念頭不斷地流竄，一般未修習禪定的人容易追逐胡亂飄移的念頭行事，這時就造了業[100]。」乙川禪師突然噤住嘴，垂目盤坐一動也不動。

仍坐在蒲團維持姿勢等待禪師開示的禪修者，有人呆呆的看著禪師、有人左顧右盼的張望，也有人直接斂下眉眼調整氣息。

賈伯斯輕笑了一下，隨即挺直脊梁雙手疊握雙腿盤起做跏趺坐。

不知不覺窗外天色完全暗了，牆上時鐘短針移動一大格。

只見禪師深深地做了幾個吐納後睜開眼，開口問：「這段時間，你們看見了自己多少個心念竄出？哈哈哈……」他看著幾個空下來的座位，笑了出來。

「我並沒有說下課啊！」

古樸的菱格木窗上的屋簷偶爾傳來落葉咚咚的敲擊，深夜蟲鳴交織著知更鳥的啁啾聲。

吭鏗鏗～吭～

禪堂後方傳來碗盤瓷器清脆的碰撞。

禪修中心只剩賈伯斯與乙川禪師，其他禪修者早已離開。

「看來我的夫人有些煩躁。」乙川禪師看著廚房的方向，堅毅嘴角仍噙著淺笑「史帝夫時間不早了，下個月我會到 NeXT 進駐一週，在那之前請你讓櫃台人員留意我的包裹，有幾箱書會先寄到公司。」

「禪師我還有問題要請教……」賈伯斯仍不想離開禪修中心。

「史帝夫，你必須自淨其意才能真正體會湧現於內心的智慧。」禪師說道。

「我不太明白。」

「記得十四年前閉關長達兩個月的日子嗎？如同彈琴前要調整琴弦，禪坐亦為調心；必先善調五事─調整飲食、調整身體、調合飲食、調合氣息及心神[101]。你已調整飲食二十多年，接下來就是保持氣息及心神的調合。」禪師停頓了一會兒，繼續說道：「注意，所有問題的答案不是向外求，而是……」乙川禪師的手指了指自己的胸口「本自俱足的智慧。」

◇◇◇

一九九〇年初，賈伯斯接受《公司》雜誌專訪。

「我們必須成功向上提升到更高階段，目前與我們差距最小的競爭者，其資本額為十七點五億美元。這個世界不需另一個資本額十億美元的公司，若我們想參一腳……目標將打造出下一個資本額達數十億的電腦公司。」

擅長操縱媒體的賈伯斯，雖然在 NeXT 電腦新機的發佈期間搶盡風采，然而硬體運算強大的 NeXT Cube 卻沒有穩定適當的應用軟體作為搭配；先前授權 IBM 使用 NeXT STEP 作業系統雖可直接進帳六千萬簽約金，並取得與微軟並駕齊驅攻佔作業系統市場的機會，但因賈伯斯遲遲無法答應 IBM 退出硬體市場，以及對合約的種種挑剔，雙方合作案宣告破裂。

記者前意氣風發又帥氣迷人的賈伯斯，也抵擋不住市場傳出失利的消息。

一九九零年底結算，員工人數高達五百七十名的 NeXT 電腦公司，只進帳兩千八百萬美元。

加州 紅木城 NeXT 電腦總部。

白底藍格子襯衫、身穿 Levi's 刷白淺藍色牛仔褲的賈伯斯手持黑色簽字筆在白板前振筆疾書，除了底下二十多名各部門主管，攝影團隊也在旁拍攝。

「我們 NeXT 可以吸引到另一個新族群─尋找電腦的專業人士，因為他們要的是與工作站同樣強大且易於操作的電腦。」

賈伯斯眉飛色舞地闡述著個人電腦工作站的未來。

「今年估計這群的族群市場約五萬人，其中四萬買了昇陽電腦……根據研究顯示，一九九二年這塊市場需求將會是十萬人、一九九三年時更會高達三十萬……」賈伯斯提高了聲調，在白板上畫了四個方塊「NeXT 將獨占這塊市場。」他大聲宣布。

持續低迷的銷售數字，顯示市場對 NeXT 推出的電腦反應冷淡，身為過去七零年代中期電腦小霸王的賈伯斯，仍不斷用各種方式提振團隊士氣……

◇◇◇

優勝美地國家公園大雪紛飛，純白雪花覆蓋四季長青的針葉林、挺拔參天的枝幹凝著點點冰霜。

一九二〇年代的花崗岩建造阿瓦尼飯店，六尺高的寬闊大廳、原木雕飾的樑柱，還能從大片透明窗格玻璃眺望整片高山谷峰。

一批又一批的賓客湧入阿瓦尼飯店。

精神飽滿目光炯然的乙川禪師歛著笑容，望向眼前一對璧人，他拿著木槌用力敲響了鐘磬。

鏗～鏗～鏗～

身穿灰黑斜襟緞面袈裟的乙川弘文禪師點燃檀香，隨著裊裊升起的輕煙唱誦著《香贊》梵文，祝禱新人永結同心百年好合。

「史帝夫．保羅．賈伯斯與蘿琳．鮑威爾[102]，在佛陀的祝福下，我在此宣布你們成為夫妻。」

燦爛笑容在賈伯斯俊俏的臉蛋漫開，他凝視眼前同樣暢然大笑的蘿琳。

他知道這是他今生的摯愛，個性堅毅獨立、聰明幽默又是相同素食主義的金髮美女，有著迷人善良的靈魂。

在眾人的祝福下，賈伯斯輕擁著新娘與他的十三歲女兒─麗莎，在裝飾華麗的婚禮蛋糕劃下屬於他們嶄新的篇章。

加州 帕羅奧圖老城區。

◇◇◇

三十多度豔陽下《財星》雜誌的記者布蘭特·史藍德[103]站在樹蔭下等候門後的主人出現，過於簡樸的宅邸很難想像它的主人是八零年代電腦界叱吒風雲的億萬富豪。

「這座紅磚建築的屋樑原是舊金山大橋的基座建材。」一身輕便紅白橫條圓領新婚半年多的賈伯斯，拉開大門對著發楞的布蘭特滿臉笑容說道。這棟居所是他未婚時所購買的住家，現在只有偶爾度假使用。

「史帝夫。」布蘭特眼鏡後的神情有點羞赧，但很快又恢復泰然自若指著身旁的友人「這位是攝影師—藍吉。」

賈伯斯對他點點頭。

「比爾？」賈伯斯對著前方張望了一會兒，不久就看到黑色加長型豪華轎車停在門口，一個熟悉的身影走下來敲了敲門環。

布蘭特有點緊張，同時面訪兩位電腦界的大人物的他前一晚幾乎無法闔眼，腦袋不斷重複著採訪大綱。

比爾·蓋茲寬邊眼鏡下的神情似笑非笑一臉輕鬆，今年第一季微軟的總市值超過了通用汽車讓他心情大好；十一年前的微軟尚得仰賴 IBM、蘋果電腦平台授權才能進佔市場獲利的作業系統[104]供應商，已非昔日吳下阿蒙。如今因授權其他電腦製造商，全球幾乎百分之九十的個人電腦都安裝微軟的作業系統。

「當 IBM 的 PC[105]出現時，你們有什麼看法？」布蘭特坐在設置簡約的客廳椅凳上，手拿錄音機及筆記本問道。

「我們並不是很認真地當作一回事。因為那段時間，蘋果可以賣出上萬台電腦；話雖如此，很多人還以為 IBM 才是個人電腦的開山始祖，這真是大錯特錯。」盤腿坐在伊姆斯皮椅的賈伯斯很快地回答。

比爾沈吟了一會兒說道：「的確也有很多人認為蘋果才是，」坐在椅子上的他挪動了身體「可是這樣說也不對。我們在一九七五年的時候，就已經為牛郎星電腦撰寫了我們的第一個程式。」

賈伯斯看著比爾，腦海中浮現十六年前在自組電腦俱樂部與沃茲尼克第一次遇見比爾的情景，當時的他們也只是默默無名的電腦玩家。

布蘭特看著兩位「大人物」的反應頗為莞爾，他低頭做點筆記後又問道：「微軟對於系統的掌控，難道不會扼殺其他競爭者嗎？」

「軟體的各個層面，都有競爭者。」比爾倒是回答得乾脆利落。

「我不認為沒有人能與微軟競爭。」賈伯斯特別看了比爾一眼「我不是在指責你什麼，也不是說這樣不好。」他轉過頭面向採訪的布蘭特繼續說道：「只是製造 PC 的製造商已有數百家，而針對這種電腦開發的軟體也有數百種……」

「的確是。」比爾附和道。

「儘管如此，那些製造商與軟體一律得通過一道名為微軟的窄門。」賈伯斯揚起濃眉嘴角微勾。

「那道窄門可是挺寬的。」比爾大笑。

「可是它們都只能透過某一家公司！」賈伯斯說。

「你是否認為某些東西會因為我們的名氣而出現問題？我的一貫立場就是要創建這個行業的規範。這點從來沒有改變過。」比爾認真地回答道。

布蘭特又對於 IBM 結盟蘋果共同開發軟體的合作案提出問題，賈伯斯與比爾先後對於自己的立場表達了看法，不一會兒話鋒一轉談到授權 IBM 使用 NeXTSTEP 作業系統。

「我不懂的是，IBM 已經取得你的 NeXTSTEP 使用授權，為何不利用這項授權取得更多資金，反而去尋求與蘋果合作呢？」比爾上身微傾轉身面向賈伯斯。

「我不想回答這個問題，我還是謹慎為上；畢竟我可不想得罪 IBM 的任何人。」賈伯斯答道。

「哈哈哈，我們都一樣。」比爾忍不住笑了出來。

賈伯斯臉上雖有著笑意，緊抿的薄唇卻顯得有些拘謹。

「幾年前，IBM 某位人士將 NeXTSTEP 視為解決它們問題的鑽石。可是呢，」賈伯斯挺直了脊梁將交疊的腿盤得更緊「IBM 實在是人多嘴雜，這顆鑽石於是又被丟進泥巴裡。」比爾與布蘭特不約而同的盯著賈伯斯沒有接下任何一句話，只有攝影師蘭吉來回走動拍攝的快門聲。

奇異的沈默沒有太久，布蘭特又針對 IBM 問世十週年的《財星》封面主題提出幾個大方向問題，兩人也毫不保留的做出回答。

足足兩個鐘頭的採訪時間，比爾不是坐在椅子上就是起身走動，只有賈伯斯維持著赤腳盤坐的姿勢。

「最後可否請你們一起合影。」布蘭特提出了要求。

「好，我上樓穿鞋。」賈伯斯丟下這句話便直接上樓。

布蘭特看著賈伯斯在旋轉樓梯逐漸消失的身影邊將錄音機按下暫停。

「比爾我想最後請教一個問題，據說先前 NeXT 也就是史帝夫曾希望你們公司能幫 NeXT 撰寫應用軟體，但是你拒絕了？」

比爾直直的盯著布蘭特，嘴角似笑非笑。

「因為我覺得它了無新意及市場潛力，只剩下黑漆漆的美感，完全不如當初的麥金塔。」

◇◇◇

如同比爾．蓋茲的預言般，一九九三年二月十日賈伯斯結束他最愛的硬體，NeXT生產工廠。

自硬體部門設立以來共只生產五萬台電腦，損失了二十五億美元。另外，持有百分之十八股份的日本佳能公司決定對NeXT進行清算，同時NeXT資遣了三百名員工，只剩下軟體部門。

位於紅木城的公司這幾天陸續來了幾批鑑價、搬運人員，倖存的高階主管及員工眼睜睜的看著公司的生財機具、平面螢幕、各種晶片及昂貴精美的藝術品等都被逐一搬離。

「前年離職的那五位元老還真是有遠見，早在事情發生前就知道會有這一天。」大廳裡抱著紙箱被資遣的女職員幸災樂禍說道。

「可不是嗎？《富士比》雜誌也早就預測到史帝夫根本是過氣的科技人，只剩下過往的光環罷了。」另一位女職員跟著附和。

賈伯斯駕著銀色賓士跑車以時速兩百公里奔馳著，他將車上的音樂開到最大。

「如果年華值得珍重最好此刻開始變動……

今日的輸家　明天將大獲全勝……」

他跟著歌曲裡巴布狄倫的歌聲大聲唱著，鹹鹹的淚水隨風竄進嘴裡。五十分鐘的車程後抵達位於聖拉斐爾的皮克斯，他擦了擦臉頰上的淚痕，深深吸口氣才踏進公司。

「通過了！通過了！」賈伯斯還沒回過神拉薩特就衝過來一把抱住他。

「史帝夫，迪士尼通過了我們所提出的劇本。」拉薩特興奮的說。

「玩具總動員[106]？」賈伯斯睜大眼。

「是的！是的！依照去年所簽訂的合約，迪士尼將提供製作動畫電影的資金……」

「拉薩特，是大部分資金。」賈伯斯笑著糾正。

「是！是的！也就是迪士尼會幫我們行銷動畫電影……」拉薩特高興地幾乎語無論次。

站在門旁看著這一幕的艾德笑到嘴角幾乎合不攏。

終於能夠走到這一步了……彷彿走了快一輩子。

「謝謝你，史帝夫。」艾德發自內心深處的說：「謝謝你願意投資我們，願意相信皮克斯。」有哪位億萬富翁願意將他四分之一的財產押注在一間小小的工作室上？縱然皮克斯擁有世界最先進的電腦繪圖技術，也需要慧眼的伯樂啊！

賈伯斯走過去拍了拍艾德的肩膀，伸出手比了「請」字。

「電影都還沒上映呢！」賈伯斯爬梳了凌亂的黑髮笑著說道：「走，我們先開會討論所需要的資源。」他停頓一下，深褐色的眼睛凝視著拉薩特與艾德「後面還有很多事情等著吶～」

望著兩人充滿朝氣的背影，憂慮的神情又爬上賈伯斯的臉。

「據可靠消息得知蘋果的市佔率，已從原本的百分之十一又掉了六個百分點。」

「雖然執行長史考利過去曾將蘋果股價上衝了四倍、利潤成長三倍，但是側重行銷對於創新產品毫無概念的他，近年來讓蘋果獲利率不斷下降，逐漸失去光環幾乎快陷入泥沼。」

賈伯斯心中縈繞著記者布蘭特以及蘋果副總裁傑伊，前後分別在電話中向他敘述的話……

APPLE ZEN

最終曲

回歸

倒數九十天

春日雨後，庫柏帝諾的蘋果 電腦總部大樓玻璃蒙上一層霧氣，無限迴圈[107]一號大樓的矮樹叢被雲縫灑落的陽光照得閃閃發亮。

幾份被擱置在行人道旁椅子的報紙，正被清潔人員整理回收，行色匆匆面無表情的職員走過巨大七彩蘋果的看板旁。

「史考利離開執行長位置，你覺得新接任的麥可．史賓德勒[108]將會帶領我們重回八零年代叱吒電腦界的地位嗎？」問話的女職員抱著一疊資料夾準備到隔壁棟大樓開會。

「這我不太清楚。」說話的人有著濃厚的英國腔，他單手拿著製圖卷筒步伐刻意放慢「我幫妳分擔點吧，反正我待會要去的部門也在同一棟。」他臉上的笑容有著傳統英國紳士內斂的味道。

「強尼[109]，謝謝你。」女職員微笑時露出可愛的虎牙「你所設計的牛頓二號原型機，真是細膩的讓人驚嘆啊！」女職員似乎又想到了什麼，問道：「噢！對了！布蘭特給你的專案有什麼需要協助的地方嗎？」

「我還在繪製草圖……目前還沒讓我感到滿意，露西。」

「若我沒記錯的話，應該是第三十一份草圖。」露西雖然早已知道工業設計部門主管，布蘭特從橘子設計公司三顧茅廬挖來的強尼原本就非常講究美感，沒想到……

「這沒什麼。」強尼騰出粗壯的手臂按下樓層，笑道：「我還曾畫過一百張的草稿。」

叮～

電梯門開啟。

露西睜大眼抱著資料夾差點忘了走出來。

「我終於見識到什麼是完美主義。」她不禁嘆道。

八零年代叱吒風雲的蘋果……

強尼記得大四那年第一次使用麥金塔的那種震撼──無與倫比的貼近人性脈動、設計者那份追求極致的心思。

◊◊◊

一九九三年十一月 加州 馬林縣 聖拉斐爾。

「『止』的概念並不是所有的一切都要停止，而是放下我們的執著。」乙川禪師在臨時鋪設於會議室的禪堂中，向皮克斯的職員們講授「禪修」。

「安住於自己的呼吸中，吸氣與吐氣時心中默數—一、二、三、四、五……注意吸氣與吐氣的默數次數要相同，雖然剛開始盤腿靜坐會有些許的不適……」乙川禪師起身來回走動查看學員的姿勢「注意脊梁必須打直。」

十多位自願參加禪修的職員們，有些人的臉開始不自覺地皺起。

二十分鐘後乙川禪師微笑地凝視每個坐姿不一地新禪修者。

「好，我們今天的禪修課就到這裡，可以慢慢睜開眼睛、慢慢鬆開自己的腿。」

第一次參加禪修課程的皮克斯職員，對於日本禪師所引領「靜心」的方式感到新鮮，但是將雙腿盤起整個人定在原位不動，卻讓平常活潑好動的他們幾乎坐不住。

「禪師，謝謝您的引導。」最後一位離開臨時禪堂的電腦工程師彎腰合掌，向乙川禪師道別致謝。

「禪師，謝謝您。」賈伯斯從敞開的門走進，掩不去的疲憊在眉宇間散開「今天晚上您就要搭機回日本，還讓您親自跑一趟。」

乙川弘文禪師在NeXT擔任特別顧問偶爾為職員們講授禪修，但在皮克斯倒是第一次。

「一點都不會麻煩啊，史帝夫。只要能幫助人們的事，只要因緣到了我都願意去做。」

「禪師，這一次回日本，因為要會見千野大師父嗎？」賈伯斯問。他鬆開襯衫領口捲起袖子席地盤腿而坐。

「是的，自從跟隨鈴木大師在美國弘法後，已經快二十年沒見到師父了，兩週前從日本傳來千野師父結束五年閉關修行的消息。」乙川禪師說完話便快速的將隨身行囊收拾妥當。

「走吧，史帝夫，我們散步到停車場邊聊聊你的事。」

日本福井縣 曹洞宗大本山永平寺。

修剪整齊的松柏靜佇在古樸木造的院落，幾聲短暫的蟲鳴劃破了空氣。

「師父我回來看您了。」乙川弘文禪師拜伏在禪堂。

「今天有路過琵琶湖嗎？」老邁的千野禪師聲若洪鐘的問道。

「從美國搭機返抵日本後，就直接回來沒有到其他地方。」乙川收整衣擺端坐在蒲團後低頭回道。

千野禪師清瞿的臉有淡然的微笑，他閉上眼靜默著。

七位五、六十幾歲的僧侶圍坐在正殿，乙川禪師對著廳堂前的師父及同門師兄弟講述二十多年來在美國舊金山弘法的經歷。

「禪，是體驗更是種佛法實踐。」千野禪師閉著眼睛開口道：「雖然東西方的文化差異有別，但是佛性卻無二致……安住正念修持六波羅蜜，那位─史帝夫在禪定、持戒、精進的修持相當投入，然而佈施、忍辱的功夫卻停留在字面的理解；智慧在禪修時油然而生，卻執迷為當然的結果。」千野禪師倏地睜眼，目光灼然地盯著乙川禪師。

◇◇◇

一九九三年十一月十九日星期五。

迪士尼的電影部門負責人─傑瑞佛．卡森伯格[110]坐在放映室正中間的位子，盯著螢幕裡不斷咆哮的牛仔漫畫動態影像。

錄製配音的人員是知名美國演員湯姆．漢克斯。

「你這個半途闖進來的傢伙，門外才是你真正的家，安迪早就忘記你了！」湯姆．漢克斯的聲音尖銳而刻薄。

哐啷～碰～

畫面最後結束在牛仔玩偶將另一個太空騎士玩具扔到窗外……

傑瑞佛沒有說半句話，直接起身到隔壁的會議室，拉薩特與艾德立刻跟上前。

「我決定終止製作，並停止支付所有經費，直到你們寫出可以接受的劇本。」傑瑞佛簡單扼要的丟下這句話。

「你們覺得觀眾會有興趣看下去，不會中途去買爆米花嗎？」傑瑞佛轉頭問左右兩側的迪士尼高層主管。

他們全都面無表情地搖搖頭。

「艾德，就這樣了。」傑瑞佛拉開笑臉，無框眼鏡底下的黑瞳仁沒有半點溫情，他說這句話時眼睛看著拉薩特毫無血色的圓臉。

結束與好友艾利森的通話後，賈伯斯抬頭看著風塵僕僕從機場趕回皮克斯的艾德及拉薩特，他注意到兩個人慘白的臉色。

「動態故事腳本被迪士尼退回……離最後截止日期只剩下不到三個月的時間。」艾德開口道。

賈伯斯從旋轉椅上站起來，他慢慢踱步到兩人旁邊。

「迪士尼該不會連製作費也不願支付吧？」他看向艾德狹長的臉。

「我覺得並不是我們的錯，因為我們太在乎這段時間迪士尼對故事發展的看法—他們想要一部『更有個性』辛辣、尖酸給成年人的卡通，但那偏離了我們製作這部電影的初衷，故事的主角變得越來越令人討厭。」拉薩特直接打斷了賈伯斯的話。

賈伯斯走到辦公桌後方推開窗戶，看著雨後烏雲退散的晴朗天空，深深吸了口入冬混著雨水氣息的冷空氣。

「大家努力吧！我會繼續支付所有的製作費用。」

◇◇◇

加州 帕羅奧圖。

蘿琳．鮑威爾．賈伯斯正帶著四歲兒子里德在自家的園林裡翻鬆土壤，四周早已栽種了幾株李子樹、杏樹，她準備再種些香草類植物可以平常泡茶，史帝夫最喜歡印度的茶葉……

她想到自己的丈夫，臉上不禁堆滿笑容。

「蘿琳。」車庫傳來停車熄火後電子鎖的警示聲，夾著賈伯斯的高聲呼喚，從學校剛放學的麗莎也跟在父親身後。

蘿琳笑笑的看著父女倆一前一後走來，她慢慢起身右手不自覺摸著四個月微凸的小腹。

「我剛帶著里德又種了些香茅、薰衣草、薄荷，過了幾個月我們泡的茶可以有更多變化。」蘿琳笑睇了眼說道，她似乎察覺到丈夫略為煩惱的神色，一起進屋後便示意麗莎將弟弟帶進房間。

十一月的帕羅奧圖還是典型舊金山天氣，入冬有陽光的溫度不冷，但接連幾天的大雨，空氣中仍佈滿濃厚水氣，蘿琳順手將除濕機開啟。

「這些日子甲骨文的艾利森常常跟我提起」賈伯斯喝了口蘿琳剛端上的熱茶「蘋果電腦公司。」他清了清喉嚨又抿緊嘴唇。

「史帝夫～」蘿琳輕輕撫著賈伯斯的背。

賈伯斯凝視著妻子湛藍色的眼睛，緩緩吐了一口氣，接續開口道：「國家半導體公司的艾米里歐[111]，聽說即將要接任蘋果董事……還有現任的史賓德勒居然在找買家！」賈伯斯拉高的聲音變得粗啞「蘿琳，艾利森跟我提議他想拿出三十億美金收購蘋果大部分的股票……」

「然後你可以拿到絕大多數的股份，回任蘋果電腦執行長的位子。」蘿琳幫他說了接下來的話。

賈伯斯握著妻子的手不發一語。

「可是你並不是這樣的人，你希望蘋果裡的人請你回去。」蘿琳說道。

「是的！所以我想去找艾米里歐談談。」

賈伯斯腦海浮現十月兩家人一起到夏威夷柯納度假村的畫面。

艾斯納在海灘旁的躺椅上，拿給他看《華爾街日報》與《財富》、《GQ》雜誌。

《富士比》最新的富豪排行榜的首富位置，原先的股神巴菲特已被軟體帝國微軟的創辦人暨執行長—比爾．蓋茲取代……

NeXT電腦公司重新改組為「NeXT軟體公司」，過氣的電腦界搖滾明星，史帝夫．賈伯斯正式宣佈退出硬體市場。

艾利森稜角分明的長闊臉有絲複雜，他看著沙灘上嘻笑逐浪的老婆孩子與小心翼翼牽著剛滿四歲兒子的蘿琳。

「如果你願意，我可以一週內拿出三十億美金買下蘋果，你可以立刻拿到百分之二十五的股份，擔任執行長。」艾斯納說。

「不，我不是搞惡意收購的人，但如果他們請我回去，就是另一件事。」當時的賈伯斯回道。

「我想要用超然的立場回到蘋果。」賈伯斯喃喃自語著。

◊◊◊

吉爾．艾米里歐，一九六八年擔任貝爾實驗室研究員、前國家半導體執行長，在三年半內將營運從谷底翻身到高峰的傳奇人物，即將接任蘋果電腦公司董事會一員。

葛賽瞇眼看著手中最新的調查報告，在「即將接任蘋果電腦公司董事會一員」的那句話標記起來。

九年前，如果沒有史帝夫在妮娜咖啡館聚餐後趁著酒意對他大吐真言，或許今日史帝夫依然在蘋果董事會裡耀武揚威。

葛賽想到這裡忍不住笑了起來。

誰要史帝夫當時要擋他財路，不准他被調回美國總公司的麥金塔部門吶！

「接任董事會一員。」葛賽喃喃自語著。

據說蘋果電腦內部開發的作業系統 Copland 可能出現問題，無法強化網路及記憶體保護的需求……或許他的 BeOS 作業正好可以派得上用場。

看來多年前帶走蘋果重要員工自立門戶是對的，設計開發出關鍵屬性與 Unix 相同，將來又能於麥金塔 OS 相容使用。

「哈哈哈～」葛賽扁薄的闊嘴發出高亢的笑聲。

一九九三年至一九九四年間蘋果電腦公司共裁員兩千五多人，因銷售持續下滑庫存暴增，公司同時宣布凍結薪水。

接任史考利執行長位子的史賓德勒，持續為公司找買家—IBM、AT&T、惠普及昇陽，卻始終毫無進展……

昇陽公司最後甚至還拒絕這一份交易。

九〇年代中期，蘋果電腦公司已虧損達數百萬美元。

前執行長史考利在拉斯維加斯消費電子展上推出的掌上型電腦—牛頓，他稱作「個人數位助理**PDA**」劃時代的產品及後續的系列，也無法挽回頹勢。

◇◇◇

日本 京都。

青翠碧綠的山丘、孤拔聳立的松樹交互掩映著春天的色彩，潔白的雲朵靜止在燦爛的湖光與澄澈藍天間，巍巍然的金閣寺聳立在天水一線。

一九五五年重現於世人眼前的金閣寺，美的如夢似幻，一九五〇年因為它美得金碧輝煌，被寄宿僧人燃起妒火，燒了！

麗莎手扶柵欄微仰著頭，努力想看清楚屋頂上展翅的金色鳳凰，這幾天她特別的興奮，除了第一次踏上這座令人悠然神往的千年古都外，還是跟父親的第一次遠行。

「爸，你認為金閣寺為何會被燒？而且還是剛好在你出生的那年重建。」麗莎歪著頭問道。

「妳總是愛問些奇怪的問題。」賈伯斯笑道，眼尾有淺淺的笑紋，他看著三層不同風格的建築──混著禪風、武士道與日本平安時期的寢殿造。

賈伯斯舉起手，遠遠的丈量樓層上下左右的比例。

「老爸，你這樣有點好笑耶……」麗莎拉扯著父親的手臂，嘴角擒著頑皮的笑「太像觀光客啦～」她一邊對著父親撒嬌一邊鬧著。

「就讀中學的這幾年，有遇到什麼有趣的事嗎？」賈伯斯望著與自己神似、青春俏麗的十六歲女兒。

「我加入了校刊社。」麗莎深褐色的眼睛亮起來「還參與了學校報紙《鐘》的編輯喔！還有、還有……」

「還有什麼？」賈伯斯故意揉亂女兒及肩的半長髮。

「班上有位同學，班恩．惠立。」她沒好氣的拍掉父親的手「聽說他來頭不小耶。」

「該不會是惠普創辦人的孫子吧！」賈伯斯說。

「沒錯。」麗莎用力地點頭。

「哈哈哈，我十二歲的時候也曾經在惠普打工過。」賈伯斯的心情相當好，他跟女兒敘說自己第一次見到電腦終端機的震撼、為了組裝電路板打電話到惠普公司要零件，結果竟然與執行長暢聊快半小時的故事。

「麗莎，」賈伯斯停下來望著女兒青澀的臉龐，輕拍她細弱的肩「希望妳能原諒爸爸，在小時候沒有好好的陪伴妳……」

嗶、嗶嗶

賈伯斯腰間的呼叫器[112]響起，他連忙低頭檢視顯示號碼。

「妳先自己四處逛一下，半小時後在入口處會合。」

好不容易找到剛好在入口處的公用電話，賈伯斯立刻回撥給正好在日本的乙川禪師。

「史帝夫，這幾天我無法在永平寺接待你，必須與千野師父閉關修行，一年後再來舊金山禪修中心找我吧！」電話一頭的乙川禪師語氣悠然。

遊客如織，麗莎不安的在入口處的石階附近徘徊，忽然撇見父親專注講電話的身影，卻不知是否該走到父親身邊……

◇◇◇

加州 馬林郡 聖拉斐爾。

藝術部門人員、場景設計師、電腦工程師與動畫師，正全心投入討論這全世界第一部電腦製作的動畫電影，負責導演的拉薩特、史坦頓、迪士尼的動畫師喬・蘭夫特[113]與艾德，幾乎是二十四小時輪流在皮克斯公司過夜，甚至晚上累了直接睡在桌子底下，也因為經費拮据只能共用一台工作站。

「噢，巴斯，你摔得真重，八成腦袋壞了。」

「胡迪，沒啦，我腦袋可清楚得很。你說的沒錯。我不是太空騎警……」

他們盯著螢幕裡兩個玩具的對話場景，不斷對著3D場景、畫面動作安排、數位燈光做調整。

「這裡表現出的情緒氣氛不夠強烈，我們在用虛擬攝影機調整一下鏡頭。」拉薩特啞著嗓音說道。

叩叩～

總機人員匆忙敲門走進。

「史帝夫剛從舊金山機場打電話回來，他剛結束日本之旅，待會四小時後進公司。」女職員清亮的嗓音揚起。

艾德側耳聽完後轉頭看向窗外的春陽夕照。

「我要讓皮克斯上市。」賈伯斯踏入會議室還沒坐定便開口說道，五天的日本之旅似乎讓他放鬆不少，臉上線條變得柔和，原本寬鬆的藍線條襯衫顯得合身。

「史帝夫，這……」拉薩特被突如其來的訊息驚的不知如何馬上回話。

「這個主意不太好。」艾德沉默一會兒後開口說道：「我們應該先製作幾部電影，增加我們的價值，再來考慮發行股票公開上市。」

「艾德，這是我們發光發熱的機會，再者……」賈伯斯拉開椅子坐下「從長期的財務狀況來看，如果一部不賺錢，皮克斯可能永遠消失在地球上；據我估計『玩具總動員』應該可以在感恩節前夕上映。」

艾德與拉薩特不約而同的緊盯著賈伯斯蓄滿鬍鬚的臉。

「那麼根據我的邏輯，若這部電影很成功。」他調整了語氣「不，是非常成功……」賈伯斯握緊拳頭繼續說道：「迪士尼的艾斯納必定會想辦法和我們重新談判要求繼續合作，為了掌握談判先機達到平分利潤的利基點，皮克斯也要拿出一半的製作預算，那會是一大筆錢，要做到這點我們就必須上市。」

密集的一百多天裡，罕見西裝筆挺的賈伯斯帶著艾德來回奔走在全美各大投資公司，遊說召集首次公開募股的行列。

◇◇◇

一九九五年十一月十九日 洛杉磯《酋長石戲院》。

《玩具總動員》動畫電影首映會的巨型螢幕上，迪士尼繽紛的夢幻城堡如流星畫過，接下來Pixar的標誌及到處頑皮跑跳的檯燈首次出現在觀眾眼前。

當大家對這個標誌感到陌生，好奇為何Pixar的標誌竟然與迪士尼的城堡徽章一樣佔據整片銀幕時，全部的人都被色彩鮮明靈動如真實世界般的畫面吸引，不起眼的玩具居然活了起來……

我們終究會長大，但是那些留下的美好，從不會消失。

首映會裡的觀眾全被動人的故事情節、精彩流暢立體的畫面攝去了心神，放映結束後觀眾席裡爆出滿滿的掌聲。

「那真的是太酷了！太酷了！」走出影廳的觀眾眼眶泛著薄光。

上映一週，美國國內的總票房達到三千多萬美元，打破歷年所有動畫影史的票房紀錄。十天後，皮克斯公司股票上市從開盤二十二美元攀升至四十九美元，首日成交金額高達十五億二千萬美元，賈伯斯手中持有的百分之八十股份成了價值十二億美元的黃金；如同賈伯斯先前的預言，迪士尼的艾斯納主動致電給皮克斯要求重新簽約，他們達成了利潤平分的協議，在賈伯斯強勢的主導下，迪士尼甚至同意與皮克斯電影成為「聯合品牌」；二戰前就屹立在電影動畫圈的迪士尼，讓剛在動畫界滿十週歲的皮克斯擁有相同尺寸標章曝光。

過去幾乎在迪士尼動畫電影王國絕不可能發生的事，卻一一實現。

葛賽陪著孩子到電影院看完《玩具總動員》，送家人回家後便直接驅車前往帕羅奧圖南區的牛排館。

「這位是韓考克[114]。」葛賽的朋友，馬奎特一見到他立刻起身介紹旁邊的女士。

「你好，葛賽先生。」五十多歲目光銳利滿頭白髮的韓考克對著葛賽點頭。

兩個人簡單寒暄一番，Be 公司的最大股東也是葛賽好友的馬奎特立刻切入正題。

「韓考克女士過去在 IBM 工作，現在是蘋果電腦研發部門的執行副總裁。」馬奎斯壓低嗓音說道。

「待會所羅門[115]也會來這裡，他會比我更清楚策略規劃及事業開發，」韓考克眼睛眨了一下「以及收購合併技術」。

◇◇◇

一九九五年底至一九九六年年初，賈伯斯接受回顧資訊發展紀錄片長達七十分鐘的訪談以及《連線》雜誌訪問。

主持人對他開始踏入電腦界的起點相當有興趣，也好奇他如何完全沒有經營管理的背景，初起創業就能涉足掌控龐大的事業體。

稀疏的前額後退的髮際線，鏡頭前的賈伯斯已不是當年年輕英俊的小伙子。

「就是要不斷問為什麼。」賈伯斯回答主持人「生意場上有許多約定成俗的規定，我們稱為陳規陋習，這就是訊息系統出了問題。所以要不斷問『為何』，各種細節都不能遺漏，發現誤差也要不斷修正。」

「設計一件產品，需要將五千個問題裝進腦袋裡……團隊才是最重要的，大家如同相互摩擦的石頭，最後形成美麗的作品。」賈伯斯對著攝影鏡頭抿緊嘴唇繼續說道：「辯論、對抗、爭吵、合作……大家都喜歡偶像，所以注意到我，其實這些都是團隊的功勞。還有我是那種只在乎成功，不在乎是非的人。」他補充道：「我經常承認錯誤，那沒什麼大不了的。」

主持人又追問關於一九八五年離開蘋果之後的事……

賈伯斯斜靠在紅色沙發，眼睛避開鏡頭，他支住下顎的左手隱隱顫抖。

「我不想談論這問題……」賈伯斯努力平穩自己的情緒，他的身體稍稍不安的扭動，過了一會兒後深深吸口氣「離開蘋果是最痛苦的事。」他撇開頭迴避鏡頭「不，再說下去我會瘋掉。」賈伯斯起身離開攝影範圍。

主持人沒有拉回他，與周圍的工作人員等待他平復下來。

過了半晌，回到座位的賈伯斯聲音變得暗啞：「最痛苦的莫過於蘋果後來沒有發展好；雇用史考利是錯誤的，他僥倖搭上正要發射的火箭，卻又輕率改變火箭的飛行軌道……最後箭毀人亡。」

無框圓鏡片折射著反光，底下的神情有股說不出的落寞。

主持人轉移焦點，請賈伯斯預測未來十年電腦的發展趨勢。

「人活著是追求極致，並分享給同類，這樣人類才能共同進步，學會欣賞更美的東西。我不會嫉妒微軟的成功，但微軟只不過是另一個麥當勞，沒有創意；NeXT 太小了，只能眼睜睜看著卻無能為力。未來十年將是 Web 的時代，銷售上小公司與大公司將毫無區別，那將是一個超級巨大的市場，網路技術必然成為一個重要的里程碑，且為 IT 產業開啟了新的大門。」

《連線》雜誌記者則是問到關於電腦趨勢及網路所帶來的變化中哪種讓人驚訝。

「資訊工業已死，創新力以幾近中斷。微軟取得主導地位，桌上型電腦市場已經進入黑暗時代，問題是，我已經老了，四十歲了。」

◊◊◊

細雨的十二月舊金山只有五度的低溫，天空飛過幾隻展翅遨遊的雪雁。

半年前取消 Copland 作業系統研發的蘋果現任執行長艾米里歐與六位高階主管坐在飯店專屬的會議廳包廂，專注聆聽 NeXT 公司、Be 公司及其他兩間知名電腦公司作業系統簡報。

賈伯斯一眼就認出十多年前出賣他的葛賽，那狹長的馬臉堆滿油膩的笑容。

「郜凡尼恩，你直接在打開兩部影片執行播放程序。」站在投影布幕前的賈伯斯指揮著夥伴，沒讓厭惡的心情感擾他，很快全心投入簡報。

底下幾位蘋果高層目不轉睛的觀賞著布幕上同步播放的五部影片，在同一部電腦。

「製作多媒體、連結到網際網路，依然流暢。」俐落短髮的賈伯斯身穿成套深色西裝卻沒打上領帶，微敞著衣領有些隨性。他示範著NeXT作業系統的手法不斷地強調系統的強項優點，如同演出莎翁名劇般。

葛賽默默地聽完並與對面的韓考克交換了眼色，他上台打開簡報神色自若的示範操作系統後說道：「蘋果團隊應該很清楚Be作業系統的功能……」

IBM第二代及昇陽的Solaris的作業系統的部門負責人也隨後分別示範講解。

賈伯斯並沒有留下來，他簡單收拾東西便與郜凡尼恩走出飯店在帕羅奧圖的街道上漫步。

韓考克聽完四間公司作業系統示範解說後，站了起來。

「我強烈建議採用BeOS的作業系統，因為它與麥金塔幾乎無需做太多的調整，就可相容。」她說。

夜半時分，蘿琳抱哄著滿周歲的女兒入睡，整座宅邸靜悄悄的。

床上輾轉難眠的賈伯斯好不容易睡著後，做了一個很長的夢。

那是雷雨過後的亞穆納河，他坐在濕潤石階上望著混濁暴漲的河水，旁邊一位老邁的印度瑜伽師正對他低語著，依稀在敘說宇宙生命的幻滅無常，畫面一轉回到二十歲跟著乙川禪師閉關禪修的景象，正安住覺知在自己平穩的呼吸與山林間隱微的擾動時，突然禪堂的門被打開，一群人粗暴的闖了進來。

賈伯斯從夢中驚醒，汗涔涔的背隱隱作痛。

◊◊◊

「併購Be公司時，我希望能夠帶進五人的的團隊。」葛賽翹起一隻腳說道。

「這，當沒問題。」艾米里歐雙手交握輕點著頭，一旁的韓考克表情輕鬆記錄整理著資料。

「以及蘋果百分之十五的股份。」葛賽語氣加重。

「等等，那等於市值五億美元！」艾米里歐眼睛睜大的驚呼道。

葛賽望了一眼韓考克正低頭埋首疾書的藍色身影，輕咳了幾聲。

「我們公司的作業系統不用太多的修改，就能直接與麥金塔相連，對於蘋果的幫助應該極大。」葛賽的馬臉上堆滿自信的笑容。
艾米里歐站了起來，手臂越過會議桌，他握住葛賽厚短的手掌。
「那麼請你靜候佳音，我們將在內部評估會議後，通知貴公司來簽約的。」他說道。
會談的同時，正離開高盛投資銀行的蘋果董事伍拉德[116]一臉凝重，身為杜邦前執行長的他明白蘋果沉痾已深，尤其是安德森財務長的報告內容。
公司的現金流失的相當嚴重，再不到一百天可能就無法支付所有應付款項，重要幹部幾乎都在考慮離開，這艘船就快要觸礁了。

一九九七年初的《商業週刊》的標題封面：
蘋果電腦公司，一個美國象徵的殞落。
根據去年調查，蘋果電腦的市佔率已從百分之十二降至原有的四分之一不到，只剩百分之三……
九十天後即將面臨破產的邊緣……

回歸

接連幾天股東大會的財務報告，讓股東們十分不滿，然而併購作業系統商的案件仍於內部雜音紛擾中，在艾米里歐的堅持下做了最後決定。

一九九六年十二月二十日，蘋果電腦公司正式宣佈以四億兩千九百萬美元收購 NeXT 電腦公司，原執行長賈伯斯因公司合併，出任董事長顧問。

縱使電腦研發部門副總裁韓考克，堅決反對蘋果收購 NeXT；微軟的蓋茲以及葛賽在記者前對於收購案強烈的表達不滿，甚至痛罵賈伯斯的 NeXT Step 根本是騙人的把戲，也改變不了蘋果的決心。

一九九六年十二月二十日 蘋果產品說明暨重大事項發布會。

艾利米歐壟長的敘述完新一季產品及公司政策後，對著底下兩百五十位員工正式介紹併購 NeXT 系統後所加入的新成員。

「我們歡迎史帝夫，也是將來董事會的顧問。」他鄭重宣布道。

底下員工瞬時響起如雷的掌聲，正在引頸眺望前方舞台兩側熟悉的身影時，一抹人影緩緩從大廳後方走近。

賈伯斯環顧著四周熱烈鼓掌的蘋果員工，輕輕的點頭示意。

重回蘋果舞台的他有些疲態，默默站在執行長艾米里歐身邊不發一語。

賈伯斯抵達皮克斯在艾默莉維爾的新辦公大樓園區時，天際的暮色正濃，橘紅的晚霞籠罩整片大地。

圓鏡片下的神情若有所思，賈伯斯走進他親手設計嶄新的大樓，簡約寬敞流動的空間，讓創意人可以隨時不期而遇的討論靈光乍現的點子。

「我一直想著，這樣會犧牲多少陪伴家人的時間，皮克斯這裡也會受影響……這幾天我不斷的失眠。」坐進辦公室的賈伯斯對著拉薩特、艾德說道。

「這裡有我們在，你放心去做你想要做的事。」拉薩特的圓臉漾著溫暖的笑容。

「你明白決定這件事的理由。」艾德凝視著賈伯斯。

賈伯斯點點頭開口道：「因為我相信蘋果能讓這個世界更美好。」

◊◊◊

六月的舊金山依然濛著濃霧，新月低垂在樹梢枝頭。

凌晨四點多，帕羅奧圖的宅邸只有勻稱深沈的呼吸聲，里德與麗莎睡在二樓角落的兩間房間，一樓唯一的寢室賈伯斯夫婦正相擁而眠，兩歲的艾琳在旁邊的嬰兒床裡閉眼吮著姆指。

屋外的鳥聲啾啾，幾聲蟬鳴驚醒了賈伯斯，他悄悄地翻身下床，推開白色窗戶讓自己吹拂著涼風。

天，即將破曉。

重回蘋果電腦公司的賈伯斯，六點就在辦公室裡翻閱所有的產品型錄，桌上標示《董事顧問》的木製牌已被層層堆疊的冊子、資料夾淹沒只露出金屬底座。

「PowerMac 的系列產品一百多項、三四零零機型、四四零零機型……牛頓掌上型電腦 PDA、二十週年紀念機型……設計得還不錯，PowerBook 系列……」賈伯斯整理目前所有生產線的電子產品，眉頭皺的越來越深。

共有六百多項產品啊！

賈伯斯抽出紅色封面的檔案夾，仔細閱讀到最後一頁時將它重重地摔回桌面。

他拿起電話熟撚的按下號碼。

「伍拉德，是我。」

「史帝夫，這麼早，你早餐吃了嗎？要不要直接來我家……」伍拉德側著脖子夾住家用無線電話，沈穩的聲音聽來有些彆扭。

「我在辦公室了。」賈伯斯換了一種語氣問道：「董事會已經決定撤換艾米里歐？」

「是的，大約在七月就會公布，畢竟財務報表慘不忍睹，多數董事、股東早已失去耐心，你……考慮好了嗎？」伍拉德問道。

「不，我沒辦法接下執行長的位置。」賈伯斯斬釘截鐵的說，眼睛卻不自覺的飄向窗外大型的七彩蘋果標誌。

「哎，雖然這三個月你在公司的職稱是顧問，但早已掌控大部分的決策。」伍拉德嘆道。

電話裡的賈伯斯不發一語。

「董事會應該會先任命財務長安德森暫代執行長職位。」伍拉德拿起咖啡杯一飲而盡「直到你願意接下這個位子。」他補充道。

「噢，對了，你打來是有什麼事要問？」伍拉德似乎想起是賈伯斯匆忙在大清早打來的。

「一九九六年第四季發行的型錄裡，eMate300的設計是誰？」賈伯斯一眼就被半透明藍色的機殼給吸引住，這一款是專門設計給小學生使用的基本款，據最新的報表來看銷售量不是很好只售出幾百台，但是賈伯斯對這具有嶄新創意的機身設計非常有興趣。

「設計它的人好像是工業設計部門的英國人……」伍拉德停頓了一下「布蘭特挖角來

的年輕設計師—強尼・艾夫。」

◊◊◊

星期五早上九點的例行晨會底下聚集三十多位部門副總裁及經理，他們大多數是第一次面對賈伯斯主持的指示匯報。

短褲球鞋黑色圓高領的賈伯斯右手拿著麥克筆畫著。

「六百三十七項大大小小的商品，你們要如何向顧客推薦機種？你們分得清楚三四○○與四四○○桌上型電腦的差別嗎？」賈伯斯咄咄逼人的對著主管們問道。

他轉身對著白板畫下曲線圖。

「我們的營收已經從一百二十億掉至七十億。」賈伯斯注意到台下幾位副總裁閃爍迴避的眼神。

「但是其實我們可以降至六十億美元的營收，還能保持收益。」

「減少不必要的生產線以及裁撤人員。」他蓋上麥克筆的蓋子轉身對著大家「我們只需要專注在幾項產品上，你們覺得需要幾項？」

十多位舉手的主管分別建議兩百項或一百多項。

賈伯斯搖搖頭：「我們只需要……」他拿起另一支紅色麥克筆畫出交叉垂直的兩條線，

分別在四個空格寫下——

專業人士、一般消費者、桌上型、筆記型電腦[117]

「專業的桌上型及筆記型電腦、一般的桌上型以及筆記型電腦，我們將來除了符合這四種類型外，一律停止所有生產行銷活動。」

無限迴圈二號的辦公大樓工業設計實驗室部門，原本的主管布蘭特早已在兩週前離開讓他心灰意冷的蘋果，偌大的部門辦公室、模具間、會議室，原本容納二十人的地方只剩不到十人。

蓄著平頭的強尼正獨自一人待在模具間裡修整剛設計好的雛形，埋首工作的壯碩的身形隱約透著些許的寂寥。

「你說這個重要的設計實驗室，艾米里歐沒有踏進過一次。」

「是的……不過話說回來，上一季二十週年紀念機款的設計融合電視、電腦、音響，對稱圓弧的底座、流線的造型，還獲得了國際設計獎。」

強尼聽到門外傳來的交談聲，不經意地抬起頭，這是他第一次看到蘋果創辦人賈伯斯，過去只在電視雜誌平面媒體才能見到的大人物，居然親自跑到這裡，他連忙起身。

「這位就是強尼．艾夫。」安德森對著賈伯斯介紹道。

「你就是強尼。」賈伯斯滿臉笑容上前主動握手「做得很好，設計的非常有質感。」

他拍拍強尼的肩膀。

靦腆的強尼點點頭隨口寒暄幾句，濃重的英國腔無邪的笑容，讓人感到舒暢。

「你手邊正在設計的是？」賈伯斯問道，眼睛在工作檯放置的實體模型間還來回掃視。

「新一代的方塊電腦外殼，是金屬製成的……」強尼如同打開話夾子般滔滔不絕地介紹機身材質、手摸的觸感、CNC程控銑床流程……提到製造流程時強尼突然停下拿起桌邊另一個半透明的機殼「彩色的玻璃樹脂，這樣特殊的材質可以讓使用者看到內部，而且調製成各種顏色的樹脂還充滿著可塑性。」

賈伯斯忍不住伸手觸摸泛著淺藍色光澤的機殼。

「如果能建立CAD小組，那麼製造及試樣流程溝通可以更有效」，說到這裡強尼的臉色飄過一絲愁容。

賈伯斯將強尼的神情看在眼裡，聽完他後續的介紹後開口道：「魯賓斯坦[118]將會是硬體部門的主管，他將會給你最大的空間發揮。」

◊◊◊

蘋果總部大樓的深夜十一點，只剩一樓警衛室及五樓的小型辦公室是亮著。

深灰門扇後的核桃木地板散落著產品設計圖、各類行銷資料、正在市面販售流通的蘋果電腦型錄以及電腦試樣機型。

賈伯斯一頭亂髮、鬚鬍佈滿下顎，端坐在新買的蒲團。

他深沈呼吸間隔愈拉越長，最後只剩吸氣的聲音迴盪在辦公室。

只管坐，不問結果，與煩惱合而為一

內心響起乙川禪師講述禪修的話語，陣陣紛亂的心緒突然靜止，只剩下「存在」的覺知。

室內二十三度恆溫空調，竟也讓賈伯斯的額頭微微沁出汗水。

當他再次睜眼時，窗外倒映著幾隻不知名鳥兒跳躍的剪影──

凌晨三點十分，賈伯斯再度拿起散亂在地板上的資料及式樣機型，飽滿的下顎露出暢然和煦的笑容。

「告訴我部門生產的電腦有何存在的價值？」

「這個部門主力是在於電腦剛入門的初階用戶……」

「初階用戶，既不是專業也不是一般消費者，沒有存在的必要，你們十一人工作到今天，明天會計部會將遣散費發給你們。」賈伯斯對早上第五位向他報告的部門經理下達了指令。

從機場剛抵達公司的副總裁戰戰兢兢的走進顧問辦公室。

聽完亞洲產品研發副總裁的匯報後，賈伯斯從文件堆裡抬起頭開口道：「新加坡設立的研究機構ATG，研究東南亞語言的語音、手寫體……這個財務狀況也太糟，根本毫無收益還花錢如水。將它結束掉！」

「但是……」負責亞洲研究機構的副總裁鼓起勇氣說道：「QuickTime、QuickTime VR、ColorSync、AppleScript這些都是目前業界最新的技術，而且將來對於亞洲市場的發展幫助極大。」

賈伯斯看了副總裁一眼「即刻關閉新加坡研究中心。」他再度重複一次。

鈴鈴鈴～

桌上內線紅光不斷閃爍，賈伯斯皺起眉頭接起。

「史帝夫，我是艾米里歐。」電話一頭的語氣急促「一百五十萬股的股票是不是你拋售的……當初不是談好了嗎？你必須持有六個月……我跟別人說那些賣出股票的不是你。記得，那是我們的協議，除非先跟我們商量，否則你不能任意出售。」他氣急敗壞的說道，原本溫潤的嗓音拔高嘶啞。

「是我拋售的股票。」賈伯斯揮手示意副總裁離開「因為當時……」他嘆了口氣「突然心情一陣沮喪，覺得蘋果……沒有未來。」

「天啊！我竟然被你騙了、被你騙了！」沒多久電話一頭傳來嘟嘟聲。

艾米里歐掛了電話。

◇◇◇

一九九七年七月四日美國國慶日，蘋果電腦公司正式對外發布，艾米里歐將執行長的位置交棒給史帝夫．賈伯斯「暫時代理」。

五十五歲的馬庫拉凝視公司準備對外發布的新聞稿中的「賈伯斯」，他熟悉不過的名字，曾經在十二年前被他親手放逐的創辦人。

寬闊額頭上的頭髮摻雜銀白而稀疏，馬庫拉打開抽屜拿出底層塵封以久的照片，二十多年前蘋果電腦初創時期，他和兩位史帝夫開懷大笑的在第一屆西岸電腦展[119]的攤位與蘋果二號前合影。

馬庫拉閉上眼，輕輕嘆了一口氣。

史帝夫終於要返回蘋果了……

隨著內部主要的決策逐漸由史帝夫掌握，高層執行副總裁的去職，董事會的重組也即將是必然的。也只有蘋果的靈魂，才能找回蘋果真正的樣子。

賈伯斯終於同意「暫時代理」蘋果執行長職務，條件是年薪只要求美金一元。

答應「暫代」的前兩個月，賈伯斯馬不停蹄的召開各種會議，深入了解內部產品及各部門，並與設計部門溝通、裁撤掉二十多位副總裁、關閉一百多條虧損及不必要的生產線、與供應商談判及甄選廣告公司。

晚上十點他召開電話董事會。

「我們當務之急是阻止公司職員的離職潮，留住重要人才。」賈伯斯說道。

「史帝夫，可以試著將福利拉回原本的模式，比方說薪資、員工餐廳、出差津貼住宿機票升等……」董事尤肯說道。

「不、不不，這些都不是治本之道，我們必須調整股票選擇權的價格，也就是降低履約價格，讓選擇權恢復吸引力。」賈伯斯語氣堅定。

「這個方法是可行，但……還是要花點時間研究實施後在法規及財務上的影響。」伍拉德回應道。

「實施的時間愈快愈好，必須盡快執行，優秀的人才正在流失。」

其他董事紛紛表示意見，賈伯斯耐著性子聽完。

「我在杜邦從來沒見過這種做法。」伍拉德跟著反駁道。

「你們要我解決問題。」賈伯斯音量變得更大「而人才就是關鍵。」

其他董事們一個接一個表示，預計需要研究兩個月才能確定執行。

賈伯斯握著聽筒，胸膛起伏愈來愈大，他沉默一會兒後開口道：「各位若不同意，下週一我就不進辦公室了。後面還有無數困難的決策要進行，你們無法支持這個決策，那麼將來的失敗是注定的。所以，若你們沒辦法立即做決定，我就走人，你們可以怪到我頭上，然後告訴別人：『史帝夫做不來！』」

◇◇◇

比爾．蓋茲坐進車內時，隨身行動電話剛好響起。

「我是比爾。」

「你是說我們微軟提出的要求全都願意接受嗎？」

「……所以你的意思是，同時願意撤銷訴訟嗎？嗯嗯，好的、明白，不過今年八月我不在美國，無法親自參加波士頓大會，但可以在夏威夷的辦公室視訊。」

保羅．艾倫在比爾專注講電話時也跟著坐進黑色豪華轎車內，等到比爾結束通話時他開口問道：「你真的願意投資蘋果一點五億美元，那可不是一筆小數目，再者蘋果關門大吉是遲早的事，那些股票遲早化為烏有，微軟投注這麼多錢下去也可能只是有去無回。」

比爾湛藍的眼睛盯著公司的共同創辦人兼好友。

「是。」

一九九八年美國波士頓舉行的麥金塔大會，iCEO臨時執行長賈伯斯宣布撤回對微軟長達十多年的專利訴訟─瞟竊蘋果的圖形使用者介面外觀。

「蘋果決定使用 Internet Explorer 做為麥金塔電腦的預設瀏覽器。」賈伯斯對著底下的果粉們講述雙方的和平協議之一。

底下五千多名從各地趕來參加年度盛會的果粉們無不噓聲四起，有些人甚至掩面啜泣。

賈伯斯臉上依舊堆著微笑，他高舉右手繼續說道：「我們認為消費者有選擇的權利，因此也提供其他網路瀏覽器，使用者當然有權更改預設系統。」

現場的氣氛逐漸緩和，當賈伯斯宣布微軟將投資一億五千萬美金，擔任無表決權的股東時，原本的笑聲及掌聲又消失了。

「我剛好透過衛星連線，邀請了一位來賓。」賈伯斯退到舞台旁邊，背後的巨幅螢幕瞬間出現微軟執行長─比爾．蓋茲的身影，他的臉上露著一抹微笑。

台下的觀眾頓時倒抽一口氣。

「在我的職涯中幾件最令人興奮的案子，都是與史帝夫一起為麥金塔所做的事……」比爾尖細平板的嗓音溫和的向台下觀眾推銷專屬麥金塔的最新 Office 版本，底下的人也漸漸平靜。

零星的掌聲開始出現在觀眾席，當衛星訊號結束時，眾人情緒也平穩許多。

「蘋果必須跳出固有的思維，如果我們要向前走讓蘋果重拾風采，就必須犧牲一點，我們要揚棄─微軟與蘋果只有一位贏家─這種想法。」賈伯斯站回舞台中央懇切地說著。

不同凡想

繞過翠綠平坦的草坪、設備完善的網球場、穿越精心摘種的葡萄園後，賈伯斯將車子停進自動開啟的地下車庫。

伍德賽德的秋初時節，城堡般廣闊氣派的莊園裡漫著葡萄果香及割草後的氣味。

馬庫拉站在車庫通往室內的門口迎接著。

「今天中午在遴選廣告商，看他們的比稿，所以晚了。」賈伯斯關上車門一邊對著十公尺外的馬庫拉說道。

自從被驅離蘋果後，這是他們第一次相見，整整十二年了。

「我想要建立一間永續經營的企業。」賈伯斯說道。

他們倆人就像過去一般，在附近的紅杉林散步談論著許多事，沒有久別重聚後的尷尬，也沒有疏離感。

「你想要一個全新的董事會來支持這個理念，對吧！」馬庫拉的神情從容，稀疏銀髮被山風吹得有些凌亂。

賈伯斯轉頭看著昔日大膽投資、提攜他的導師，縱使兩人間情誼中斷十多年，馬庫拉依舊是令人敬重的夥伴，雖然曾殘忍的背棄過他。

「是的。」賈伯斯回道。

「我會率先請辭蘋果董事。」馬庫拉簡短的說。他知道賈伯斯要的是什麼，他也知道這位重回蘋果的創辦人為何親自驅車前來—只因賈伯斯仍尊敬他是昔日提拔「蘋果」的老人。

賈伯斯沒有接下去說話，他望著清澈藍天與高聳入雲的杉木林，片片楓葉飄落，眼前紅黃綠葉交織的茂密叢林成一幅秋日美景。

「克洛[120]，他居然願意參加比稿競賽。」賈伯斯打破沉默開口說道。

「TBWA/Chiat/Day 公司根本是廣告界翹楚，無須為了爭取我們的廣告而參加吧！」馬庫拉有些訝異。

「是的，自從一九八四的廣告讓他們一戰成名後，十年來沒有參加過這樣的競選了。」賈伯斯的語調有些哽咽。

「為了符合公司規定，也避免其他知名廣告商的不滿。」馬庫拉懂得箇中道理，畢竟BBDO、全球[121]……等，曾經也是蘋果合作的對象。

「這次克洛提出的創意主題是？」馬庫拉問道。

「不同凡想[122]。」

◇◇◇

向那些瘋狂的人致敬。

給那些特立獨行的人，

桀驁不馴的人，

惹是生非的人，格格不入的人。

以獨特眼光看待事物的人，他們討厭墨守成規，從不安於現狀。

你可以引述他們的話、反對他們、讚揚他們或是誹謗他們，但絕不能忽視他們。

因為他們會改變事物。

他們發明、他們想像、他們治療，

他們探索、他們創造、他們啟發，

他們推動人類向前邁進。

也許他們必須瘋狂……

渾厚懇切充滿磁性的嗓音緩緩朗誦著，黑白基調的影片中流轉出現愛因斯坦、巴布狄倫、金恩博士、理查·布蘭森、建築師富勒、愛迪生、拳王阿里、歌唱家卡拉絲、甘地、女飛行員埃爾哈特……的身影。

這些歷史名人及創作家的巨幅平面廣告，也同時現身在各大市中心的媒體牆、來回奔走的公車體以及蘋果電腦公司的無限迴圈園區。

他們的右下角只寫下「不同凡想」……還有一顆七彩炫目被咬一口的蘋果。

「即刻起停止麥金塔相容機的授權。」賈伯斯眼睛盯著電視螢幕上夜間熱門時段首次播出的「不同凡想」廣告，對著電話另一頭命令道。

「我不管是否違約，全部終止！」

電話一端說得又快又急，賈伯斯毫無耐性直接打斷「動力計算、瑞迪爾斯、摩托羅拉……這些公司怎樣跳腳都無所謂，到法院解決違約問題不計一切代價。」他最後吼了出來並重重掛下電話。

賈伯斯拉回椅子坐下撥出通電話。

「伍拉德，是我。」賈伯斯吐了口氣，手不停歇的查找紅色資料夾內的各式留存文件正副本。

「『不同凡想』的廣告效果看來成功極了！」伍拉德等不及賈伯斯說完，迫不及待的分享媒體圈的調查報告還有一般大眾熱烈的迴響。

「過去授權給外界製造相容麥金塔電腦的公司，我要全部終止。」賈伯斯等董事伍拉德敘述完蘋果發布最新的廣告效果後，平靜的說道。

「……」伍拉德沈默一會兒後問道：「法務部門計算出違約金了嗎？」

「我查了過去簽約留下的資料。」賈伯斯手邊的紅檔案夾有著細微的裂縫，那是他第一次看到授權文檔一時氣憤所留下的痕跡。

「估計是一億美金，然後我們必須拿回顧客資料。」

「好，那就這麼辦吧！」

◇◇◇

加州 庫柏蒂諾 蘋果電腦公司總部。

清晨，數名工人在幾位內部員工的指揮下，將數面第二次世界大戰的軍方宣傳海報懸掛在各園區大樓的門廳入口。

驟涼微雨的深秋，匆忙搭車趕到園區上班的職員們，幾乎都被眼前的巨幅海報震驚的停下腳步……

面容嚴肅的士兵，整齊列隊的站在飄揚的美國星條旗前。

海報底部寫著──

洩漏口風，釜破舟沉

面面相覷的看完後，很快各自走進專屬工作崗位的員工，不約而同的在電子信箱裡收到一封來自 iCEO 賈伯斯的公告：

「只要有人洩漏研發中最新產品的任何資訊到外界，立刻去職處分。」

已經三天未回家的賈伯斯，望著陰沉灰暗的天空。

滑落的雨水模糊了窗景，無限迴圈大樓外的街道變得迷濛，不知何時他開始習慣穿著日本三宅設計師送給他的黑色高領。

辦公桌上的行動電話及內線同時響起，他看了一眼來電顯示直接拿起行動電話，任憑內線紅燈閃個不停。

「弗雷德[123]，你終於有時間啦！」賈伯斯嘴角上揚語氣顯得輕快。

「沒辦法，最近公司忙著採購波音最新的貨機，必須跟西雅圖駐點公司開會討論，」弗雷德話說得太急，不小心嗆咳了幾聲「史帝夫，我們有十多年沒見面了吧？自從……咳……你上次離開蘋果。」

「何時回舊金山？我想請你幫我推薦幾位人選。記得十三年前的領導研討會晚宴嗎？你曾經在席間提過公司對消費者的行銷體系，利用聯邦快遞將剛出廠的產品直接送到顧客家中。」

「不，那句好像不是我說的，那是很久以前IBM的配銷手法，但只在討論階段。」身為聯邦快遞的創辦人兼執行長，弗雷德每件決策總是記得清清楚楚。

「你是希望我推薦擅長配銷的人才嗎？」弗雷德問道。

「我希望你能推薦能精準掌控公司採購、營運、配銷的人才，我實在有太多事情要做了，擔心時間不夠啊。」賈伯斯語末隱隱藏著憂慮。

◇◇◇

六歲的里德牽著剛滿兩歲艾琳的手跑到後院。

「媽咪，妹妹說她餓了。」里德探頭望向正在倉庫整理東西的母親。

「艾琳餓。」一身粉色居家褲裝的艾琳小手拍著肚子，發出咚咚的聲音。

「妹妹乖～」蘿琳從倉庫深處走出來，卸下一只棉布工作手套摸摸女兒的頭，她轉頭對著里德說道：「先帶妹妹進屋裡，廚房裡有媽咪溫好的牛奶放在保溫盒，你先給妹妹喝，媽咪還要半小時左右才會進屋。」

里德乖巧的點頭，但眉頭卻微微皺起。

「媽咪今天是禮拜天不是嗎？爹地怎麼不見了？」里德問道。他記得爹地幾乎每個週末都會陪他玩丟球……

蘿琳蹲下身凝視著大兒子酷似丈夫的眉眼輕柔地說道：「爹地正在讓這個世界變得更美好，必須多點時間留在公司裡。」她分別吻了吻兒子女兒的額頭繼續說道：「你們要多體諒爹地，他正在努力打造一個可以讓生命更豐富的世界，等他忙完就會來好好陪我們了。」

「豐富！」艾琳淺褐清澈的瞳仁瞬間亮起「就像玩具嗎？牛仔胡迪？」她最喜歡那部玩具卡通了，裡面會動會說話的玩具好有趣。

「是啊。」蘿琳笑著拍了拍里德「快帶妹妹進屋去吧，別讓妹妹餓太久。」

看著一雙兒女稚嫩的身影逐漸消失在轉角的矮樹叢，蘿琳俐落的帶回手套，走進堆滿雜亂物品的倉庫裡。

她抱起剛才不小心掉落的陳舊箱子，被濕氣浸潤出的凹洞中突然滾出一個沈甸甸的鐵盒。

「藍盒子」蘿琳記得丈夫曾經跟他提過，二十多年前，那個可以騙過交換機免費撥打電話的轉接盒。

蘿琳撿起有些鏽蝕的長鐵盒，仔細翻轉檢視。

終於看到丈夫年少時與好友研發的機器，這可是第一次讓史帝夫初嚐改變世界與成功賺取金錢滋味的起始點啊……

藍盒子底部模糊的一行字吸引住她的目光，她用力將字上的灰塵拭去。

驀地一股熱氣衝了上來，淚水盈滿了眼眶……

◇◇◇

美國 北卡羅萊納州 三角科學園區。

「不，我拒絕。」提姆．庫克[124]對著風塵僕僕來到他面前的克里斯回覆道。

「我已經在康柏電腦剛穩固下來，這個採購暨供應鏈主管的職位相當不錯。」庫克解釋著，他窄長方正的下顎透著剛毅的氣息。

「提姆，你可以再考慮看看，蘋果電腦是能讓你發揮的地方。」美國第一大獵人頭公司的經理克里斯，同時是聯邦快遞創辦人的好友，他受到弗雷德的請託幫蘋果物色到最佳營運主管的人選，奈何幾次電話及信件拒絕後，親自來找庫克仍是碰的一鼻子灰。

「謝謝你的好意。」庫克站起來順手拿走餐廳帳單「我到職康柏電腦還不滿一年時間，實在不好又馬上離開，那裡的薪資環境發展我都蠻滿意的。抱歉了，請你幫我回絕蘋果的賈伯斯先生。」

蘋果公關主任卡頓跳下計程車後立刻直奔無限迴圈一號大樓。

中午大雨過後地面滿是水窪，她顧不得會濺濕自己的衣服提起褲管小跑步的奔往辦公室。

「史帝夫，我們半小時後要趕往美國廣播電台接受專訪。」結束中午與各家平面媒體餐敘聚會的卡頓，過肩黑髮有些凌亂，她很快地撥弄梳理。

「嗯。」辦公桌前的賈伯斯平直的濃眉微蹙，手指在成疊的文件夾上敲打著。

「卡頓，日後不用再參加媒體工會活動或是相關主管的餐會。」賈伯斯抬頭看著藍色套裝簡潔裝扮的公關主任。

「之後我們蘋果公司只接受這幾間媒體的採訪。」賈伯斯從桌上抽出一張寫不滿半面的呈報資料「還有從現在起除了我批准的人員外，公司內部一律禁止隨意接受訪問，違反規定立即開除。」

卡頓睜大了眼睛忍不住深深的吸了口氣。

「妳應該沒有意見吧？」賈伯斯問道。

「沒有。但……」卡頓好不容易從震驚中恢復「公司的產品需要推銷，我們必須接受更多的媒體曝光。」

「不用。」賈伯斯直接打斷卡頓的話「只要有偉大的產品，那些媒體就會蜂擁而至。」他嘴角帶著笑意。

嘟嘟嘟～

桌上的內線紅燈閃爍，賈伯斯看了一眼腕錶隨即接起電話。

「賈伯斯先生，我必須回報您──提姆．庫克回絕您的邀約。」克里斯低啞的聲音在另一頭響起。

「他堅持繼續留在康柏嗎？」賈伯斯臉色有點鐵青。

「是的，我剛與他在三角科學園區見過面。」

「庫克今晚就會回去康柏附近的宿舍？」

「沒有。他說後天才會回到帕羅奧圖。」克里斯停頓了一會兒壓低聲繼續說道：「庫克先生就在我身後不遠處。」

「克里斯，他今晚還有其他安排嗎？」賈伯斯問道。

「沒有。」

賈伯斯捂住話筒又說了幾句便結束通話。

「卡頓，取消後面所有的公開行程，我必須到北卡羅萊納州一趟。」

◇◇◇

早上十點多，遠離商業大樓區域的天空特別清朗。

沿著人工精心種植的槭樹林坡道，他們已經走了一個多小時。

「去年十一月時，蘋果成立了線上零售商店，因為我想要直接地面對客戶。你想想看，如果是經由大型電腦連鎖店及其他經銷商，他們每賣出一件蘋果產品，就從售價中抽取百分之三十五至四十的利潤，真的是太高了、太高了。」賈伯斯邊搖著頭邊說道。

「我贊成你的作法，這的確相當地高明，但是商品的選擇，從電腦一端點擊到反應搜尋，我記得需要相當長的時間？」庫克左手放進外套口袋，姿態輕鬆閒聊般地問道。

「NeXT所開發的網路物件軟體，能順利流暢的連結應用程式與網路伺服器，能完美的克服你所說的問題。」賈伯斯扒了扒佈滿鬍渣的臉頰笑了起來「線上零售商店成立滿一個月，當月的成交金額就達到一千兩百萬美元。」

庫克緩緩地點頭，鏡片後的眼神滿是激賞。

「其實在工廠的生產管理及庫存方面，可以採取限額分配即時委外生產。」庫克沈穩低緩的阿拉巴馬口音微微上揚「同時關閉原本美國的生產線，因為若要兼顧研發創新及生產，勢必削弱現金流量的穩定產生資金短缺。」庫克補充道。

「所以。」賈伯斯探詢目光看向一旁精瘦結實的庫克。

「我願意接下蘋果營運長的職位。」

「太好了！太好了！」賈伯斯停下腳步雙手用力握住庫克的手，眼尾的笑紋快要爬上耳後。

「所以何時加入蘋果團隊？」賈伯斯問道。
「我已經加入了，不是嗎？」庫克挑起眉毛露出頑皮的笑容。
「啊～哈哈哈哈。」兩個大男人不約而同的相視大笑起來。

◇◇◇

連續六個月，工業設計實驗室的燈從來沒有熄滅過。
每週一的內部高層主管會議、每週三下午的行銷策略會議，還有每週不定期幾乎是無止盡的產品審查會議……蘋果公司無限迴圈園區大樓的燈光如同其名般，無限迴旋的亮著。
重回蘋果電腦的賈伯斯似乎精力無窮，驅策所有人員往同一目標邁進─打造偉大的產品。
縱使媒體外界傳聞一九九七年最後一季的財報蘋果陷入創立以來最嚴重的虧損，但是由賈伯斯領軍的蘋果仍舊是惘若未聞的埋頭苦幹。
《財富》雜誌資深記者毫不客氣的報導：

庫柏蒂諾有個地方腐朽了……麥金塔有兩千萬「無所適從」的愛用者、蘋果有一萬三千名「被嚇壞了」的員工，和三萬名倒霉的投資者……虧損超過一億美元，現得仰賴微軟投資的一億多現金硬撐著……

戴爾電腦的創辦人甚至公開在媒體表示：

蘋果最好是趕快關門，將鈔票還給投資人。

《財富》雜誌的知名社論撰稿人—艾爾索普[125]在專欄上寫道：

年產值一百一十一億美元的企業，要倒閉不容易；不過蘋果年產值已經下滑到八十億美元，我判斷不出三年，甚至不用等到千禧年，蘋果就要喝西北風了。

強尼離開園區辦公大樓時，東方灰暗的天色開始濛濛的亮了。

他強撐著疲倦的身軀坐進車內時，行動電話響了起來。

「昨天小組到糖果工廠有發現到調整顏色的關鍵嗎？」賈伯斯聲音有些沙啞的問道。

「藍色，我們有找出那種純淨半透明的呈現方式了。」強尼忍住哈欠說道，他早已習慣大老闆無時不刻的電話聯繫。

「真的是太棒了，就像是澳洲雪梨邦迪海灘的那種顏色！」賈伯斯語氣中有股掩飾不了的興奮。

「庫克，他答應了。」強尼猜測道。要讓大老闆如此開心只有找到他心目中的A級人才。

「哈哈哈～那還用說嗎！」賈伯斯話鋒一轉接續問道：「所以這樣子的半透明海水藍，可以讓內部整齊的電路板漂亮呈現又不會太過明顯。」

「我仔細問過工廠的技術人員，若要調配出那樣的塑料顏色，掌握住比例、溫度以及機器控制精準度，達成目標是沒問題的。只不過添購設備所需花費……」強尼的語氣有些遲疑，因為過去蘋果不會花大錢投資在不重要的外觀設計上，再者目前財務是如此吃緊……

「製模器具額外所要花費的，你儘管呈報給我，好好地做出完美的作品吧！」賈伯斯像是讀心術般說出強尼難以出口的話。

◊◊◊

一九九八年四月三十日 晚上七點 德安薩學院[126]。

「不對、不對，退回去重來。」賈伯斯坐在觀眾席不耐煩的對著燈光控制及舞台上的工作人員喝斥道。

旁邊有幾位特別開放隨行採訪的記者不安地調整坐姿。

這已經是賈伯斯第二十七次對著操控舞台效果的工作人員咆哮了，在他們眼中推出去的新產品與燈光配合的非常好，他們完全不理解為何蘋果的代理執行長還如此不滿。

「這一次燈光打得太慢，你。」賈伯斯指著舞台上已經來來回回二十多次的可憐蟲「走路的速度要平均。」

「不就是燈光打在剛推出舞台的產品上嗎？我真的看不出來第一次與第二十次有何不同。」紐約時報的記者忍不住離開位子對隔壁的同行發牢騷，等他剛好轉頭眼睛對上舞台。

「太棒了，就是這樣。」賈伯斯大聲讚嘆的聲音讓所有人都鬆了一口氣。

「這。」紐約時報的記者睜大了眼睛，採訪跟拍了十多年的科技產品發佈預演，第一次讓他震驚的忘了回到自己的座位。

你必須好好的帶領他……

千野大師的話語猶言在耳。

乙川禪師低垂著眉眼掛下電話。

「史帝夫正在巡查工廠作業，明天進公司還有一連串會議，禪師可以撥打他的行動電話。」

結束一年多的日本閉關修行，回到美國舊金山禪修中心的首要事務就是與史帝夫聯繫，奈何……

「如果史帝夫打電話到《塔薩哈拉》記得第一時間通知我。」乙川禪師交代一旁的徒弟。

「禪師。」結束十四天閉關禪修的史帝夫睜著困惑的眼看著乙川禪師「為何在靜坐中，有股聲音告訴我，這一生可能活不長？」十九歲年輕俊朗的臉有著迷惘。

「你不用在意腦海中無意識跑出的想法，那只是妄念，沒有任何意義。它的意義是你賦予的。記住，打坐時只要純然的坐著，那些妄念如同閃電並不會影響天空的本質。」

乙川禪師離開座圃點燃了香爐裡的檀香，二十多年前史帝夫閉關禪修所問的話語，如電光火石般鮮明的閃現在腦海。

◊◊◊

全新的董事會成員聚集在蘋果電腦公司園區的一號大樓。

「營運長人選已經確定由提姆．庫克擔任，他上任後對於產品製造、庫存管理所採取一連串的決策，大家是否都無異議通過？」董事長伍拉德，也是唯一留任的董事會成員環顧四周問道。

這一次異動調整所牽涉的層面非常龐大，屬於公司製造工廠關閉百分之七十，多數的產品製造將交由亞洲廠商；另外庫存的部分，除了先前賈伯斯下令丟棄的「過季」印表機外，庫克也將運用一系列強硬的手法將高於業界平均水準的兩個月庫存壓低至一個月，他呈上董事會的目標是—兩天的庫存率。

「都毫無異議。」高爾[127]首先出聲表態。渾厚飽滿的聲音有著圓融與不可置否的威嚴，身為美國副總統的他，在賈伯斯再三邀約懇求下答應進入董事會，他熟捻的政治手腕不但能綜合各方觀點，還能圓融的協商內外意見。

「那麼針對這一季的營運狀況，是否要請臨時執行長報告虧損情形及新產品的銷售狀況？」伍拉德起身問道。削瘦結實的身形散發著穩健的氣勢。

「我想史帝夫既然正在全力衝刺公司的新產品業務，我們董事會就應該全力支持，除了今年的年度會議之外，iCEO 暫時不需列席報告。只要書面說明即可。」賈伯斯多年來的好友—比爾．康貝爾抬頭看著伍拉德說道。

李文森、傑瑞．約克[128]、鐘彬嫻[129]、米奇．德萊克斯勒[130]其他五位董事全數舉手通過。

走出辦公大樓，伍拉德剛好結束與賈伯斯的通話。

伍拉德的行動電話還沒放回腰間，從後面走來的康貝爾便輕拍他的肩膀。

「辛苦你了，協助史帝夫重新籌組董事會。」康貝爾帶著些許滄桑的嘴角漫出笑容。

「其實虧損的公司，要讓原本的董事離去，他們根本求之不得再者我只是按照史帝夫的意志行事罷了！」伍拉德面容輕鬆的說道。

「這段日子，的確也讓史帝夫改變了不少，他已經不再過度掌控蘋果電腦的生產流程，堅持必須由自家工廠組裝生產。」康貝爾說道。賈伯斯十二年前離開蘋果後，康貝爾不久也離開重新創立一間財務軟體公司，直到賈伯斯再度返回蘋果他才追隨賈伯斯的腳步回來繼續擔任董事。

「他又在無限迴圈二號與強尼討論產品設計嗎？」康貝爾又問道。

「史帝夫與他討論了一整個上午，中午又跑到其他地方開會巡視了。」伍拉德邁開步伐走向司機開過來的黑色豪華轎車。

「希望那台半透明的邦迪藍電腦能有不錯的成績啊！」康貝爾揮手目送伍拉德邊說道。

「一定會的，我相信史帝夫。」伍拉德關上車門前大聲說道。

◇◇◇

一九九八年五月六日 佛林特表演藝術中心。

耀眼的初夏陽光，彷彿可以驅散心頭的煩憂，人工種植的銀千層、尤加利，綠油油的樹梢輕巧地棲息著幾隻雪雁與雀鳥。

媒體記者早已久候在內，負責同步轉播的 SNG 車整排停放在建築物外側。

下午一點賈伯斯白襯衫深色西裝的正式裝扮站在舞台，他從容的來回走動介紹這一次即將推出的軟硬體規格，背後的大螢幕投影各系列規格的比較表、身旁陳列六、七台專供專業及一般使用者的電腦；他不斷強調軟體的流暢及新推出的Mac OS 8系統「不可思議」的穩定度。

賈伯斯如行雲流水般的敘說每項產品，稍微僵直的肢體動作不難看出他略帶緊張的心情。

「噢，對了！還有一件事[131]。」發表會進行到了尾聲賈伯斯臉上突然出現會諱莫難測的笑容。

他慢慢掀開了後方的黑絨布。

舞台燈光恰如其分的照射下來。

「哇～」台下兩千多名觀眾莫不驚呼了一聲。

藍寶石般璀璨又如糖果般透明的電腦閃耀著誘人的光芒。

「i Mac」賈伯斯拉高了嗓音說道：「i代表網路、與眾不同、指令、資訊以及啟發[132]，它內建光碟、數據機只要接上電源就可以連接網路，它不但平易近人輕巧靈活。」他輕拉了後方圓弧的提把「世界上速度最快最流暢的電腦，完全一體成型，而且透明可愛會讓人忍不住想舔一口。」

底下的觀眾笑了出來。

這是一場不可思議的產品發表會，媒體不斷地全力放送廣告、新聞版面輪番報導這史無前例「可愛」又時尚的電腦。

iMac廢除現今普遍的標準軟碟機，只有內建光碟機，卻強烈地吸引住市場消費者的目光，在八月十五日正式銷售的六個星期，北美、日本、歐洲市場共銷售了二十八萬八千台，前十二個月的銷售量又上衝了將近兩百萬台……

它，成為蘋果史上最暢銷的電腦。

◊◊◊

一九九九年的夏天。

麻薩諸塞州的青少年尚恩．范寧[133]登上了《時代》雜誌：

發明Napster的青年讓全世界的人都可以上傳及下載MP3[134]檔案，讓每個人都能與別人分想自己珍藏的音樂，也使大規模的音樂行為改變了……

隨著網路興起，聆聽音樂似乎再也不用被唱片公司箝制，只要連結數據機等待傳輸便能享受分享到他人所擁有的音樂，這也同時侵犯到智慧財產權及傷害原始創作者應有的權利。

各大唱片公司努力掃除這些從網路冒出的侵犯者，將領頭羊掃進法院審判，但……卻難以挽回逐漸低迷的唱片銷售數字……

待在《塔薩哈拉禪修中心》的賈伯斯暫時遠離熱愛的電腦，浸淫寧靜的大自然幽谷中。

「歷代千年來的禪師行住坐臥都在禪修，當你的心神處在寧、處在專一無二，當你忘了自我的感受只剩『覺知』，那麼就是了。」乙川禪師站在古樸的木窗前望向翠綠的遠山說道。

「禪師，純然的覺知就是智慧的源頭嗎？」賈伯斯問道。清新融合花草氣息的風灌入賈伯斯的鼻腔裡，全身毛細孔仿若沐浴後般的暢然。

「智慧本自俱足，又何來源頭之說。」乙川禪師笑著說。

「明白了。」

禪堂外魚貫走進幾位新加入的年輕禪修者，他們見到賈伯斯有的人忍不住多看了幾眼，有些人面色自若沒有半點訝異。

「禪師，我先回公司。」賈伯斯拿出一張名片「上頭有我的行動電話，您可以隨時找到我。」

「好。」乙川禪師看著賈伯斯充滿幹勁豐潤的臉龐「靜坐能讓全身百骸氣息筋骨通暢，改變世界讓它更美好是很棒的事，別忘了—專注、處理、執行、放下，然後安住在『禪』裡。就在前面的心念消失，後面的念頭未起的那一刻。」

◊◊◊

強尼步伐匆匆的走到無限迴圈一號的辦公室。

「大老闆兩小時前外出。」恰好路過的女助理說道。她看強尼的目光閃爍著欽慕「不過他待會兩點有行銷會議，應該快回來了。」

「謝謝妳。」強尼堆起笑容一邊推門走進賈伯斯的辦公室。

灰黑色的桌面擺放散拆卸後的各式零件、大小不一的繪製草圖，原木辦公桌一側則吊掛著五彩繽紛的 iMac 海報。

「你來啦！」賈伯斯進到辦公室語氣相當輕快。

「史帝夫，Power Book 的模型設計部門又做出十多個雛形，今天傍晚可以全部塑造出來。」強尼放下手中拆卸後只剩機殼的日本索尼 MP3 播放器。

「好，除了維持 iMac 的水藍色半透明上蓋，應該有加入我們之前討論的元素—親合力吧！」賈伯斯停了一會兒突然問道：「覺得手中的機型如何？」

「邊角的部分圓潤，可惜……」強尼又將機殼重新惦在掌心把玩，他瞇起眼睛端詳思考。

「按鈕太複雜。」賈伯斯彎腰看著強尼手中的黑色機殼笑著說。

「是啊，弧度很美，卻缺乏俐落的雅緻。」強尼皺著眉。

「我計劃買下 SoundJam。」賈伯斯走回辦公桌前繼續說道：「現在市面上的音樂播放器簡直是慘不忍睹，難看死了，不僅醜還難用得要命。」

「Real Jukebox、Windows Media Player、內建燒錄器的軟體……這些真的是太複雜，只有天才才會使用吧。」賈伯斯捲起有點濕濡的黑長袖時嘆了口氣。

「是那間可以相容 PC 及麥金塔的音樂播放軟體公司嗎？」

「沒錯。」賈伯斯拉開抽屜翻攪文件後站了起來「沒事的話，會議後陪我到市區購物中心逛一下，我有幾個點子想跟你討論。」

窗外原本的滂沱大雨漸漸變小，走廊深處的落地窗透進了剛露臉的陽光。

◊◊◊

電子商品在多數美國人眼中重要性與日俱增，雖然價格偏高，但他們願意開車到較偏遠的地方仔細選購。

賈伯斯從年輕時就一直注意到這種普遍的情形。

他駕駛銀色賓士敞篷在公路上奔馳著，腦海不斷播放十多年前到最近蘋果電腦在商場上店員銷售的態度，依照自己多年累積的觀察及周圍朋友的經驗，商場店員大多傾向客人介紹一般 PC 而非蘋果生產的電腦，因為蘋果電腦的「介紹」門檻有點高，且大多數的電腦硬體都具備微軟系統……

賈伯斯大力拍了一下方向盤—蘋果產品幾乎都被堆放在貨架的角落。

「必須建立完整的銷售系統。」賈伯斯自語著彷彿在加深自己的信念。

他按下行動電話的速撥鍵。

「強森，是我。你明天早上有重要的會議嗎？」

「沒有。如何又想跟我逛賣場？」電話一頭的聲音跟賈伯斯有著相同平實的嗓音，但帶點低啞。

「我想要將蘋果的理念扎扎實實地傳達給顧客，在量販店的店員只會複誦電腦規格……我們再去逛逛 Gap 專賣店，那裡寬敞明亮雪白的牆面的確非常吸引人。」賈伯斯說道。

今天是第三次的年度臨時董事會。

「我想開設專屬於蘋果電腦的專賣店。」賈伯斯眼睛直勾勾的看著董事們說道。

「捷威[135]電腦推出的一系列市郊專賣店都倒閉光了，難道我們也要步上他們的後塵？」董事—列文森，同時也是基因科技公司的執行長，對於賈伯斯的提議首先發難。

「蘋果只是一家小公司，並不是市場上的主角。先別提捷威在經營專賣店的失敗，就連戴爾電腦都是採取郵購的方式。」伍拉德表達了看法。

底下有一位穿著淺褐色西裝敞著襯衫領子的董事舉起右手。

「我支持賈伯斯開設直營販賣店的作法。」舉手的董事是業界號稱「零售王子」的崔斯勒。

最後董事會讓步了，批准四家蘋果專賣店的試行計劃。

二〇〇〇年是科技界風起雲湧的千禧年。

一九九九年底，慘淡的蘋果一掃過去兩年的低迷，iMac 在全球狂賣了六百多萬創下歷史紀錄，而股價更從原本的十三美元翻了十倍上衝到每股一百一十八美元。

蘋果行政管理高層終於說服了賈伯斯─接任正式執行長。

賈伯斯同時獲得了一千萬張的股票以及一架私人噴射飛機「灣流五號」。

黑白簡約的蘋果取代了七彩的標誌，時尚透明的 iMac 接連推出繽紛多樣的顏色，蘋果電腦……似乎正在慢慢地站回舞台。

眾人踩在灰藍色的拋光石子地板時，都被它表面清冷高雅的色澤吸引。

「這是從義大利菲倫佐拉的卡松石場運來的石材，堅硬耐用又有獨一無二迷人的光澤。」賈伯斯回過頭來看著蘋果新成立的零售部門主管笑著說。

「強森、崔斯勒。」站在模擬商店中央的賈伯斯微瞇著眼，繼續與身旁的好友討論道：「我突然發現商品的排列完全都是按照公司內部的『觀點』，不是站在使用者顧客的角度。」他指著陳列在角落的桌上型電腦「如果我是第一次走進來的客人，最想體驗的應該是應用軟體的使用，比方說 iMovie，或是剛推出的音樂軟體 iTunes，所以中央的位置才是最方便的。」賈伯斯邊走邊用手比畫著。

「史帝夫，你說的沒錯，將電腦陳列在中央，才能使空間動線更流暢，試用軟體時也比較方便。」崔斯勒點著頭，寬厚的下顎擠出雙下巴，也跟著走動模擬路線。

連鎖大型賣場的副總裁—強森抿著唇，表情若有所思的說道：「這讓我想到第一次走到麥迪遜大道雷夫羅倫專賣店，那種驚艷。優雅的木質牆面、流暢寬敞的動線，每當我去買 Polo 衫時，我都會想起那間豪宅，那正是雷夫羅倫設計理念的具體呈現。」

「對，就是這樣。我就是要完整的將蘋果產品的特質，連貫到銷售端的商品陳列規劃，都要清晰的傳遞出來。」賈伯斯垂頭合起雙手觸碰眉心，語調忽地拉高說道。

「一間精彩酷炫的專賣店。」崔斯勒附和著。

「為了要達成這樣的目標。」賈伯斯轉身繼續對著一旁的行銷副總裁、部門主管及負責新零售商店的經理，滔滔不絕的敘述如何將零售店內部裝潢及貨架陳列做重新規劃。

「所以各分店剛鋪設架立的硬體設備都要拆除？」甫加入新團隊的經理睜大眼問道。

「沒有給顧客最好的購物體驗，就得全部拆掉重新再來一次。」賈伯斯毫不客氣地下達了命令。

「這樣的設計貨架看起來更加空蕩。」行銷副總裁面有難色的說。

「那麼就用豐富多元的使用者經驗填滿，設置『天才吧』免費指導顧客使用產品，提供完美的服務。」賈伯斯對著略顯吃驚的工作團隊說道。

飛抵日本的魯賓斯坦，沒有停歇的接連拜訪合作廠商。

二月，處處都是繁茂粉嫩的櫻花，雖然不是第一次在春天到訪日本，滿山遍野嬌嫩粉紅的花朵似乎讓人闖入如夢似幻的時空。

位在東京都港區芝浦的東芝電子，也是蘋果電腦公司亞洲供應鏈的一員。

按慣例視察所有工廠的組裝流程及檢視良率後，魯賓斯坦與負責接待的部長到研發部參觀。

「魯賓斯坦先生，這是即將在六月研發出的新產品。」前排的工程師中，有位濃眉大眼面容嚴肅的資深人員走向魯賓斯坦「我們到現在還不知道可以用在哪裡？」他的手裡躺著一顆掌心大小的硬碟，工程師繼續說道：「它不到 4.6cm 的外觀，記憶體容量卻非常大，高達 5G。」

「相當輕巧，還有 5G 的容量。」魯賓斯坦推了推眼鏡，長而寬厚的臉變得嚴肅，他瞇著眼接過最新研發目前世界上最高容量的硬碟，仔細的端詳「如果我們要獨家買下這款產品並同時量產。」魯賓斯坦說到這裡拉長了尾音。

「必須先投入一千萬美金。」負責相關業務的經理在接獲旁邊社長的授意後，字句清晰的說道。

魯賓斯坦長長的吐了口氣，一個想法突然冒了出來「你們等等，我到外面打通電話。」走到研究室外的魯賓斯坦拿起行動電話。

◇◇◇

「史帝夫，我正在日本東京，東芝供應廠。」

美國 科羅拉多州 維爾滑雪場。

一身裝備搭乘纜車的東尼・費爾德[136]正與家人放鬆愜意的欣賞銀白色世界時，胸前口袋的行動電話鈴聲大響。

東尼脫下手套快速的接起電話。

「聽公司的人說你正在度假，我只好打電話直接找你了。」魯賓斯坦沈穩厚重的聲音有點急「知道你正準備打造優秀的數位音樂播放器，如何？想不想加入蘋果？」

「等我下週回加州討論。」東尼望向隔壁帶著責備眼神的妻子說道。

「我是希望你來蘋果領導團隊，可以結合最新音樂系統 iTune[137]最酷炫的機器。」魯賓斯坦不等東尼說完，直接打斷他的話，魯賓斯坦知道，他是現今業界頂尖整合音樂播放軟硬體的高手。

趁著東尼還在思索的時間，魯賓斯坦繼續遊說道：「蘋果已經克服硬體容量規格的問題，這是一生難得的機會，你不會後悔的。」

「那麼我以顧問的身份加入。」東尼希望保有自由不被約束。

「好。」

兩週後，東尼・費爾德全職加入蘋果數位音樂的研發陣容，因為魯賓斯坦威脅他，若無法全心投入將立刻解散研發團隊。

二〇〇一年十月二十三日，賈伯斯站上無限迴圈園區的中型會議廳，發表專屬蘋果的音樂播放器。

這是蘋果電腦公司耗費一年多的研發，首次跨足音樂領域，與會的媒體記者不多，會場也僅能容納不到一千人。

「今天，我們要將ipod介紹給各位。它是MP3隨身聽，但是播放出來的音質媲美CD；由蘋果設計生產，我們還在裡頭裝入了了不起的電池，續航力有十小時更重要的是，它可以容納一千首歌曲。只有撲克牌大小，我剛好帶在身上。」賈伯斯低頭緩緩地從牛仔褲口袋拿出白色精巧的ipod。

「它相當的美麗而且不可思議，不是嗎？這個小東西可以容納一千首歌曲，還可以直接放進我的口袋裡。」

◇◇◇

秋末日陽輕輕的灑落，賈伯斯握著方向盤的手隨著車內播放的馬友友大提琴高昂的旋律打著拍子，半開的車窗灌入沁涼清爽的空氣，忽明忽亮從樹葉間穿過的夕照，讓賈伯斯瞇起眼睛。

「史帝夫。」車內行動電話自動接起，傳來清亮熟悉的聲音。

道。

「夢娜，收到我寄給妳的 ipod 了？」賈伯斯看向車內螢幕顯示的號碼，笑顏逐開的問

「親愛的哥哥，這真的是太完美的禮物了，我將書櫃裡最喜愛的音樂 CD 傳輸進去，還有剩下的容量吶！它非常的方便，外出在咖啡廳寫作時只要戴上它，就有我最愛的五百多首曲子隨機播放……哥，你真是太棒了！」賈伯斯的作家妹妹，夢娜・辛普森[138]語氣興奮嬌嗔地說道。

「上次幫你挑選的綠色套裝喜歡嗎？它搭配你的棕色長髮應該很相稱。我應該向三宅一生設計師多買幾套。」賈伯斯有些寵溺的問道。他一向與親妹妹夢娜無話不談，感情相當好，也盡己所能的協助妹妹，比方說出席她在紐約的新書發表會。

「哈哈哈，你寄來的已經夠我穿一年了。」夢娜大笑幾聲後又繼續說：「噢，對了，今年一樣在媽那裡過耶誕節喔～媽媽要我問你她那三位孫子最近有沒有比較喜歡吃的菜，她想要提早做點準備……」

結束與夢娜愉快的通話，賈伯斯腦袋裡開始思考與各大唱片公司如何協商合作。

畢竟 ipod、iTunes 軟體雖然能與麥金塔電腦無縫接軌，可以讓蘋果使用者輕鬆管理自己所擁有的音樂，但若要取得音樂還是得跳出舒適圈到外面自行購買 CD 或是上網下載音樂，然而上網下載又意味著涉入危險的盜版領域，這樣等同破壞了蘋果產品的完美。

思緒不斷奔騰時，車子也不知不覺的開進了《塔薩哈拉禪修中心》。

乙川禪師剛好牽著五歲女兒的手，在禪堂附近的林間散步，遇到正準備走進禪修中心的賈伯斯。

他們一道走回禪堂，禪師的小女兒則跟著母親離開。

「開車上山時，你看到了什麼？」乙川禪師坐定在蒲團時開口問道。

「滿山的樹木、蜿蜒道路、陽光。」賈伯斯回道。

「還有嗎？」禪師繼續問。

賈伯斯搖搖頭，然後閉眼思考了一下。

禪師彈了一個響指，賈伯斯倏地睜眼。

「還有你的心。」禪師似笑非笑的說道。

「你感覺到那份自然了嗎？當你在禪修時、走路開車行動時、思考時、煩惱憤怒時。如同種子並沒有『要成為一棵植物』的觀念，但種子卻擁有自己的形象；沒有存在的東西就沒有色與相，所以不管什麼東西都有自己的色相，它是與其他存在事物完全和諧的，如此一來就沒有所謂的煩惱可言，這就是我們所謂的『自然』。」

◊◊◊

這幾天艾德都睡得不安穩。

結束美國製片協會頒獎典禮後，皮克斯果真不負眾望地拿下許多大獎，賈伯斯、艾德、拉薩特也一同獲得先鋒電影人獎的殊榮，然而接下來的兩三個月艾德總有股說不出的憂慮，陸陸續續幾次都無法直接找到賈伯斯討論公司事務，這是他認識賈伯斯近二十年來從來沒發生過的。

正當艾德胡思亂想時，外面的門鈴聲大作，玄關旁的小螢幕上是賈伯斯佈滿灰白短髭鬍的臉。

二〇〇二年八月 瑞士。

乙川禪師看著小女兒在湖畔跑跑跳跳一邊研讀手中的書籍。

黃帝內經人有五藏，化五氣，以生喜怒悲憂恐。故喜怒傷氣，寒暑傷形。暴怒傷陰，暴喜傷陽……思傷脾、怒傷肝、憂傷肺、恐傷腎……

湛藍的天空飄來幾片如羽毛般的雲朵，乙川禪師抬頭看著寬闊的天際，眉頭卻緊皺。

撲通～

不遠處傳來落水的聲音。

「爸～爸～快來救我。」六歲的女兒驚慌的呼救著，下一秒就看不到她的身影。乙川禪師毫不猶豫地跳了下去。

戒備森嚴的蘋果無限迴圈園區，這一年更是變本加厲，不但只有同一棟的職員才能擁有該棟的門禁卡，現在更規定不同樓層的電梯所使用的管制卡也不相同。硬體部門所研發的無法得知軟體部門的操作程序，各個單位間的資訊也完全無法流通，人員進出某些處所甚至需要通過虹膜辨識。

賈伯斯正在三道門禁內的會議室裡凝視著桌面上的投影，隨著操作人員觸碰手勢的變換，投影也跟著放大縮小。

「若可以將球桌大小的電容式面板縮小像書本。」賈伯斯雙手環胸一隻手支著下顎面容專注的說道。

整個會議室陷入難以打破的沈默。

賈伯斯慢慢地環顧四周，然後拿起行動電話叫來一批研發團隊，他向團隊展示了眼前最新的多點觸控技術，每一個人目不轉睛的看著畫面的變化。

「我們要做一台平板電腦，但不能有鍵盤，也不能用觸控筆。」

六個月後，團隊交出了外觀粗糙但確實可用的原型機。

◇◇◇

賈伯斯已經一年半沒有到《塔薩哈拉禪修中心》。

人走了，留下的只剩思念與改變。

二〇〇二年八月不慎在瑞士湖畔失足意外身故的乙川禪師，是他的精神導師更是他無話不談的好友。

或許，不再到舊金山禪修中心、不再到卡梅爾山谷沐浴在森林氣息中，也是一種悼念。

賈伯斯站在無限迴圈園區一號大樓的頂樓，望著夜裡閃爍的星空，他的眼角濕潤，卻掉不出一滴眼淚。

陣陣涼風襲來，將快掉落的淚滴慢慢吹散了。

「真的找不出來更簡便的方法嗎？」費爾德在密不透風的會議室問道。ipod的成功，使得他想將滾輪操作運用在手機撥號上。

「嗯。」賈伯斯虛應了一聲，在會議室不斷地走動。他觀察到ipod銷售量的暴衝，讓走在路上的人幾乎是一支手機外加一台ipod，驚覺遲早會有人研發出結合手機與大容量音樂播放器的賈伯斯，已將原先研發平板電腦的多點觸控技術優先使用在新一代的手機開發上。

「加一個硬體鍵盤，似乎是比較簡單，但其實它會帶來很多限制；多點觸控的風險比較高……想想螢幕鍵盤可以我們進行多少創新。」賈伯斯站回白板前方，單手握拳語調拉高「我們就賭一把，一定可以找到讓它成功的方法。」

在蘋果執行長的鞭策下，二十四小時輪番上陣的研發團隊，如同工蜂般孜孜矻矻的專研最新的技術，沒有週末假期，除了臥病不起，幾乎天天報到。

身為工業設計長的強尼，乾脆在公司附近租房子將全家人都接了過來。

「強尼，用過金屬、塑膠後，我們一定要學會使用玻璃。」賈伯斯對著強尼拋出他的點子。

這天，連續幾個月持續高度專注研發新產品的賈伯斯，背部忽然劇烈抽痛，他張大嘴身體前傾的重重喘氣……

強尼正閉目沉思，睜眼看到賈伯斯痛苦的模樣，連忙與一旁重要幹部將賈伯斯送近臨近的醫院……

◇◇◇

二〇〇七年初 時代雜誌的總編輯惠伊[139]接到賈伯斯親自打來的電話。

「這是蘋果有史以來最精彩的一項產品。我很想將獨家報導給你，可是《時代》好像沒有人能真正地寫出這段報導。」

惠伊總編輯，直接將《時代》裡悟性最高的記者派到蘋果的公關部門。

三十天後。

二〇〇七年一月九日。

三千多人的禮堂響起熱烈掌聲和歡迎的哨音。

「早安，」容光煥發的賈伯斯邁著從容步伐走進舞台中央「謝謝大家參加世界麥金塔大會[140]，我們將再度一起迎接新歷史，這一天我已經期待了兩年多。」他拉起黑長袖燦笑著，略顯清瘦的臉龐仍是神采奕奕。

「每隔一段時間，世上總會出現一樣革命性的產品，一舉改變所有的事情，如同最早的麥金塔改變世界的電腦產業，然後就是 ipod 它革新了整個音樂產業。」賈伯斯在舞台上慢慢踱步。

「今天，我們將介紹三項革命性產品。第一是寬螢幕觸控式的 ipod、第二是革命性的電話、第三是前所未聞的網路通訊設備。」

賈伯斯又重複說了兩次，背後螢幕的三項產品圖示又再隨著翻轉一次。

「它不是三項產品而是一項產品。」賈伯斯露出頑皮的笑容「這就是我們推出的新產品，蘋果將重新塑造電話，iphone 就在這裡。」

巨型銀幕上顯示一款有著撥號鍵滾輪的 ipod。

底下的觀眾都笑了出來。

「不，其實在這裡，但我們先放上這張，先來聊聊這些進階的手機、智慧型手機。」

賈伯斯灰白短鬍子的臉有些嚴肅。

他分析著目前所謂的智慧型手機功能，有著螢幕及硬體鍵盤、上網功能，但卻是嬰兒級的網路連結能力；它們有著塑膠鍵盤，但並沒有那麼聰明，也不容易使用。智慧型手機及普通電話它們在企管初階圖裡的「智慧軸」與「操作簡易度軸」中只落在最左及最下，最不容易使用也最不聰明。

「進階型手機甚至要想破腦袋才知道如何使用，我們不想做這兩種產品。」賈伯斯輕咳幾聲。

「我們要做的不是這兩種，而是跨時代的產品，一個有史以來最聰明的手機、使用起來超級簡單，這，就是 iphone 的定義。」賈伯斯高舉左手大力揮舞。

「今天我們將重新發明電話。」

巨型螢幕出現一支全螢幕標示三點五吋的手機，正面完全沒有鍵盤只有一顆圓潤的鈕。

蘋果電腦公司，在iphone發表的同時，改名成「蘋果公司」，正式向世人宣告，他們不再只是一家電腦公司，而是跨足各領域，音樂、出版、電腦、各式消費電子產品的全球企業。

iphone簡單直覺操作、流暢的軟體應用程式，不但滿足各類型人們的需求，快速上網能力更是讓第一次接觸它的消費者大呼驚奇；尤其一反大眾習慣的實體鍵盤模式，創新導入「虛擬鍵盤」的設計雖然讓微軟執行長鮑默，在接受CNBC的採訪時表明，沒有鍵盤的手機對於企業界人士來說，毫無吸引力。然而市場熱烈的反應及近乎完美的使用者體驗，在開賣的後三個月便熱銷全球一百五十萬支。

◊◊◊

一年後，加州 愛莫利維爾 皮克斯總部。

兩公尺高的頑皮跳跳燈裝置藝術旁，總經理艾德正聚精會神的討論「瓦力」後的下一部動畫電影規劃；賈伯斯身兼蘋果及皮克斯工作室的執行長，但大多數他極少主動進到皮克斯總部，主要的事務都是艾德與拉薩特在電話中與賈伯斯商談後定調。

拉薩特的白色富豪[141]從地下車道開出，停在艾德面前。

「你們先將點子記下，明天早會繼續討論。」艾德很快的做了結論後，坐進拉薩特的車子。

十多年的舊車款平穩的在高速公路奔馳，坐在副駕駛座的艾德陷入沈默，過去與賈伯斯相處的點滴像電影畫面一幕幕的播放。

這台富豪是一九九五年賈伯斯贈送給拉薩特的謝禮，那時他正計劃皮克斯公司上市，也正是與迪士尼不對等的合作時期；隨著皮克斯製作的電影在全球熱賣，二〇〇六年迪士尼以高額美股七十四美元的價格、總共七十四億美金購入皮克斯，賈伯斯擁有的百分之七股權成為最大的個人股東。

皮克斯仍是一家獨立的公司，迪士尼動畫部門甚至改隸皮克斯轄下。

拉薩特扶著方向盤撇見皺眉不語的艾德，沒有打斷他的沈思，一個大迴轉後駛進蘋果總部。

車未停妥，艾德的手機就響了。

「是我。」賈伯斯的聲音有點輕，不像平時那般中氣十足「你們先在專屬辦公室等，大約一小時。」他的語調帶點歉意。

艾德看了隔壁的拉薩特一眼。

「好～」艾德正要講下一句時，電話就被掛斷。

「史帝夫還在醫院檢查？」拉薩特將車子熄火後問道。

艾德緊抿著唇點點頭，他凝視著手上的iphone3G，腦海浮現四年前賈伯斯帶他進到蘋果機密室展示早期iphone的模型，走出實驗室所說的話。

「『在我啟程之前』希望能完成三件事，完成iphone的研發再加上其他產品可以確保蘋果的未來；第二是保障皮克斯的成功；第三，也是最重要的，是確定他三個孩子走上正確的道路。」賈伯斯雙臂撐在欄杆，轉頭遙望著遠方的地平線。

「我真的希望可以看到里德高中畢業。」他的表情自然輕鬆，卻沒看見當時艾德的眼底充滿了震驚與哀傷。

◊◊◊

二〇〇八年賈伯斯暴瘦十八公斤的外型，讓大家的焦點從iphone3G拉回到他的健康狀況，八月的蘋果股價還跌了二十八美元，外界臆測的聲音分沓雜沓。

二〇〇九年四月。

躺在孟菲斯的衛理公會大學醫院的賈伯斯正在對醫生訓話。

「陽壓呼吸器[142]連接的罩子設計的太醜了，你再拿幾個給我。」削瘦面頰凹陷的賈伯斯對著主治醫師說道。

「親愛的，我覺得這個橢圓的呼吸罩已經相當不錯了。」蘿琳坐在病床旁低聲安撫道。一旁推車上已經疊了十幾個不同樣式的呼吸罩。

「不行、不行，這麼難看、功能又差的東西，我才不要戴在臉上。」賈伯斯有點生氣的將呼吸罩扯下，他提出改善的建議「掛耳的材質太差，設計者一點都不認真為患者著想。」

好不容易終於挑到賈伯斯尚可滿意的呼吸罩後，他又對探測儀器滔滔不絕地提出意見。醫師在蘿琳簽署同意下，先為賈伯斯施打鎮定劑，好讓他安靜的休息。

病房門內的蘿琳，淚眼看著自己的丈夫逐漸睡去。

「艾薩克森先生，我是蘿琳．賈伯斯，如果你還想幫他寫傳記。」蘿琳捂著話筒對著手機壓抑著情緒說道。

今天是他接受肝臟移植的日子，一個好不容易熬過來的日子，因為癌細胞已從胰臟轉移到肝；賀爾蒙失調及消化腺體分泌不正常，讓賈伯斯的食慾越來越差、吸收功能也逐漸下降，二〇〇四年切除大半的胰臟已使得他的腸胃營養分解效率低落，這次終於等到可以接受的肝臟移植，希望能讓身體恢復一線生機。

二〇〇九年一月十五日賈伯斯對於這兩年媒體界的各種猜測、蘋果迷的不安，公開寫了一封信。

自從我決定讓席勒[143]發表今年的 WWDC[144]演說後，關於個人健康的謠言如炫風般掀起。某些週刊甚至煞有其事的刊載我性命垂危的報導。在此，我決定與蘋果迷分享一些非常隱私的事情，好讓大家專心欣賞明天的 WWDC 的發表。

的確，我的體重在二〇〇八年掉了不少，原因是謎……經過多項檢查，醫生已經找到問題所在—賀爾蒙失調……

目前已經開始接受治療的我，醫療團隊評估春末便可以調整回來，之後將在復健期內確保蘋果正常運作。

在過去十一年內，我早已傾所能的奉獻給蘋果。若無法繼續帶領蘋果，我將會是第一個告知我們董事會的人……

以上，已然超出我原先想表達的了。

史帝夫

◇◇◇

十二月的帕羅奧圖冬天，逼近零度的氣溫讓樹葉結上薄薄的霜，太陽懸在地平線邊緣，橘紅的光暈籠罩寧靜城區。

華特．艾薩克森圍著厚重的棕色圍巾、手提公事包快步走向綠蔭環繞的平房。

他的手還沒碰到電鈴，管家便從屋內幫他開門。

「華特。」賈伯斯背著陽光坐在客廳沙發，比半年多前公開露臉的時候更消瘦了。

「請原諒我無法站起來迎接你。」賈伯斯的聲音變得扁平，眼睛卻仍綻放某種神采「我必須留點東西，讓孩子們了解我，這是你懂的。」

「賈伯斯先生。」

「叫我史帝夫就行了。」賈伯斯看向窗外的夕陽，凹陷的臉龐取代原本豐潤的模樣，直挺的鼻樑如同鷹鈎般，像極了中東民族的輪廓。

「聽說你的生父是敘利亞人？」華特問道。他長勺般的臉閃現疑惑。

賈伯斯沒有回應，只是淡淡的點頭，他說道：「我是養子，剛出生三個月就被親生父母拋棄……養母在我三十歲那年過世後，我開始與生母、親妹妹聯繫。」

夢娜剛好捧著一疊相冊從二樓下來。

「這是我的作家妹妹，夢娜．辛普森。」賈伯斯語帶自豪的說道，嘴角勾起好看的弧度「同父同母的妹妹。」他補充。

華特趁著賈伯斯與夢娜交談之際，拿出錄音筆及筆記本。三十一年的職業生涯，是專業記者、傳記作家，也曾任《時代》雜誌主編、CNN 執行長，執筆過辛季吉、愛因斯坦等名人的傳記。五年前賈伯斯曾找他寫傳記，但卻拒絕……如今因為蘿琳的一句話，他來了。

「我想要締造一間創造力無限並永續經營的公司，效法惠普進而超越惠普。」賈伯斯笑著說，打斷華特的回憶。

「史帝夫，為何找上我寫傳記？」華特好奇問道。私底下與賈伯斯友好十多年的記者及傳記作家不勝枚舉，為何堅持要找他呢？

「因為你有讓人開口的本事，畢竟過去我曾經得罪不少人、炒過不少人魷魚，況且，」賈伯斯端起杯子喝茶「儘管我做了許多不光彩的事，比方說二十三歲時讓女友懷孕、又將這段關係處理得很糟，但我還是沒有什麼不可告人的。」

叩叩叩～

玻璃窗外傳出清脆的敲擊聲，兩人不約而同地轉過頭，才發現原來是隻松鼠咬著果子敲窗。

「哈哈哈，這裡真是被豐富的動植物環繞啊！」華特笑著說道。這座宅邸被各種植栽圍繞，在一座座草坪、泳池、車庫的豪宅為鄰中，顯得與眾不同。

「是的，我不喜歡被金錢給擺弄，大自然才是最貼近人類靈性的。在我年輕的時候就擁有大筆財富，但卻看到一堆人有錢後請了司機、傭人、保鑣，老婆也長得越來越陰陽怪氣的。」賈伯斯輕抿著唇微笑繼續說：「我一直認為自己是偏向人文的孩子，但我也喜歡電子的東西；十多歲時，我讀到寶麗來[145]創辦人蘭德[146]曾說過的一句話：『一個人能站在人文和科學的交會口，兼容貫通，才是真正的人才』在那當下，我就決定成為那樣的人。」

施打的藥劑漸漸發揮作用了，賈伯斯的精神變得飽滿，他站起來一邊走動一邊與華特聊著過去的種種—無論是悲傷的、令人著迷的、曾經遭背叛的往事……

夜幕低垂，瑩亮的新月高掛東方灰暗的天際。

◊◊◊

二〇一一年一月 華盛頓哥倫比亞特區 白宮。

「總統先生，原先杜爾先生擬定的二月十七日科技界餐會，也是發起人的賈伯斯先生因身體健康因素無法參加。」幕僚長躬身對著歐巴馬總統匯報下個月行程。

長型辦公桌前的歐巴馬總統稍微抬頭，眼光投向坐在前方沙發的副總統高爾。

「前天我到住處與賈伯斯先生討論將來董事會的運作，他的確……」高爾吸了口氣「必須仰賴止痛劑才能正常的行走、說話。」

六小時後，蘋果公司公關主任緊急連絡幕僚長，深夜十一點歐巴馬總統接獲賈伯斯健康狀況回穩能參與聚會的消息。

初春　舊金山市郊。

偌大的白色宅邸，重重被特勤人員嚴密戒護著，十多輛轎車在維安人員確認車牌、人員後駛入停車處。

稚嫩臉龐卻不失學術氣息與自信的二十七歲臉書創辦人祖克柏、甲骨文執行長艾利森、三十九歲google執行長施密特、基因科技列文森、網飛[147]的海思汀斯[148]……等，十一位科技界巨擘陸續進入宅邸，隨後五十六歲的賈伯斯才在貼身男護士的攙扶下進入大廳。

枯瘦如材的賈伯斯被安排坐在歐巴馬總統身旁，其餘的則依序圍坐於長型餐桌。

「無論大家的政治立場為何，既然來到這裡就是要好好地提出建言，看要如何做才能幫助這個國家。」賈伯斯率先開口說道。暗啞嗓音雖有些無力，字句卻鏗鏘入心。

「可否請總統先生幫助企業，若大公司回美國設廠投資，能給予免稅期的優惠。」思科總裁探身問道。

歐巴馬總統沒有回應且面有慍色。

祖克柏低聲對隔壁的總統助理說：「我們應該談的是有益國家的事吧。這傢伙卻猛提議對自身有利的事。」

坐在斜對面的賈伯斯對著祖克柏笑笑地點頭，默默地稱許著。

「求知若渴，虛心若愚。」祖克柏舉起酒杯對賈伯斯致意。

「哈哈哈～」所有人都輕笑出聲。

「史帝夫，二〇〇五年在史丹佛大學的演講。」歐巴馬總統也舉起酒杯「講得真好，關於三個故事以及『愛與失去』、順從自己內心的直覺，的確能激勵年輕學子。我讓兩個女兒用 ipad2 反覆看了幾次。」

「敬史帝夫。」其他人紛紛舉杯。

九十分鐘的餐敘嚴肅卻又帶著笑語，賈伯斯話雖不多，但歐巴馬總統對他提到是否能將在中國大陸的蘋果生產線移回美國，進而創造就業機會時，卻被賈伯斯的論點勸退了，只因這的確是棘手的問題。

「蘋果能在中國大陸雇用七十萬名工人，是因為當地有三萬名工程師支援，但是我在美國找不到那麼多工程師。」賈伯斯解釋道。

一個月後，歐巴馬總統反覆的告訴幕僚，必須按照賈伯斯先生所說的，為美國訓練出三萬名高端工程師。

◇◇◇

二〇一一年十月四日 清晨。

孱弱的賈伯斯坐在窗戶前的乳白色義大利沙發，凝視外面逐漸展露的曙光。他輕輕地呼吸著，但仍抵擋不了那劇烈蝕骨的疼痛。

簇新銀白的 iphone4S 躺在窗檯邊的核桃木櫃，賈伯斯看著今天準備發表的機種，濁重吃力的吸口氣。

「嘿 siri。」賈伯斯的啞著聲喚道。

iphone4S 漆黑的螢幕跳出閃爍的白光。

「打電話給夢娜。」賈伯斯命令道。

「正在打電話給您的妹妹，夢娜・辛普森。」iphone4S 的 siriAI 助理回覆。

撥話聲嘟嘟響起，賈伯斯清瞿的臉淺淺地露出微笑。

「夢娜，妳得趕快來帕羅奧圖。」賈伯斯暗啞的嗓音如棉絮般輕飄「再見了……」

「哥，我正在往機場的計程車上，再一會兒就能到你身旁。」夢娜握緊手機顫抖地說道。

「我現在就跟妳說這些，因為擔心妳會來不及……記得要好好照顧自己。」賈伯斯每說一句疼痛就加劇一次，他乾涸的眼角漫出淚水。

蘿琳攙扶著丈夫躺回特製的病床，初升璀璨的朝陽亮晃晃照耀著賈伯斯羸弱的身軀。

輕柔低緩的巴哈無伴奏大提琴組曲，忽高忽低的旋律在房間內迴盪，賈伯斯微蹙著眉斜靠在床。

心是清醒的，他想凝神觀照「痛」，像過去一年多站上舞台前發表ipad、iphone4的時候來消緩疼痛，意識卻不斷地飄散。

麗莎、蘋果公司的重要幹部，庫克、強尼、席勒……還有其他摯友在蘿琳一通通的電話中，驅車趕來。

漸漸地，他已經聽不太到聲音，周圍的聲響變得很小，床頭放著比爾[149]寫給他的親筆信，他早已讀了又讀。

也許，孩提時的不完美，造就他對電腦科技的堅持，平凡藍領階級養大的他，成就了一次又一次的電腦產業革新。

賈伯斯蒼白凹陷的臉綻出一朵笑容，畢竟這個世界有人一直懂他的。

二十一歲初試身手的藍盒子背後標語，是他自我期許的標的—世界在你手上。

三十多年後他真的實現了，奈何生命似乎太短。

金黃耀眼的光芒印照在他依然英挺的眉眼……他彷彿聽到恆河畔呢喃的梵音。

「你是獨一無二，精挑細選的孩子。」

母親溫柔的嗓音飄忽在耳畔。

窗外火紅的楓葉、青綠杏葉，隨風片片飄落，倉促的步伐聲掩蓋過賈伯斯粗喘濁重的氣音。

摯愛的妻子及孩子們，正環繞著他。

這天，世界陷入無比的哀悼中。

不分國籍無數的人們手裡拿著 ipad 閃耀不滅的燭光高舉著。

寫滿感恩之情的卡片、鮮花滿佈著全球四百多間蘋果直營店前。

自發前來悼念的人們一波又一波的湧上……他們相互安慰擁抱、淌下惋惜不捨的淚水……

他用無與倫比的熱情撼動了世界，推動電腦科技的革命、留下帶來歡樂的皮克斯動畫及不斷創新研發的完美蘋果。

史丹佛大學的紀念教堂齊聚著政商藝文界的領袖，追思會旁的七層樓高建築物高掛著年輕英俊的賈伯斯雙手環抱第一代麥金塔電腦的巨幅海報。

他正微笑的俯視世人。

會場揚起世人熟悉的樸實低緩嗓音——

向那些瘋狂的人致敬。

給那些特立獨行的人，

桀驁不馴的人，

惹是生非的人，格格不入的人。

以獨特眼光看待事物的人，他們討厭墨守成規，從不安於現狀。

你可以引述他們的話、反對他們、讚揚他們或是誹謗他們，但絕不能忽視他們。

因為他們會改變事物。

他們發明、他們想像、他們治療，

他們探索、他們創造、他們啟發，

他們推動人類向前邁進。

也許，他們必須瘋狂。

你能盯著白紙，就能看到美妙的畫作嗎？

你能靜靜坐著，就譜出動聽的歌曲嗎？

你能凝視火星，就預見到神奇的太空船嗎？

也許他們是別人眼裡的瘋子，卻是我們眼中的天才。

因為只有那些瘋狂到以為自己能夠改變世界的人，會真的去改變世界。

請用與眾不同的眼光看待世界。

尾聲 禪師與賈柏斯

二〇一二年 初春。

卡梅爾山谷的清晨瀰漫著清雅的花香。

塔薩哈拉禪修中心外，一群僧侶低頭專心灑掃著路面，幾朵粉嫩的花瓣飄落，乙川禪師的大徒弟—楚蒂抬頭望向挺拔的杏樹林，朝陽閃耀的點點晨光穿梭在翠綠的林間。

史帝夫師弟走了……

楚蒂曳著寬袖輕拭額上的汗珠，瘦長清癯的面容、細長眉眼神情平靜。

禪堂左側的石板小徑是乙川師父與賈伯斯師弟早晨禪修過後，必會到訪禪行散步之地……

幾隻斑斕的彩蝶飛舞在小徑間，楚蒂眼光停留小徑深處的林間，彷若下一刻師父就會與師弟一同踏著愜意的步伐走回，這時師母同時打開禪堂後門叫喚大家吃飯……歲月總是不著痕跡的漫過這看似不動的空間。

「楚蒂師兄，您是否要先回去歇息，這裡剩餘的打掃我們來處理。」兩位身形中等的僧侶走過來輕聲說道。

「好的。勞煩你們了。」楚蒂禪師說道。

他走進禪堂點燃檀香，氤氳白煙散發淡雅木香與一旁鮮嫩的百合花交融成深淺層疊的寧靜氣味。

端坐禪堂上的座蒲，微闔雙眼將散亂的心神慢慢凝聚在一呼一吸間。

「我們必須先專注在『無』。」熟悉的嗓音響起。

「為何必須要先專注在無，『無』不是看不見也摸不著嗎？」平穩樸實的聲音問道。

「想要了解佛法，你必須先忘掉所有的先入之見。就像窗外鳥兒鳴叫聲確實存在，但我所說的『確實存在』與你們所說的『實有』是不一樣的。」

楚蒂禪師半睜開眼，禪堂牆壁掛著一九七七年的月曆，乙川禪師略顯年輕的樣貌坐在他右邊的羅漢床，底下圍坐著幾位青澀的少年……還有二十三歲的史帝夫師弟。

「所以生命是既存在又不存在的。」乙川禪師補充道「真實的存在是來自空性，而且會回歸空性，從空性中出現的才是真實的存在；我們很容易被自己的五官感受所囿，刻意的去追求自由，然而反而離自由越來越遠。」

「如何回歸空性，得到真正自由。」史帝夫問道。他及肩的長髮突然被窗外擠進的風吹起。

「最好的方式是了解自己。」乙川禪師笑道。「了解自己後，就會了解一切；緊接著開拓自己的道路，就能幫助到別人，也會得到別人的幫助。」

「我好像明白了。」

「好～我們繼續禪修吧。」乙川禪師執起鐘錘。

鏗、鏗……

當楚蒂禪師再次睜眼時，依舊是他一個人獨坐禪堂。

門外傳來沙沙腳步聲，幾位師弟探頭走進。

「師兄，現在已近傍晚，是否要將膳食端進來呢？」其中一位個頭較高的僧侶問道。

「您已經禪坐七小時了。」另外兩位身形中等的僧侶異口同聲的說道。

楚蒂禪師抬頭看向昏黃的山景。

「一會兒跟你們在後方的食堂用餐。」楚蒂禪師將酸麻的雙腿伸直，沒想到入定後，居然回到了三十多年前……

「師兄。」一個頭較高的僧侶有些稔然「有個問題想要請教您，還記得史帝夫師兄在多年前來禪修時，曾問師父幾個問題，但當時乙川師父笑而不答的在紙上寫了幾句偈詩。」

「對了，我還記得史帝夫問了關於人工智慧的發展、未來能源的問題。」膚色黝黑的僧侶點著頭接著說道「但是後來師父帶著女兒到了瑞士就仙逝了，就再也沒有人繼續回覆這個問題。」

「嗯。」楚蒂禪師應了聲，隨即起身在香爐底下的木抽屜裡翻出幾張微微泛黃的紙。

「人因需要物成寵，屆時看它做演變……一時景物應世求，知曉如何順勢為，不憂不懼過塵修，浪花濤濤爭風頭……人心如麻難清理，一時一刻不停歇……退了懼意難漸消。」

楚蒂禪師朗聲唸著乙川禪師當時寫下的偈詩。

底下幾位師弟仍似懂非懂的看著他。

「你們會憂慮科技發展中的人工智慧，有朝一日將對人類不利嗎？」楚蒂禪師問。

個頭最高的僧侶面色略為凝重的點頭。

「哈哈哈……」楚蒂禪師大笑。

「不憂不懼過塵修。」楚蒂禪師歛整面容清晰地說道：「我們要了悟『無常與工作』原本就是修行上的家常便飯，化煩惱為菩提、察覺自己的憂慮執著並放下，才是真正的禪者。」

遠山峽谷間的夕陽探出雲頭，霞光遍佈春意盎然的卡梅爾山谷。

楚蒂禪師彷彿聽到窗外石板小徑上沙沙的腳步聲……

01. 亞穆納河 Yamuna River，全長一千三百七十公里，起源於北阿坎德邦的喜馬拉雅山冰川，是印度北部主要河流之一，恆河的支流。

02. 每個虔誠的印度教徒，在沐浴前都會對七條聖河吟誦的祈禱文。

03. 大約清晨四點。

04. 印度人認為，恆河的源頭來自天堂，所以印度的恆河又稱為「聖河」。出生自死亡須接受恆河之水的祝福。

05. 克蕾拉・賈伯斯 Clara Hagopian Jobs 亞美尼亞移民之女，一九四六年與保羅・賈伯斯結婚，一九五五年領養甫出生的史帝夫・賈伯斯。

06. 保羅・賈伯斯 Paul Reinhold Jobs。

07. Atari 雅達利公司，電動玩具製造商。

08. 帕拉塔 Paratha，印度餐飲的主食一種，炭火烘烤的麵餅，並加上奶油，口感較豐厚柔潤。

09. 蔘—人參，大補元氣；中醫認為人蔘補氣、羊肉補形。

10. 家園中學 Homestead High，於《賈伯斯傳》中又被譯為霍姆史戴德中學，位於賈伯斯當時居住的洛斯阿圖斯 Los Altos 附近，也剛好在庫柏帝諾 Cupertino—桑尼維爾 Sunnyvale 學區邊界內，這學區也是全矽谷最安全、最適合居住的區域。

11. 強德尼丘克大街 Chandni chawk，自蒙兀兒帝國（西元一五二六年建立，「蒙兀兒」即蒙古之意，是成吉斯汗後代—巴卑爾，自阿富汗南下入侵印度所建立），舊德里最有特色的商街，商品玲瑯滿目應有盡有。

12. 印度曾受英國殖民統治兩百多年，因而英語教育也持續在印度有兩百多年之久。印度政府曾制定《國家教育政策》，規定教學媒介的三種語言—印度語、英語，及地方語言。而印度的貨幣（盧比）上，還印有憲法上所規定的十五種官方語言。

13. Delhi belly，俚語，指遊客吃不慣印度的食物或水土不服，而出現急性腹瀉症狀。

14. 《Be here now》李查・亞培德・拉姆達斯教授 Dr. Richard Alpert Ram Dass，描述自己於一九六七年的印度之旅及對靈修冥想的探索。

15. 瑪拉里 Manali，為西藏人投奔印度尋求庇護的小鎮。

16. 尼姆．卡洛里巴巴 Neem Karoli Baba，一九六〇年代相當多的美國、歐洲嬉皮所崇敬的上師。Baba，印度敬語，爺爺的意思；任何開悟的人都可稱為 Baba，縱使是非常年輕的人。

17. 里希克虛 Rishikesh，素有「世界瑜珈首都」之稱，位於北印度地區群山環繞的寧靜小城，因恆河貫穿整個城鎮，所以不少印度教寺廟沿著恆河而建。

18. 大壺節 Khumba Mela，印度教每十二年舉行一次，為時約五十五天的宗教活動。此節日最早的文獻紀載出自玄奘大師所著的《大唐西域記》，所稱的「無遮大會」。

19. 跏趺坐，原為婆羅門教瑜珈姿勢之一，稱為蓮花座，後被佛教吸收成為禪坐的姿勢。

20. Carmel。

21. Tassajara 日本乙川弘文禪師在加州舊金山開設的禪修中心。

22. 般若，巴利語（音譯），也稱為智、智慧。此智慧是指佛教的「妙智妙慧」，它是一切「有的，有色能見、無色有能見；有聲能聞，無聲也能聞。」它能產生一切善法。

23. 一種印度當地極為瘋狂的飲料，於一般飲料中加入足量的大麻，再以椰子、香蕉壓抑大麻的苦味，混合多種原料呈現奇怪的墨綠色。

24. 史帝夫．沃茲尼克 Stephen Steve Wozniak，父親─法蘭西斯是設計飛彈導航系統的工程師；從小聰穎好學又極具電子學的天分。一九七〇年因費南德茲 Bill Fernandez，介紹認識小他五歲的賈伯斯，也開啟了一個新的電腦世代。

25. 藍盒子 Blue box，內建電子零件，可模仿電信營運商的撥號控制訊號，破解電話系統的工具，常用來撥打免費電話。隨著電信系統數位化，藍盒子目前在多數西方國家已經無法使用。

26. 奈尼塔爾 Nainital。

27. 濕婆神 Shiva 即 Mahadeva(偉大的天神)，為印度苦行之神，透過最嚴格的苦行獲得最深奧的知識及神奇力量。

28. 丹尼爾．科特克 Daniel Kottke，賈伯斯在里德學院著至交好友，他們因為同樣對東方佛道禪學、巴布狄倫的歌曲著迷，而成為莫逆之交，他們除了一同踏上印度靈修朝聖之旅外，科特克亦是蘋果公司草創時期的員工。

29. 《突破修道上的唯物》作者：邱陽·創巴仁波切—備受崇敬的禪修大師、老師和藝術家，出生在西藏東部，十八歲時取得勘布學位；一九七〇年應邀至美國駐地弘法講學，並在美國、加拿大和歐洲成立一百多個禪修中心。

30. 克莉絲安·布雷能 Chrisann Brennan，賈伯斯於一九七二年春天在家園中學就讀時結交的女友，他們曾短暫同居在洛斯阿圖斯的小木屋，過著詩情畫意的小倆口生活；一九七八年，克莉絲安為賈伯斯生下一位女孩—麗莎。

31. 印度的種姓制度由高到低分別為—婆羅門、煞帝利、吠舍和首陀羅，不同種姓間不可通婚，若通婚所生下的孩子則被視為「賤民」或是「不可接觸者」；「賤民」不包括在四大種姓之內，最受鄙視。

32. 佩帝·賈伯斯 **Patty Jobs**，保羅·賈伯斯與克蕾拉在收養史帝夫兩年後所收養的女兒。

33. 諾蘭·布許聶爾 **Nolan Bushnell**，電玩之父，雅達利公司的創辦人，賈伯斯年少時的第一任全職工作的老闆，也是他的榜樣。二〇〇九年獲得英國影視藝術學院頒發學院成就獎，曾獲《新聞週刊》(**Newsweek**) 評選為「改變美國的五十人」。

34. 喜馬偕爾邦 **Himachal Pradesh**，印度共有二十八個邦 (**Pradesh**)。

35. 巴塔德體 **BATARDE GOTHIC**，十三世紀的歐洲，為了滿足相對書寫有限的空間、快速寫作的需求，所發明的字體，為當時書籍知識、大學創立後，粗體字所演變後的成果。

36. 惠普：惠烈-普克公司 **Hewlett-Packard component**，成立於一九三九年，為總部設在美國加州帕羅奧圖的跨國科技公司。

37. 史帝夫·保羅·賈伯斯 **Steve Paul Jobs** 與史帝夫·沃斯尼克 **Stephen Wozniak**。

38. 牛郎星 **Altair**。

39. **MITS(Micro Instrumentation and Telemetry System)**，微儀系統家用電子公司。

40. 希爾 **Imogene Hill**，兒時賈伯斯的四年級老師；年幼時期常在學校惹麻煩的他，某天放學時希爾老師給他一本數學題目要他帶回家完成，賈伯斯抗議，認為老師瘋了，但希爾老師拿出一根巨大的棒棒糖鼓勵他「若全部完成，且大部分的題目做對，就給他棒棒糖及五塊錢。」如此的循循善誘好動愛惡作劇的賈伯斯認真學習。賈伯斯後來也在傳記中承認，從希爾老師身上學到很多東西，而且是其他老師不能替代的；要不是她，自己一定會進監獄。因為希爾老師讓他感覺到自己是獨一無二、特別的孩子。

41. 曼特卡 Mantecau。

42. 達利 DALI（一九〇四—一九八九）年西班人，國際知名的超現實藝術家，為二十世紀心理學家佛洛伊德的追隨者，創作的範圍包括：繪畫、攝影、雕塑、電影、設計、建築……等，全方位的一級國際藝術家。

43. 波托拉協會 Portola Instiude。

44. 埃雷特 Arnold Ehret，《非黏液飲食療法》的作者，賈伯斯深信作者提倡的—所有的疾病是吃得過量，和吃的不對，而斷食是達到身體最佳狀態的方式。所以賈伯斯經常長時間只吃兩種蔬果，然後再進行斷食。

45. 圓石灘高爾夫球場 Pebble Beach Golf Links，距離蒙特瑞縣 (Monterey Count) 海灣區 (Bay Area) 以北兩小時路程。自一九一九年開賽以來，舉辦過無數場美國高爾夫公開錦標賽 (US Open Championships)。

46. 紅杉創投 Sequoia Capital，創始於一九七二年的風險投資公司，在美國、印度、中國、以色列設立辦事處，共有十八只基金、超過四十億美元的總管理資本。至今總共投資超過五百家公司，兩百多家成功上市。

47. DRAM 動態隨機存取記憶體。

48. 培基語言 Basic(Beginner's All-purpose Symbolic Instruction Code) 名稱字面意思為「初學者的全方位符式指令代碼」，設計給初學者使用的程式語言，完成後無需經過編譯及連結的手續，經過直譯器即可執行，但若需要單獨執行時仍需要將其建立成執行檔。

49. 位元商店 The Byte shop，位在門羅帕克國王大道的電腦商店。

50. 瑞吉・麥肯納 Regis McKenna。

51. 英特爾半導體生產公司 Intel Corporation，成立於 1968 年，為世界上最大的半導體公司，總部位於加樂福尼亞州聖克拉拉。

52. 邁克・馬庫拉 Mike Markkula，曾擔任英特爾半導體公司的工程師，一九七六年時三十四歲的早已過著退休的生活。

53. 傑夫・拉斯金 Jef Raskin，源於聖地牙哥大學教授資訊、藝術與科學，一九七八年一月加入蘋果團隊。

54. 帕羅奧圖研究中心 Palo Alto Research Center，為全錄公司一九七零年於美國加利福尼亞州的帕羅奧圖，所成立的研究機構。

55. 在蘋果電腦公司的股票上市後，原本一百萬美元的股本飆增到三千萬美元。

56. 一九七六年 Shgart 公司推出市面上第一款磁碟機。
57. 拉瑞．泰斯勒 Larry Tessler，出生於美國紐約州紐約市，一九六一年進入史丹佛大學主修計算機科學，一九七三年至一九八〇年在 Xerox PARC 工作，一九八〇年進入蘋果電腦公司。
58. 高伯格 Alele Goldberg。
59. 高奇 John Couch，洪恩 Bruce Horn。
60. 全錄，Xerox，是一家美國文案管理、處理技術公司。
61. 麥克．史考利 Mike Scott，一九七七年由馬庫拉帶進蘋果電腦公司，擔任執行長（總裁）。在進入蘋果電腦公司前，曾是電子晶片製造商國家半導體 (National Conductor) 的主管。
62. 漢鼎 Quist。
63. 賓．羅森 Ben Rosen。
64. 次級市場 Secondary Market，針對已發行的證券進行買賣、轉讓及流通的市場。
65. 高奇 John Couch。
66. 傑伊．艾略特 Jay Elliot，蘋果電腦公司的副總裁，掌理全公司的營運事務，直接受命於賈伯斯；並輔佐賈伯斯、全程參與麥金塔電腦的開發。於他執掌期間，蘋果電腦公司業績從一億五千萬美元躍升至三十億美元。他年長賈伯斯十九歲，是當時年輕賈伯斯的左右手及導師。
67. 一九七六年蘋果電腦公司草創時期，賈伯斯說服拉斯金 Raskin，幫忙蘋果二號撰寫使用手冊，後來拉斯金進入蘋果電腦公司，擔任出版部經理。
68. ILS 儀器降落系統 Instrument Landing System ，俗稱的「盲降系統」，為目前最為廣泛應用的飛機精密進場和降落的導引系統。
69. 辛克萊研發公司為英國消費性電子公司，一九八〇年推出不到一百英鎊的 ZX80 進入家庭電腦市場，一九八二年 ZX spectrum 上市後成為英國最暢銷的電腦。

70. 奧伯斯本一代 Obsborne 1，為一九八一年四月推出的第一台成功商業化的手提電腦，重達十點七公斤、一千七百九十五美元。

71. 坦迪彩色電腦 TR-80(Tandy)，於一九八〇年推出的家庭電腦。

72. 美式足球超級盃。

73. 艾德．卡特莫爾 Ed Catmull，猶他大學電腦科學博士，皮克斯動畫工作室創辦人之一。

74. 亞倫凱 Alan Kay，蘋果電腦公司的電腦科學家。

75. 福特林中心 Flint Center。

76. 尚路易．葛賽 Jean-Louis Gassee，當時蘋果電腦公司在法國分公司的經理。

77. 賈伯斯的第四任女友，賈伯斯曾說過：「此生有兩個最愛，一位是充滿靈性的瑞思，另一是廝守一生的太太蘿琳。」

78. 托斯卡尼 Toscana 為義大利的最大行政區域，首府：翡冷翠（義大利文：Firenze，英語：Florence)(又譯名為：佛羅倫斯），常被評價為義大利最美麗的地方。

79. 卡札沃里街 Via del Calzaiuoli。

80. 聖母百花大教堂 Santa Maria Fiore，始建於 1296 年於 1436 年完工，哥德式的建築。1982 年被列入世界文化遺產，為義大利最大的教堂之一，而其圓頂是有史以來最大的磚造穹頂。

81. 舊橋 Pontw Vecchio，中古時期為連接領主辦公室與領主宮殿的要道，是欣賞亞諾河 (Fiume Arno) 日落景色的要道。

82. 絲柏，柏樹為高大的常綠樹木，原產於地中海地區，有著堅硬強韌的黃紅樹幹。

83. 菲倫佐拉 Firenzuola。

84. 舊宮 Palazzo Vecchio(又稱：領主宮 Palazzo della Signoria) 為城堡式建築，外牆則是鄉村風格的石板貼面。義大利統一後，曾為聯合政府的臨時辦公室。

85. 矽谷 Silicon Valley，為高科技事業雲集的美國加州聖塔克拉拉谷 (Santa Clara Valley) 的別稱，位於加利福尼亞州北部、舊金山灣區南部。主要為聖塔克拉拉郡 (Santa Clara County) 的帕羅奧圖市 (Palo Alto) 到聖荷西市 (San Jose) 一段長二十五英里的谷地。

86. 皮克斯 Pixar 來自艾德．卡特莫爾的兩位同事所命名。Pixer 為捏造的西班牙動詞，意思是「製作動畫」，Radar「雷射」有高科技的質感。兩個字融合一起，Pixer +Radar =Pixar（皮克斯）。皮克斯影像電腦：一九七九年由盧卡斯的電腦事業部門中的製圖團隊（包含工程師）花了四年的時間，所研發設計具有掃描影片的解析和處理能力，能夠結合特效影像與真實拍攝的鏡頭，並把成品記錄到膠片上。

87. 約翰．拉薩特 John Lasseter。

88. 蘭德 Paul Rand。

89. 伊維亞餐廳 Evvia，位在 420 Emerson St, 帕羅奧多 ,CA

90. 保羅．柏格 Paul Berg，美國生物化學家，在一九八〇年因為有關核酸（基因）(重組 DNA) 的研究貢獻，與沃特．吉爾伯特以及弗雷．德里克．桑格共同獲得諾貝爾化學獎。

91. 藍德設計 NeXT 商標，e 為小寫的意涵為：education（教育）、excellent（卓越）……以及 $e=mc^2$。

92. 埃維爾．史密斯 Alvy Smith。

93. 裴洛 Ross Perot 德州著名的富商，電子數據系統 (Electronic Data Systems) 公司創辦人。

94. 《創業者群像》The E ntrepreneurs。

95. 達維斯交響音樂廳 Davies Symphony Hall。

96. 當時的投影片無法設定撥放時間，必須由人工操作。

97. 一九九一年，美國家庭電腦的普及率為百分之三十一。

98. 伍德賽德 聖塔克魯茲山 Santa Cruz mountains above Wood-side。

99. 皮克斯影像電腦動畫公司位於舊金山灣區。

100 業：梵語 Karma，Karman，巴利語，佛教術語。指思想驅動的行為，這些行為會在未來形成結果，也就是業報或果報；或稱為行為因果，即善惡之行為產生相應的善惡果報。業與果報是佛教的基礎理論之一，「業」通常被認定是決定輪迴的主要因素。

101 此為天台宗《修習止觀坐禪法》。

102 蘿琳．鮑威爾 Laurene Powell，賓州大學畢業生，曾在高盛服務，而後進入史丹佛大學攻讀MBA，一九八九年與一場史丹佛大學關於電腦科技的演講中，與賈伯斯相識相戀。

103 布蘭特．史藍德 Brent SCHLENDER，接續採訪賈伯斯橫跨二十多年，知名記者、作家，著有《成為賈伯斯》Becoming Steve Jobs。

104 作業系統：管理電腦軟硬體的程式，並提供使用者可和電腦系統互動的操作介面。

105 PC：personal computer，個人電腦。

106 玩具總動員 Toy Story。

107 無限迴圈 Infinite Loop，蘋果總部處的街道名稱。

108 麥可．史賓德勒 Michael Spindler 。

109 強尼．艾夫 Jony IVE，一九六七年出生於英國，1985年就讀新堡技術學院（現為諾桑比亞大學 Northumbria University）工業設計系。

110 傑瑞佛 卡森伯格 Jeffrey Katzenberg，一九八四—一九九四年擔任華特迪士尼工作室的主席。

111 吉爾．艾米里歐 Gilbert Amelio。

112 呼叫器，又稱BB CALL，盛行於一九九〇年代，到了二十世紀逐漸被手機取代。有單向（接收）及雙向（收發）兩種類型，給呼叫器發送信息的方式通常為撥打一個指定的電話號碼，而呼叫器就會自動獲得發話者的電話號碼。

113 喬．蘭夫特 Joe Ranft。

114 韓考克 Ellen Hancock。

115 所羅門 Douglas Solomon ，蘋果資深副總裁。

116 埃德．伍拉德 Ed Woolard，曾任杜邦公司執行長。一九九六年時蘋果電腦公司的首席董事。

117 一般消費者 Consumer 專業人士 Professional 桌上型電腦 Desktop 筆記型（可攜式）電腦 Portable。

118 喬納森・魯賓斯坦 Jonathan J. Rubinstein：NeXT、蘋果電腦的首席硬體工程師。

119 西岸電腦展 West Coast Computer Faire

120 克洛・李 Lee Clow。

121 全球 Arnold Worldwide。

122 不同凡想 Think Different。

123 弗雷德・史密斯 Frederick Wallace Smith聯邦快遞創辦人及執行長，一九四四年 美國密西西比州出生、耶魯大學畢業，曾為美國海軍陸戰隊上尉，也是一名飛行員。

124 提姆・庫克 Timothy Donald Cook

125 斯圖爾索・艾爾索普 Stewart Alsop。

126 德安薩學院 De Anza College。

127 小艾伯特・阿諾・「艾爾」高爾 Albert Arnold "Al" Gore, Jr，一九九一—二〇〇一年擔任美國柯林頓的副總統年。

128 傑瑞・約克 Jerry York，克萊斯勒的前執行長，亦是蘋果電腦公司審計委員會主席。

129 鐘彬嫻 Andrea Jung，雅芳執行長。

130 米奇・德萊克斯勒 Mickey Drexler，成衣零售商 Gap 前任執行長。

131 「One More Thing」賈伯斯在回歸蘋果公司後，每次在產品發佈會上的招牌語句，揭曉下一個「偉大」產品的開場白。

132 Internet、Individual、Instruct、Inform 以及 Inspire。

133 尚恩・范寧 Shawn Fanning。

134 MP3是一個資料壓縮格式。它捨棄脈衝編碼調制（PCM）音訊資料中，對人類聽覺不重要的資料（類似於 JPEG 是一個有損圖像壓縮），從而達到了壓縮成小得多的檔案大小。

135 捷威 Gateway。

136 東尼・費爾德 Tony Fadell。

137 iTunes：二〇〇一年一月在世界麥金塔大會發佈的音樂軟體，蘋果電腦公司將它定位成「數位生活中樞」策略的一環。

138 夢娜・辛普森 Mona Simpson。

139 惠伊 John Huey。

140 世界麥金塔大會 MAC World。

141 富豪 volvo。

142 連續陽壓呼吸器 Continuous Positive Airway Pressure。

143 菲爾・席勒 Phil Schiller，當時蘋果的行銷副總裁，自 NeXT 時期就跟隨著賈伯斯。

144 世界麥金塔大會。

145 寶麗來 Polaroid。

146 蘭德 Edwin Land。

147 網飛 Netflix。

148 思汀斯 Reed Hastings。

149 比爾・蓋茲 Bill Gates，全名為威廉・亨利・蓋茲三世 William Henry Gates III，微軟創辦人。

國家圖書館出版品預行編目(CIP)資料

直覺創意修練: 賈伯斯禪修之旅/ 王紫蘆著. -- 初版. -- 新北市 : 大喜文化,
民110.02
面； 公分. -- (淡活智在 ; 20)
ISBN 978-986-99109-5-8(平裝)

857.7 106025333

淡活智在 ; 20

直覺創意修練:
賈伯斯禪修之旅

作　　者　王紫蘆
編　　輯　蔡昇峰
發 行 人　梁崇明
出 版 者　大喜文化有限公司
登 記 證　行政院新聞局局版台省業字第 244 號
P.O.BOX　中和市郵政第 2-193 號信箱
發 行 處　新北市中和區板南路 498 號 7 樓之 2
電　　話　（02）2223-1391
傳　　真　（02）2223-1077
E-mail　joy131499@gmail.com
銀行匯款　銀行代號：050，帳號：002-120-348-27
臺灣企銀，帳戶：大喜文化有限公司
劃撥帳號　5023-2915，帳戶：大喜文化有限公司
總經銷商　聯合發行股份有限公司
地　　址　231 新北市新店區寶橋路 235 巷 6 弄 6 號 2 樓
電　　話　（02）2917-8022
傳　　真　（02）2915-7212
初　　版　西元 2021 年 02 月
流 通 費　新台幣 350 元
網　　址　www.facebook.com/joy131499